AF214759

www.tredition.de

Judith Ardito

Die Auszeit

© 2017 Judith Ardito
Titelfoto: Judith Ardito

Verlag und Druck: tredition GmbH, Halenreie 40-44, 22359 Hamburg

ISBN
Paperback: 978-3-7439-7458-6
Hardcover: 978-3-7439-7459-3
e-Book: 978-3-7439-7460-9

Für B.

Prolog

Venedig, 21. Oktober 2012, spätabends

Als ich heute Abend am Piazzale Roma aus dem Bus stieg, begrüßte mich Venedig mit einem dramatischen Auftritt: Blitze, Donner und ein gewaltiger Wolkenbruch. Große Oper. Die dreihundert Meter bis zur Anlegestelle der Linie 1 reichten bereits vollkommen aus, um mich zu durchnässen. Dort stellte ich mich so nah an den offenen Ausgang, wie es der Regen erlaubte und blickte auf den Canal Grande hinaus, ohne den vertrauten Anblick wiederzufinden. Die Wasseroberfläche sah aus wie eine zerknitterte Plastikfolie, eine dieser dünnen Folien, wie man sie zur Abdeckung beim Anstreichen verwendet.

Nach und nach füllte sich der Wartebereich mit vom Festland heimkehrenden Venezianern und mit Touristen, die große Koffer mit sich führten und immer wieder den Fahrplanaushang studierten: Fährt hier die Linie 1 ab? Richtung Rialto und San Marco? Die Andersartigkeit von Venedig hatte sie hergelockt, jetzt waren sie verwirrt angesichts dieser Stadt, in der nichts so ist wie an anderen Orten.

Endlich tauchten die Scheinwerfer eines Vaporetto aus dem Regen auf. Das Boot stupste hörbar an den Steg, der Schaffner öffnete die Absperrung und rief „per San Marco!" Ich fand einen Platz am Fenster, doch außer dem Licht der Blitze und den regelmäßig auftauchenden Schildern der jeweiligen Anlegestellen war durch die beschlagenen Scheiben kaum etwas zu sehen. An der Haltestelle Ca d'Oro erwartete mich Angelika ganz undrama-

tisch in Gummistiefeln und mit zwei großen Regenschirmen aus-
gerüstet.

Auf diese Weise bin ich noch nie hier angekommen. Das Unwetter hat alles verfremdet und damit all meine Befürchtungen
überflüssig werden lassen. Zudem wohne ich diesmal nicht in
„meinem" Apartment im alten Ghetto, sondern hab ein kleines
Studio unten in einem Palazzo, direkt unterhalb von Angelikas
Wohnung. Ein guter Anfang.

Immer noch im strömenden Regen gingen wir ein Stück die
Strada Nuova entlang und tauchten hinter dem Campo S. Apostoli in das Gassenlabyrinth ein. Bevor wir noch um ein paar
Ecken und schließlich in eine weitere winzige Gasse einbogen,
erhaschte ich einen kurzen Blick auf die sanft angeleuchtete Miracoli-Kirche in all ihrer Schönheit und Anmut. Am Ende einer
engen Sackgasse standen wir schließlich vor einer Mauer mit
einem großen hölzernen Tor. Angelika schloss auf und führte
mich quer über einen verwitterten Innenhof zu ihrer Einlieger-
wohnung, direkt neben dem Wassereingang. Sie zeigte mir noch,
wo die Lichtschalter sind und wie man die Heizung reguliert,
dann wünschten wir uns eine gute Nacht.

Jetzt packe ich meine Sachen aus und richte mich ein. An Schlaf
ist sowieso noch nicht zu denken. Die Kleidung hänge ich in den
offenen Schrank, ein paar Teebeutel und eine Packung Müsli
(ach wie deutsch!) kommen in die Miniatur-Küche, den Laptop,
mein Tagebuch und einige Bücher verstaue ich im Regal.

Die alte Ausgabe von „Ufer der Verlorenen" ist auch mitgekom-
men; darin liegt als Lesezeichen ein Foto von uns dreien im Caffè
Florian. Ich brauche es nicht herausnehmen, ich weiß auch so,
was darauf zu sehen ist. Wir sitzen auf einer roten Plüschbank an
dem Ecktisch unter dem Bildnis des Chinesen. Der Kellner hat

uns fotografiert; wir blicken alle drei strahlend in die Kamera. Es gibt nur dieses eine Foto von uns, und dabei wird es auch bleiben.

Im Bett liegend lausche ich dem Wasser, das direkt hinter mir an die Hausmauer gluckst und höre ab und zu ein Boot vorbeifahren. Der Regen hat aufgehört, und ich habe die Fenster weit geöffnet. Lange Zeit kann ich nicht einschlafen.

Venedig

Kapitel 1

Damals war ich in einer Januarnacht angekommen. Das Flugzeug hatte Verspätung gehabt. Es war sehr kalt, der zweite Tag des Jahres, und abgesehen von den anderen Reisenden, die mit mir im selben Bus gesessen hatten, war keine Menschenseele zu sehen. Ich fühlte gar nichts. Mechanisch griff ich nach meinem großen Koffer und dem Handgepäck und machte mich auf den Weg zur Anlegestelle.

Beim Abschied von Martin vor wenigen Stunden in Berlin hatte ich sehr geweint. Zehn Wochen Auszeit in Venedig und der Plan sah nicht vor, sich in dieser Zeit gegenseitig zu besuchen. Ich wollte wissen, wie es sich anfühlt, allein unterwegs zu sein, das war Teil des Programms. Am Check-in-Schalter fühlte sich das jedoch herzzerreißend falsch an. Es war, als würde ich Martin für immer verlassen und dabei selbst verloren gehen. Und gleich danach, im Wartebereich, kam schon die große Leere über mich. Das Studentenwohnheim, in dem ich ein Zimmer gebucht hatte, lag auf der Giudecca-Insel in einem Seitentrakt des Klosters, gleich hinter der berühmten Redentore-Kirche. Normalerweise war die Rezeption um diese Uhrzeit nicht mehr besetzt, daher hatte ich meine Verspätung vom Flughafen aus telefonisch durchgegeben. Dennoch reagierte niemand auf mein Klingeln, als ich endlich vor dem Eingangstor stand, aber glücklicherweise kam eine japanische Studentin so spät noch heim und ließ mich hinein. Drinnen schlenderte nach einer Weile ein junger Mann ohne Hast den Gang entlang zur Rezeption und begrüßte mich charmant lächelnd. Er nahm sich meines Gepäcks an, zeigte mir mein Zimmer, gab mir die Schlüssel, wünschte mir eine gute Nacht und verschwand. Immer noch wie betäubt packte ich das Nötigste aus, schrieb eine SMS nach Hause und ging zu Bett.

Nach einer kurzen Nacht verließ ich früh am nächsten Morgen das Studentenwohnheim und trat hinaus in die schmale, leere Gasse. Ich bog um ein paar Ecken und gelangte schließlich an das Ufer des breiten Giudecca-Kanals, der noch ganz in Nebel gehüllt war. Wie war ich eigentlich auf die Idee gekommen, mich in Venedig für einen Italienischkurs anzumelden, anstatt einfach mal ein paar Wochen lang in den Tag zu leben? Aber da musste ich nun wohl durch.

An der Vaporetto-Haltestelle betrat ich Fabios Bar, die ich noch von früheren Aufenthalten kannte; einen hell erleuchteten Zufluchtsort inmitten von morgendlicher Kälte und Feuchtigkeit. Ich wünschte einen guten Morgen, bestellte einen Cappuccino und eine Brioche, die mir noch ofenwarm in die Hand gedrückt wurde und nach Trost und Zuversicht schmeckte. Außer mir standen noch vier oder fünf Leute an der Theke, von denen ich annahm, dass sie aus der Nachbarschaft stammten. Nach einigen Tagen kannten wir uns bereits vom Sehen und grüßten einander, wenn wir uns irgendwo in der Stadt über den Weg liefen.

Wie auf ein geheimes Kommando hin legten auf einmal alle Geld auf die Theke, wandten sich zur Tür und gingen die zwei Schritte hinüber zur Anlegestelle, ich tat es ihnen hastig nach. Dort wartete bereits eine kleine Menschentraube auf das Vaporetto Linie

2, das nun fast unmittelbar vor uns völlig geräuschlos aus der Nebelwand auftauchte. Im Boot waren alle Sitzplätze besetzt von verschlafen aussehenden Berufstätigen und schnatternden Schulkindern mit ihren Müttern. Ich suchte mir im Mittelgang einen Stehplatz und hielt mich irgendwo fest, während wir langsam im allmählich heller werdenden Grau dahinschaukelten. An der übernächsten Haltestelle, am Zattere-Ufer, stiegen die meisten aus, ich auch.

Meinen Schulweg hatte ich mir vorab auf dem Stadtplan angesehen. Ich wandte mich also ohne zu zögern nach links, ging über eine Brücke und weiter am Ufer entlang bis zu einer schmalen Gasse auf der rechten Seite, die beinahe unsichtbar zwischen zwei hohen Häusern hindurchführt, eine dieser typisch venezianischen Gassen, durch die man mit einem aufgespannten Regenschirm nur dann hindurch passt, wenn man ihn ganz schräg hält oder halb schließt. Noch eine Brücke, geradeaus an einem kleinen Kanal entlang, über ein weiteres Brückchen, dann nach rechts vorbei an einem Papierwarengeschäft, einer Boutique und einer Osteria bis sich der Blick auf den Campo San Barnaba öffnete. Hier bog ich wieder um eine Ecke und überquerte den nächsten Kanal, um schließlich mein Etappenziel, das Café Majer, zu erreichen, wo sich das Prozedere von vorhin wiederholte: Ich grüßte allgemein in den Raum hinein, in dem sich außer mir noch einige ältere Herren befanden, stellte mich an die Theke und trank einen weiteren Cappuccino. Mein Blick fiel auf die Uhr an der Wand. Jetzt wurde es langsam Zeit für mich, bald würde der Unterricht im Istituto Venezia beginnen, der Sprachschule, bei der ich mich für zweieinhalb Monate angemeldet hatte. Zweieinhalb Monate erschienen mir heute Morgen sehr lang. Warum tat ich mir das an? Warum nicht einfach umkehren und mich wieder ins Bett legen? Ich hatte die Kursgebühr für einen Monat im Voraus bezahlt, aber das Geld könnte ich im Zweifel auch unter „Verluste" verbuchen und sausen lassen. Ich legte einen Euro fünfzig auf die Theke und begab mich hinüber zur Schule auf die andere Seite der Gasse.

Hinter einem schmiedeeisernen Tor, das von - jetzt im Januar kahlen – Glyzinienzweigen überrankt war, führte eine Außentreppe zur eigentlichen Eingangstür im ersten Stock eines kleinen Palazzo. Ich betrat einen sehr großen fensterlosen Flur mit einem schönen alten Terrazzoboden. Dunkle zweiflügelige Holztüren zu allen weiteren Räumen gingen von hier ab, und ganz hinten mündete der Raum in ein kleines, mit einer Glaswand abgetrenntes Büro, das Schulsekretariat. Dort zeigte ich meine Anmeldebescheinigung vor, trug mich in zwei Listen ein und nahm einen Studentenausweis in Empfang; dann setzte ich mich auf eine alte, mit Schnitzereien verzierte Bank im Flur und musterte die Neuankömmlinge, während ich auf den Unterrichtsbeginn wartete.

Zur Schule gehen mutete wie eine Regression in frühere Jahrzehnte an. Ich war 56 Jahre alt und hatte zusammen mit Kollegen eine Anwaltskanzlei in Berlin. Mein Studium lag lange zurück. Hier sah ich nun fast nur junge Leute hereinkommen, alle mehr oder weniger im Alter meiner Kinder, wenn ich denn welche gehabt hätte ... Es war ein bisschen wie auf einem Schulhof. Man stand plaudernd in Grüppchen zusammen, schlängelte sich durch das Gedränge hindurch ins Sekretariat oder zu den Toiletten und verschwand schließlich gemeinsam in den Schulzimmern.

Nach einer Weile wurde dann die Anfängerklasse *livello uno* aufgerufen. Im Klassenraum ließ ich mich auf einem Platz nah an die Tür nieder und blickte mich um. Rechts neben mir saß ein junger Mann, den ich auf Ende zwanzig schätzte und der so typisch französisch aussah, als wäre er einem Kinofilm entstiegen. Weiter rechts, an der Querseite saß eine gut aussehende blonde Frau ungefähr in meinem Alter, die recht freundlich wirkte und die ich für eine Deutsche hielt. Daneben ein ganz junger Mann aus Asien, der sehr kindlich wirkte, dann ein brünetter Junge, sehr groß gewachsen, auch er fast noch ein Kind und schließlich eine rothaarige junge Frau mit üppigen Rundungen. Die beiden Letzteren unterhielten sich bereits angeregt in unverkennbarem Amerikanisch. An den Tischen mir gegenüber hatten zwei Japaner Platz genommen, ein blasser junger Mann und ein hübsches Mädchen, das trotz der eisigen Januartemperaturen nur mit einem dünnen Jäckchen, Minirock und Pumps bekleidet war. Ein weiterer Stuhl daneben war leer geblieben. Eine zierliche schwarzhaarige Frau trat ein, sagte *buon giorno*, stellte sich als unsere Lehrerin vor und sprach fortan nur noch Italienisch mit uns.

Carla, so hieß sie, schrieb zunächst einige nützliche Begriffe und Redewendungen an das Whiteboard: „Was bedeutet dieses Wort?", „Wie schreibt man …?", und Ähnliches mehr. Es folgten weitere Vokabeln, erste grammatikalische Erklärungen, kurze Sätze und die Zahlen von eins bis hundert. Mein Blick schweifte zum Fenster, vor dem immer noch nur Nebel zu sehen war, und ich spürte, wie der Nebel nun auch von meinem Gehirn Besitz ergriff.

Als ich wieder zuhörte, schien eine erste praktische Übung anzustehen. Carla schrieb Kennenlernfragen und die dazugehörigen Antworten an das Board: „Wie heißt du?", „Woher kommst du?", „Wie alt bist du?" und „Ich heiße …", „Ich komme aus …", „Ich bin … Jahre alt". Dann zeigte sie auf die entsprechenden Sätze an der Wand und sagte dabei ganz langsam und deutlich „Ich heiße Carla. Ich komme aus Bologna. Ich bin 30 Jahre alt."

Sie nickte mir freundlich auffordernd zu und fragte: „Wie heißt du?" „Ich heiße Claudia." „Woher kommst du?" „Ich komme aus Berlin." „Wie alt bist du?" Ich blickte suchend auf die Wandtafel, fand endlich die richtige Zahl und antwortete stockend „Ich bin 56 Jahre alt." „Danke, Claudia, sehr gut. Und jetzt die anderen", forderte sie die Klasse auf. Dem Franzosen neben mir, er hieß Nicolas, 30 Jahre alt, natürlich aus Paris, fiel es leicht, Italienisch zu sprechen; nach ihm mühten sich Sabine, 58 Jahre alt, aus Frankfurt, und Jacky, 26 Jahre, aus einem unaussprechlichen Ort in China, mit ihren Redebeiträgen ab. Bei den beiden amerikanischen Schülern, Matt, 17, aus Seattle, und Samantha, 23, aus San Francisco, geriet die Vorstellungsrunde vorübergehend ins Stocken, weil sie zunächst ganz entspannt und selbstverständlich in ihrer Muttersprache antworteten. Die beiden Japaner hingegen, Toshiaki aus Osaka, 24 Jahre alt, und Sumiko, 20, aus Yokohama, schienen bei ihrer Vorstellung echte Höllenqualen zu leiden und waren kaum zu verstehen.

Wir waren alle dankbar für die Unterbrechung, als an dieser Stelle die Tür aufging und ein weiterer Schüler die Klasse betrat. Er setzte sich auf den freien Platz mir gegenüber und musste gleich in der Runde fortfahren. „Ich heiße Christopher, und ich komme aus New York." „Wie alt bist du?", fragte Carla langsam und sorgfältig akzentuierend. „Ich heiße Christopher, und ich komme aus New York." „Und wie alt bist du?", wiederholte Carla geduldig. „Ich heiße Christopher und ich komme aus New York." Carla schaute ihn irritiert an, lächelte unverbindlich und wechselte das Thema.

Ich unterzog den neuen Mitschüler einer kritischen Prüfung: Mittelgroß, sehr schlank, um nicht zu sagen mager, graue Haare mit jenem leichten Gelbstich, der ein vormaliges Blond vermuten lässt, sehr gepflegt und meiner Schätzung nach deutlich über sechzig. Zu eitel, um sein Alter zu nennen, dachte ich, du meine Güte, wie unsympathisch!

Der Rest des Vormittags ist in einem Wust von Vokabeln und Grammatik aus meinem Gedächtnis verschwunden. Ich weiß nur noch, dass wir um zwanzig vor eins alle so offensichtlich erschöpft waren, dass unsere zweite Lehrerin, Paola, den Unterricht vorzeitig beenden musste. Müde und hungrig ging ich zusammen mit der deutschen Mitschülerin, Sabine, hinüber zum Campo S. Margherita ins Caffè Rosso, ein beliebter Treffpunkt für die Studenten der nahegelegenen Universität und ein Tipp in dem einen oder anderen Reiseführer. So hatte auch ich es vor Jahren entdeckt und zu einer festen Anlaufstelle erkoren.

An der Theke suchten wir ein paar Tramezzini aus und ließen uns dann an einem der Tische nieder. Sabine hatte eine kleine Immobilienagentur in der Nähe von Frankfurt und nahm sich – genau wie ich – eine mehrmonatige Auszeit. Sie war schon seit Ende November in Venedig und hatte vor Weihnachten bereits zwei Wochen lang Unterricht am Istituto gehabt, allerdings nur mit mäßigem Erfolg, weswegen sie nochmals mit der neuen Anfängerklasse in das Lernprogramm startete. Auf Nachfragen erzählte ich ein wenig lustlos von meinem Beruf, der Kanzlei und den Plänen für meine Auszeit hier. Und dann sprachen wir natürlich noch über bisherige Aufenthalte in Venedig und tauschten Tipps aus, wie sie ein jeder parat hat, der dieser Stadt verfallen ist und immer wiederkehren muss. Viele Gespräche in Venedig drehen sich um Venedig.

Sabine ging anschließend wieder zurück zur Schule, um an dem nachmittäglichen Kulturprogramm teilzunehmen. Ich winkte ab, genug für heute. Auf dem Weg zum Vaporetto kaufte ich etwas ein, ließ mich über den Kanal setzen, ging auf dem kürzesten Weg zum Redentore-Kloster und in mein Zimmer, legte mich aufs Bett und schlief sofort ein.

*

Am nächsten Morgen sprach Carla mich an, als ich den Flur betrat und wies auf die Tür eines anderen, größeren Klassenraums, in dem sich Sabine und die beiden japanischen Schüler bereits eingefunden hatten. „Was ist los?", fragte ich bei Sabine nach. „Ich glaube, wir bekommen noch einige neue Mitschüler", erwiderte sie. „Gestern Nachmittag haben sie ein paar Neuzugänge auf ihre Grundkenntnisse getestet, und wer für *livello due* nicht genug Italienisch kann, muss eben zu uns." „Na, da bin ich aber mal gespannt", sagte ich und packte mein Schreibheft aus.

Ich erinnere mich nicht mehr an alle vier neuen Mitschüler. Wie sich später zeigte, gab es immer wieder Leute, die nur für ein oder zwei Wochen an unserem Unterricht teilnahmen, sodass sich die Zusammensetzung der Klasse jeden Montag änderte. Ein harter Kern von sieben Personen blieb jedoch im ersten und auch noch im zweiten Monat erhalten. Zu dieser Kerngruppe gehörten auch die beiden Victorias, die an diesem Morgen neu dazu kamen.

Sie kamen beide aus Russland, allerdings war ihr gemeinsames Auftauchen ebenso zufällig und unabsichtlich wie ihre Namensgleichheit und das Aufsehen, das ihr Erscheinen in unserer Gruppe hervorrief.

Die eine Victoria war etwa Mitte zwanzig, klein, dunkelhaarig, sehr hübsch und gab sich betont feminin. Ich habe sie nie anders als in astronomisch hohen High Heels gesehen, egal zu welcher Jahreszeit und bei welcher Witterung. Sie erwies sich als äußerst engagierte und ehrgeizige Schülerin, in den ersten Tagen sogar geradezu verbissen. Später wurde sie lockerer und gesprächiger, blieb jedoch immer von Geheimnissen umgeben: Was tat sie in Italien? Wollte sie bleiben? Was war sie von Beruf? Wo in Venedig wohnte sie? Wer war der junge Mann, der sie manchmal morgens zur Schule brachte? Im Laufe der Zeit erfuhr ich das eine oder andere von ihr und setzte mir einen Teil des Puzzles zusammen, aber das sollte noch dauern.

Die andere Victoria war eine ätherische Schönheit aus St. Petersburg, anders als ihre Namensschwester groß gewachsen, von zartem Körperbau, hellblond und blauäugig. Sie hatte vollendete Umgangsformen und verhielt sich stets ebenso höflich wie zurückhaltend. In unserer Klasse war sie die intelligenteste und immer gut für überraschende Fragen und originelle Gedanken. Auf Nachfragen der Lehrerin berichtete sie, dass sie die Wintermonate über frei hatte und bei ihrem Freund im venezianischen Hinterland an der Brenta wohnte. Die restliche Zeit des Jahres arbeitete sie irgendwo auf See als Stewardess.

Noch am ersten Tag gab die Klasse den beiden zur besseren Unterscheidung die Namen *Victoria piccola* und *Victoria grande*.

Nach der Schule im Caffè Rosso fragte ich Sabine „Na, was hältst du von unseren Neuzugängen?"

„Also, ich weiß nicht, die kleine Victoria schaut ein bisschen nuttig aus. Hast du ihre Stiefel gesehen? Bis über die Knie, und die Absätze sind mindestens 15 cm hoch."

„Eher noch höher. Mir ist aufgefallen, dass sie mehrmals versucht hat, Carla und Paola Fehler nachzuweisen. Keine gute Idee … Sie wirkt ein bisschen übertrieben ehrgeizig, findest du nicht?"

Sabine nickte. „Unbedingt. Ich meine, wir sollten das hier generell locker angehen, schließlich werden wir nicht dafür bezahlt, das ist doch unsere Freizeit."

„Und die andere Victoria?", fragte ich weiter.

„Hochnäsig", fand Sabine.

„Vielleicht ist sie ja nur zurückhaltend. Und was ist mit den anderen?", fuhr ich fort. „Samantha zum Beispiel: Heute Morgen hat sie die Ärmel hochgekrempelt, und ich dachte, sie hätte ein geblümtes Shirt unter ihrem Pullover, aber es waren ihre Unterarme! Über und über farbig tätowiert. Matt wirkt daneben wie ein braver Schuljunge aus konservativen Kreisen."

„Ich glaube, genau das ist er auch. Immerhin ist er höflich und freundlich, was man von Samantha nicht behaupten kann. Die beiden Japaner scheinen großen Stress damit zu haben, wenn sie etwas gefragt werden und antworten müssen. Carla sollte sie mehr schonen, finde ich, sie sterben ja beinahe vor Angst."

„Es sind halt Perfektionisten, sie wollen bloß keine Fehler machen, nur nicht das Gesicht verlieren. Ihre Schulhefte sind das makelloseste, was ich je gesehen habe, eine echte Augenweide. Wahrscheinlich, weil unsere Schrift ja auch neu für sie ist; sie malen sozusagen alles ab ..."

„Im Gegensatz zu Jacky", bemerkte Sabine. „Bei ihm habe ich den Eindruck, dass er weder schriftlich noch mündlich folgen kann, aber er wirkt dabei vollkommen stressfrei und gut gelaunt."

„Und Christopher? Was hältst du von ihm?"

„Ach, den finde ich ganz nett. Er war vor Weihnachten schon mal eine Woche mit mir im Unterricht, daher kennen wir uns. Er ist aus New York, ich glaube, er hat bei irgendeinem Museum gearbeitet oder so, irgendetwas in der Art hat er mal erwähnt."

„Ich finde ihn eitel und arrogant", hielt ich dagegen. „Vollkommen egozentriert und komplett von sich selbst eingenommen wie alle Amerikaner. Dass er gebildet ist, kann ich mir vielleicht vorstellen, aber eben auch total eingebildet."

Die üblichen Tramezzini und den Cappuccino hatten wir nun hinter uns. „Wollen wir unvernünftig sein und einen Spritz bestellen?", fragte ich. Sabine lächelte. „Na gut, aber auf deine Verantwortung. Eigentlich trinke ich nicht viel, schon gar nicht tagsüber."

„Aber du hast ja eben selbst gesagt, dass wir alles locker angehen lassen sollten", wandte ich ein und ging zur Theke, um zu bestellen.

*

Der 6. Januar war schulfrei, *Epifania*, das Fest der Heiligen Drei Könige, beziehungsweise – in Italien – der *Befana*, einer Hexe, die auf einem Besen reitet und den Kindern süße Geschenke bringt. Das ist ein malerisches und bei Jung und Alt sehr beliebtes Fest in Venedig. Alljährlich findet eine Regatta auf dem Canal Grande statt, bei dem alle Ruderer als Hexen verkleidet sind und daran viel Spaß haben.

Von der *Befana* wusste ich jedoch an diesem Morgen noch nichts, als ich aufstand und aus dem Fenster in das allmorgendliche Grau hinausblickte. Jemand hatte mir erzählt, dass am 6. Januar – und nur an diesem einen Tag im Jahr! – ein wunderschönes Glockenspiel mit den Figuren der drei Könige auf dem Markusplatz zu bestaunen sei, immer zur vollen Stunde. Das wollte ich mir ansehen. Fabios Bar blieb an Sonn- und Feiertagen geschlossen, und weil ich nicht wusste, wie es meinen anderen Anlaufstellen damit hielten, beschloss ich ausnahmsweise mit

Kaffee und ein paar Keksen im Studentenwohnheim zu frühstücken.

Mit einem Päckchen Espresso, einer Tüte Milch und anderen Kleinigkeiten im Arm verließ ich mein Zimmer, ging den düsteren Gang entlang bis zum hinteren Treppenhaus und hinunter ins Erdgeschoss, in dem man von einem Flur aus zur Gemeinschaftsküche, einem kahlen Speisesaal und anderen Nebenräumen gelangte. Hier suchte ich für meine Utensilien ein freies Fach in einer Wand von metallenen Schließfächern, wie man sie sonst an Bahnhöfen findet. Fast alle waren belegt, und die wenigen freien Fächer hatten keine Schlösser mehr, waren verdreckt und zum Teil vermüllt. Ich ging in die Küche und verstaute meine Sachen in einen Schrank neben dem Herd. Später stellte ich noch ein Papierschild davor, auf dem „privat" stand, aber am anderen Tag war trotzdem alles weg und ich kaufte neu ein.

Zunächst jedoch kochte ich mir einen Kaffee. Auf der Abtropffläche über der Spüle befanden sich Espressokännchen in verschiedenen Größen. Ich befüllte eines und setzte es zusammen mit einem kleinen Milchtopf auf den Herd. Während ich wartete, kam eine sehr zierliche ältere Frau, eine Australierin, die ich vom Sehen aus der Schule kannte, in die Küche und grüßte auf Italienisch. Ich grüßte zurück, musste aber passen, als sie eine Konversation auf Italienisch beginnen wollte; meine Sprachkenntnisse umfassten erst gerade mal die notwendigsten Höflichkeitsfloskeln. Sie verlor sofort das Interesse an mir und begann am anderen Ende der Küche schweigend mit ihren Frühstücksvorbereitungen; irgendwas mit Sprossen und Körnern. Als ich mich anschickte, meinen Milchkaffee auf ein Tablett zu stellen und zu gehen, wies sie mich auf Englisch darauf hin, dass Milch Gift sei. *„Milk is poison, and coffee with milk is coffee with poison."* Nachdem ich oben in meinem Zimmer mit Blick auf den nebelverhangenen Klostergarten etwas lustlos mein *poison* getrunken hatte, machte ich mich auf den Weg ins Stadtzentrum.

Dort bot sich mir der Anblick eines verzauberten Canal Grande voller Gondeln und anderer traditioneller Boote in verschiedenen Größen, die, wie es in Venedig üblich ist, im Stehen gerudert werden. Diese Erscheinungen schwebten – durch zarten Nebel optisch von der Wasseroberfläche getrennt – wie Traumbilder über dem Kanal.

Erst auf den zweiten Blick fiel mir die Kostümierung der Ruderer und Gondoliere auf: Hexen in grobem braunem Sackleinen und Kopftuch waren ebenso unterwegs wie welche mit weißen Spitzenunterröcken und ebensolchen Hauben, viele mit faltigen Gesichtern und langen, roten Nasen. Am Fuße der Rialtobrücke hatte sich ein Männerchor (alle aus Rudervereinen, wie ich später erfuhr) aufgebaut und sang alte venezianische Volkslieder, deren Text ich natürlich nicht verstand. Immerhin hörte ich ziemlich oft das Wort *gondola* im Refrain, kein Wunder. Einige offiziell aussehende Honoratioren mit grünweißroter Schärpe versammelten sich auf einer kleinen Plattform am Kanal, einer davon klopfte auf sein Mikrofon und hielt eine kurze Rede. Darauf folgten ein lauwarmer Applaus und ein mit mehr Elan vorgetragenes weiteres Lied des Gesangsvereins. Dann ertönte ein Schuss und die Regatta begann. Die Hexen ruderten in Richtung Markusplatz, drehten nach kurzer Zeit um und kamen zurück zur Rialtobrücke, die zugleich Start und Ziel war, temperamentvoll angefeuert von den Kindern und Erwachsenen an den Ufern. Ich blickte mich um und sah nur ganz wenige Touristen unter den Zuschauern, wahrscheinlich waren weder Jahreszeit noch Wetter attraktiv genug. Die Venezianer blieben heute also überwiegend unter sich; viele schienen sich zu kennen, es herrschte eine fast familiäre Stimmung. Die ersten Boote kamen bereits nach kurzer Zeit wieder in Sicht, bald darauf wurden die drei Sieger aufgerufen und mit viel Applaus und Musik gefeiert.

Ich verließ meinen Platz am Kanalufer und machte mich auf den Weg zum Markusplatz. Dabei versuchte ich, mich auf dem kürzesten Weg durch das Labyrinth der kleinen Gassen zu schlängeln ohne die Orientierung zu verlieren, kein ganz leichtes, aber ein höchst reizvolles Vorhaben in der Altstadt von Venedig. Es ist immer wieder spannend und keineswegs gewiss, dass man dort ankommt, wo man hinwollte. Am liebsten mochte ich es, mich ziellos durch die Gassen treiben und überraschen zu lassen. Das war jedes Mal so, als würde ich mich in den Eingeweiden der Stadt herumtreiben, von ihr verschluckt und verstoffwechselt, um dann betört und bezaubert irgendwo wieder ausgespien zu werden. Auf diese Weise hatte ich Venedig immer weiter kennen- und lieben gelernt.

An diesem Tag jedoch hatte ich den Markusplatz im Sinn und gelangte ziemlich schnell an mein Ziel. Auch hier auf der großen Piazza war es heute nicht besonders voll. Der Touristenanteil war ein wenig höher als bei der Regatta, aber im Vergleich zu den wärmeren Monaten geradezu lächerlich gering. Kurz vor der vollen Stunde bildeten sich kleine Zuschauergruppen vor dem Uhrenturm. Darunter entdeckte ich ganz hinten auch Christopher, der fotografierte, und weiter vorn noch einige andere Schüler aus dem Istituto, eine sehr muntere Clique, die mir schon während der Pausen aufgefallen war, allesamt sehr jung an Jahren, jedoch weit fortgeschritten in der italienischen Sprache. Ich zog mich in einen Bereich außerhalb ihrer Sichtweite zurück, mir war nicht nach Kontakt zumute, ich fürchtete ihn geradezu, ohne zu wissen warum eigentlich.

Um Schlag zwölf begann das Spektakel. Feierlich kamen zu den Klängen der Marangona, der größten Glocke des Campanile, angeführt von einem Posaunenengel, die drei Könige auf einer Drehscheibe aus dem Turm und zogen langsam einmal im Kreis herum: Wunderschöne alte, reich verzierte große Figuren, die hoheitsvoll grüßten, bevor sie wieder im Dunkel des Uhrenturms verschwanden, langsam einen Arm hebend und wieder senkend. Die Mittagsglocke läutete noch einige Minuten lang, dann war es vorbei, und die Menschentrauben lösten sich auf. Ich stellte plötzlich fest, dass mir kalt war. Ein leichter Nieselregen hatte fast unmerklich eingesetzt. Wohin als Nächstes? Ich erwog kurz das Caffè Florian direkt hier an der Piazza, aber dahin strebten nun auch viele andere, und es würde voll werden. Auf einen Museumsbesuch hatte ich keine Lust, genau genommen auch auf sonst nichts, also lief ich ein wenig unschlüssig durch die Gassen, bis es mir endgültig zu kalt und zu ungemütlich wurde. Mit jedem Schritt wurde ich trübsinniger, es fiel mir einfach nichts mehr ein, außer in mein Zimmer zurückzukehren, wozu es eigentlich viel zu früh war, und in dem ich mich im Übrigen nicht besonders wohlfühlte. Irgendwo kam ich an einem geöffneten Supermarkt vorbei, kaufte mir etwas zu essen und begab mich zur nächsten Vaporetto-Anlegestelle.

*

Victorias Tagebuch

Stefano meinte, es sei an der Zeit, dass ich Italienisch lerne, also „richtig" lerne, nicht nur solche Redewendungen, wie ich sie aufschnappe, wenn er sich abends in der Bar mit seinen Freunden unterhält. Im Prinzip eine sehr gute Idee. Ich habe noch mindestens vier Wochen Zeit, bis ich wieder nach Savona muss, genauer gesagt bis ich hoffentlich (!!!) wieder nach Savona muss, denn bisher habe ich noch nichts Offizielles gehört …

Ich hätte eigentlich schon längst Italienisch lernen können, keine Ahnung, warum ich bisher nicht auf die Idee gekommen bin ... War es mir nicht dringend genug ...? Stefano und ich sprechen Englisch miteinander; das ist „unsere" Sprache, und es funktioniert perfekt.

Was steckt wohl hinter seinem Vorschlag? Will er mir damit etwas sagen? Dass ich meine freie Zeit hier besser und vor allem sinnvoll nutzen sollte? Oder dass es wichtig für mich ist, Italienisch zu können, weil ich möglicherweise für immer hierbleiben werde? Werden wir heiraten, und ich bin dann Italienerin? Ist es das, was Stefano will? Und will ich es? Ist er „der Richtige"? Drei Jahre kennen wir uns jetzt. Ich werde nie vergessen, wie das Schiff damals ganz langsam durch den Giudecca-Kanal fuhr, und ich zum ersten Mal das abendliche Venedig erblickte. Ein Traum! Und dann der Landgang spätabends mit noch zwei anderen Mädels aus der Crew! Fast menschenleere dunkle Gassen, nirgendwo ein Platz zum Einkehren, alles war bereits geschlossen. Endlich eine Reihe von helleren Lichtern und ein paar Leute kamen uns entgegen. Einer davon war Stefano. Wir gingen alle zusammen ins Orange, wenn ich mich recht erinnere, auf jeden Fall war's am Campo S. Margherita, da bin ich ganz sicher. So fing es an. Und heute frage ich mich, ob wir an einem entscheidenden Punkt angekommen sind. Ist er „der Richtige"? Meine ich wirklich ihn oder meine ich den Sohn Venedigs? Oder beide? Wäre es dasselbe gewesen, wenn er von woanders käme – zum Beispiel aus Mailand?

Jedenfalls habe ich mich jetzt an einer Sprachschule angemeldet, schaden kann es nicht. Der Unterricht hatte bereits am Vortag begonnen, aber ich war nicht die einzige Nachzüglerin, erstaunlicherweise auch nicht die einzige Russin. Es gab noch eine, die am gleichen Tag einstieg, und sie heißt ebenfalls Victoria. Ich glaube trotzdem nicht, dass wir viel miteinander zu tun haben werden; diese Victoria verhält sich mir gegenüber geradezu abweisend. Und sie ist auch nicht mein Fall. Also allenfalls jemand, mit dem ich mal ein paar Worte Russisch wechseln könnte. Besser wäre sowieso, wenn ich mehr Italienisch spräche … siehe oben.

Ansonsten ist die Klasse sehr gemischt, Nationalitäten rund um den Globus, ähnlich wie manchmal die Crew auf einem großen Schiff. Viele Asiaten, ein paar Amerikaner und dann noch zwei Deutsche und ein Franzose. Ich sitze neben einem älteren Amerikaner namens Christopher, der mich recht freundlich begrüßt hat. In jungen Jahren muss er ziemlich gut ausgesehen haben, jetzt finde ich sein Gesicht etwas verknittert. Für einen Amerikaner ist er ungewöhnlich gut angezogen, er hat zweifellos Stil. Die anderen Leute in der Klasse sind alle jung, ich bin schon unter den älteren, abgesehen von zwei deutschen Frauen über fünfzig und besagtem Amerikaner.

Weil wir Russinnen beide Victoria heißen hat ein Schüler vorgeschlagen, uns „Victoria grande" und „Victoria piccola" zu nennen und alle waren dafür. Ich finde eigentlich nicht, dass ich besonders groß bin, aber die andere Victoria ist tatsächlich ziemlich klein (sogar noch mit ihren hohen Absätzen) und die Namensgebung finde ich ganz lustig. Stefano wird mich bestimmt damit aufziehen, wenn ich ihm davon erzähle, „Victoria grande", der große Sieg, wie cool ist das denn bitte?

*

Es folgten trübe Tage. Der Nebel hatte die Stadt und mein Gemüt fest im Griff. An sich gehört Nebel mit zu den schönsten Erscheinungen in Venedig: Er verhüllt die alten Paläste mit zarten, transparenten Gazeschleiern, wie sie vornehme Damen einst an ihren Hüten trugen und füllt die Gassen mit weißer Watte. Den Kanälen verleiht er einen geheimnisvollen Zauber, wenn er sich wie zu einer Liebkosung auf die Wasseroberfläche legt. Man denkt, von diesem Anblick könne man nie genug kriegen. Aber man kann.

Nach einigen Tagen fand ich den Nebel nur noch grau und bedrückend. Zu gern hätte ich mal wieder die Wintersonne und einen klaren blauen Himmel gesehen, doch der morgendliche Blick aus meinem Fenster zeigte immer nur den Klostergarten im Nebel und dahinter weitere Nebelschwaden, welche die Lagune vor meinen Augen verbargen. An der Anlegestelle am Giudecca-Kanal konnte man das gegenüberliegende Ufer überhaupt nicht mehr sehen. Die Vaporetti verkehrten nur noch in einem eingeschränkten Notfahrplan mit der Hauptinsel, was ungewohnt lange Wartezeiten zur Folge hatte, sodass ich morgens früher aus dem Haus musste und nach der Schule später zurückkam. Einmal stießen wir auf der Linie 2 beinahe mit einer großen Fähre zusammen, die wie eine Wand vor uns aus dem Nebel auftauchte und hupte. Hatte das Radar versagt? Nach diesem Vorfall war mein Vertrauen in die Verkehrssicherheit auf den Wasserstraßen jedenfalls leicht gestört …

Außer mit Sabine hatte ich mich noch nie mit jemanden außerhalb des Unterrichts getroffen, und mit ihr auch nur gelegentlich mittags im Rosso. Was sie zu anderen Tageszeiten machte, wusste ich nicht, nur, dass sie in einer sehr luxuriösen, sündhaft teuren Ferienwohnung irgendwo im Sestiere San Marco wohnte und sich ab und zu mal mit ihrer Vermieterin traf, die ebenfalls aus Deutschland kam. Sie hatte mir gegenüber eine Andeutung gemacht, die auf eine Ehekrise schließen ließ. Der Grundton unserer mittäglichen Gespräche war jedoch eher ein unverbindlicher; persönliche Themen berührten wir nie.

Mit den anderen Schülern plauderte ich manchmal ein wenig in der Kaffeepause, wenn es sich so ergab. Von mir aus suchte ich den Kontakt nicht. Die Amerikaner waren mir allesamt nicht sonderlich sympathisch, und mit den Japanern oder dem Chinesen konnte ich mich nicht unterhalten, weil sie kein Englisch und wir alle noch kein Italienisch sprachen. Nicolas, mein charmanter Sitznachbar vom ersten Schultag, schien nur noch wie ein Phantom durch die Schule zu geistern. Wie ich hörte, kannte er nach kürzester Zeit alle, wirklich alle Schüler im Istituto und führte ein sehr geselliges Leben. Im Unterricht sah ich ihn allerdings in der ganzen ersten Woche nicht mehr. Einmal begegneten wir uns mittags, als ich an der Anlegestelle auf das Vaporetto wartete. Er lud mich spontan für den späteren Abend zum Essen in ein ziemlich edles Restaurant ein, wo er mit Christopher verabredet war. Ich schützte eine andere Verabredung vor und lehnte höflich ab; mir war nicht nach vornehmen Restaurants zumute, ich war müde, und die Aussicht auf einen Abend in Christophers Gesellschaft schien mir auch nicht gerade reizvoll. Nicolas fragte mich danach nicht mehr.

So kam die Einsamkeit über mich. Lange Spaziergänge im Nebel und Nieselregen mögen romantisch aussehen, fühlten sich aber mit der Zeit zunehmend deprimierend an. Immer schon hatte ich Venedig einmal leer und ohne Touristen erleben wollen, doch nun kam es mir so trostlos vor. Viele Restaurants hatten Betriebsferien und waren mit Eisengittern oder schäbig aussehenden alten Holzläden verrammelt. Es ist eine venezianische Besonderheit, dass geschlossene Läden oder Lokale immer so heruntergekommen aussehen, als seien sie vor Jahren verlassen worden. Wenn sie dann am anderen Morgen öffnen, überraschen sie einen mit einem hellen und adretten Anblick. Überhaupt sieht die Mehrzahl der Häuser aus, als seien sie nicht mehr bewohnbar, der Putz bröckelt, Drähte hängen an den

Wänden herunter ... Die Innenhöfe und auch die Hausflure wirken häufig desolat. Die jeweiligen Klingelvorrichtungen, Fußmatten und Wohnungstüren sind im Gegensatz dazu meist neu und lassen hoffen. Betritt man dann die eigentliche Wohnung, findet man sie fast immer rundum saniert, geschmackvoll eingerichtet, warm und freundlich vor.

Auf meinen Nebelspaziergängen sah ich einstweilen nur das düstere Stadtbild. Vielleicht lag es auch an mir. Ich fühlte mich sehr einsam. Bei gelegentlichen Skype-Gesprächen mit Martin erwähnte ich das nicht, sondern berichtete vom Unterricht und von meinen Mitschülern. Diese Einsamkeit war etwas, womit ich allein fertig werden musste. Das war eine zu überwindende Schwelle, sozusagen das Tor zu meiner Auszeit, zu einer gänzlich neuen Erfahrung, die ich gesucht hatte. Hier war ich ein Niemand, eine geschichtslose Frau ohne den üblichen Rahmen und Kontext: keine beruflichen Termine, keine Verpflichtungen, kein Status, kein Ehemann, keine Freunde, kein Zuhause und keine Heimat, nur ich ganz allein, ohne alles. Das warf mich in eine große Leere hinein, die von der Schule und dem Unterricht nicht gefüllt werden konnte. Die Verheißung dahinter war die Ahnung einer ebenso großen Freiheit: Ich, nur auf mich allein reduziert in einer fremden Umgebung. Wie würde das sein? Wer würde ich sein?

Kapitel 2

Der reguläre Unterricht fand von neun bis dreizehn Uhr statt, mit einer Pause von zwanzig vor bis kurz nach elf, bequem ausreichend für einen Kaffee mit Mitschülern gegenüber bei Majer, die Erledigung kleinerer Besorgungen oder einen Bummel über den Campo S. Margherita.

Am Nachmittag konnte man dann als Intensivangebot Einzelstunden buchen oder aber um 15 Uhr an einem freiwilligen Kulturprogramm teilnehmen, letzteres ein kostenloses Angebot, für das man sich spätestens am Vortag in eine Liste eintragen musste, die jeweils zu Wochenbeginn am Schwarzen Brett – gleich neben der Tür zu unserem Klassenzimmer – ausgehängt wurde. Meist bestanden diese Veranstaltungen aus ein- bis zweistündigen Themenspaziergängen durch Venedig, die von Kunsthistorikern und angehenden Fremdenführern angeleitet wurden, z. B. zu den Palladio-Kirchen, zu Musikstätten in Venedig, durch den Stadtteil Castello mit dem berühmten Arsenale und vieles andere mehr. Es gab aber auch Angebote wie Exkursionen nach Padua, Kochen nach venezianischen Rezepten oder Filmvorführungen und Lesungen. All dies fand selbstverständlich in italienischer Sprache statt, was dazu führte, dass sich die Anfänger eher selten anmeldeten.

Auch ich hatte lange gezögert, bevor ich mich ausgerechnet für eine abendliche Dante-Lesung in der Wohnung einer Lehrerin eingetragen hatte. Den Ausschlag gab meine Neugier auf den Veranstaltungsort, denn Luisa, so hieß diese Lehrerin, wohnte im Piano nobile eines sehr alten Palazzo, und ich hatte bis dato noch nie eine venezianische Privatwohnung – geschweige denn in einem alten Palazzo – betreten.

Der angegebene Treffpunkt war ein kleiner Campo im Angesicht der bezaubernden Renaissancekirche Santa Maria dei Miracoli; das war einer meiner Lieblingsplätze in der Stadt und schon mal ein guter Anfang. Weniger erfreulich fand ich den Umstand, dass von den Angemeldeten außer Christopher und mir niemand sonst von den Angemeldeten erschienen war. Ich stöberte in der Auslage einer internationalen Buchhandlung, um ein Gespräch mit ihm zu vermeiden, ohne dabei allzu unhöflich zu wirken. Er studierte das Schaufenster eines Antiquitätenladens.

So traf uns Pablo an, ein bildhübscher junger Mitschüler aus Südamerika, der zur Untermiete bei Luisa wohnte. Pablo sprach schon nahezu perfekt Italienisch und stand kurz vor der Abschlussprüfung am Istituto, eine Grundvoraussetzung für die Aufnahme an einer italienischen Universität. Wir unterhielten uns auf Englisch, wie es fast alle Sprachschüler – insbesondere die Anfänger – in ihrer Freizeit machten, obwohl es natürlich anderslautende Empfehlungen seitens der Schule gab. Pablo interessierte sich in erster Linie für Christopher, plaudernd gingen sie voran, sodass ich entspannt folgen und mit Muße die architektonischen Schönheiten rechts und links des Weges bewundern konnte. Der Palazzo lag ganz in der Nähe; wir gingen über eine hübsche kleine Brücke und durch einen niedrigen Arkadengang, bogen einmal ab und waren da. Luisas Wohnung hatte zu meinem Entzücken eine separate Eingangstür und ein privates Treppenhaus – eine bauliche Spezialität in Venedig, von der ich bisher nur in einem kunsthistorischen Reiseführer gelesen hatte. Oben angekommen, gelangten wir durch einen imposanten Flur, dem Zentrum der Wohnung, in einen eleganten Salon, an den sich eine nicht minder beeindruckende Bibliothek anschloss. Hier erwartete uns die Hausherrin mit Prosecco und Häppchen.

Angesichts der noch sehr überschaubaren Sprachkenntnisse ihrer beiden Gäste machte Luisa diesmal eine Ausnahme und sprach Englisch mit uns. Während wir an unseren Getränken nippten, kopierte sie schnell ein paar Seiten mit englischen Übersetzungen der ausgewählten Gedichte und händigte sie uns aus. Dann las sie die Texte ganz langsam vor, zuerst jeweils zwei-, dreimal in der englischen Version, gefolgt von Erläuterungen zu Hintergrund und Kontext. Wenn von Dante die Rede war, hatte ich immer sofort den Begriff „Inferno" assoziiert und mir etwas schrecklich Düsteres und Brutales vorgestellt. Gelesen hatte ich bis jetzt noch nichts von ihm und war überrascht von der Zartheit und Eleganz seiner Poesie.

Zum Schluss las Luisa die Gedichte noch auf Italienisch, um uns das Original in seiner Sprachmelodie zu vermitteln. Mit geschlossen Augen ließ ich den Klang auf mich wirken und verliebte mich darin. Ich nahm mir vor, so viel Italienisch zu lernen, dass ich eines Tages Dante im Original lesen könnte.

Ein loses Blatt mit dem englischen und italienischen Text besitze ich noch:

So Gentle

So gentle and virtuous she appears,

My lady, when greeting other people

That every tongue tremblingly grows silent,

And eyes do not dare gaze upon her.

She passes by, hearing herself praised,

Graciously clothed with humility,
And she appears to be a creature who has come
From heaven to earth to show forth a miracle.
She shows herself so pleasing to her beholders,
That she gives through the eyes a sweetness to the heart,
Which no one can understand who does not feel it;
And it appears that from her lip moves
A tender spirit full of love,
Which says again and again to the soul: "Sigh."

Tanto gentile

Tanto gentile e tanto onesta pare
la donna mia quand'ella altrui saluta,
ch'ogne lingua deven tremando muta,
e li occhi no l'ardiscon di guardare.
Ella si va, sentendosi laudare,
benignamente d'umiltà vestuta;
e par che sia una cosa venuta
da cielo in terra a miracol mostrare.
Mostrasi sì piacente a chi la mira,
che dà per li occhi una dolcezza al core,
che 'ntender no la può chi no la prova:
e par che de la sua labbia si mova
un spirito soave pien d'amore,
che va dicendo a l'anima: Sospira.

Dante Alighieri, 1265 – 1321

Nachdem die Lesung beendet war und Luisa sich zurückgezogen hatte, saßen wir Schüler zu dritt weiter bei Prosecco zusammen und unterhielten uns.

„Ich liebe Bücher", schwärmte Pablo enthusiastisch. „Ohne Bücher könnte ich nicht leben. Mein Zimmer daheim ist voll mit Bücherregalen!"

„Das geht mir ähnlich", nickte ich. „Immer wieder muss ich Bücher aussortieren und weggeben, sonst würde der Platz nicht ausreichen."

„Niemals könnte ich Bücher weggeben!"

„Wart's ab, wenn du älter wirst und so weitermachst, kommst auch du bald an einen Punkt, wo du nicht mehr weißt, wohin mit neuen Büchern. Oder du steigst um auf E-Books."

„Keine E-Books! Ich muss ein reales Buch in Händen halten."

„Was liest du denn am liebsten, Pablo?"

„Dante lese ich zum Beispiel sehr gern. Und aus deinem Land die großen Philosophen: Kant, Nietzsche und vor allem Schopenhauer."

„Chapeau, du bist eine echte Ausnahmeerscheinung!"

„Na ja, ich will später mal Philosophie studieren, unter anderem … Und was liest du gern?"

„Ach, alles Mögliche, zuletzt habe ich über die Weihnachtstage ,Krieg und Frieden' von Tolstoi gelesen. Grandios!"

„Das beste Buch, das ich je gelesen habe, war ein japanisches", meldete sich jetzt Christopher zu Wort. „Ein Roman, der vor tausend Jahren geschrieben wurde, der älteste der Welt: die Geschichte des Prinzen Genji. Ich habe das vor einem Jahr während eines Aufenthaltes in Kyoto entdeckt. Außerhalb von Japan kennt das praktisch niemand."

„Doch, ich. Ich kenne den Prinzen Genji und habe alle drei Bände vor Jahren gelesen", erwiderte ich. „Ein wunderbares Buch."

Christopher war für einen Moment sprachlos. „Ich hätte nie damit gerechnet, hier jemanden zu treffen, der den Genji gelesen hat. Wie bist du darauf gekommen?"

„Das weiß ich nicht mehr. Vielleicht durch meinen Mann, der früher einmal für längere Zeit in Japan war. Oder in buddhistischen Zusammenhängen; ich bin Zen-Buddhistin, vielleicht hat es da mal jemand erwähnt."

„Dem Buddhismus stehe ich auch nah, aber gleich Zen ...! So cool bin ich nicht."

„Ach was, halb so wild"

„Schopenhauer habe ich auch schon im Original gelesen", mischte sich jetzt Pablo – zu meiner Überraschung in fließendem Deutsch – wieder ein. Er hatte sich wohl von unserem japanischen Exkurs etwas abgekoppelt gefühlt.

Ich erwiderte etwas auf Deutsch, dann wechselten wir wieder ins Englische und zu dem Thema, das uns alle verband und stets präsent war: Venedig.

Bevor ich später ging, bat ich noch um Erlaubnis, einige Aufnahmen von den Räumen machen zu dürfen. „Ich habe mich nicht getraut, hier mit Kamera zu erscheinen", bemerkte Christopher mit säuerlicher Miene. „Was hast du mit den Fotos vor? Nach Hause schicken und schreiben, dass du hier wohnst?"

„Nein, nach Hause schicken und schreiben, dass ich diesen Palazzo heute günstig erworben habe und demnächst hier einziehe", gab ich trocken zurück und knipste weiter.

Pablo brachte uns zur Tür und schweigend schlenderten wir zurück zum Campo.

Ich wies auf die Miracoli-Kirche: „Meine Lieblingskirche". „Meine auch", nickte Christopher, „meiner Meinung nach die schönste Kirche von Venedig."

Dann gab er mir ganz förmlich die Hand und sagte „Ciao, bis morgen", wandte sich nach links und ging über die Brücke in Richtung Kirche. Ich folgte der belebten Gasse geradeaus und beschloss, den Heimweg noch um ein paar Umwege zu verlängern. Es war ein schöner Abend, der Nebel hatte sich gehoben.

Sospira ...

*

Der nächste Morgen hielt, was der Abend versprochen hatte: Ein klarer Himmel wölbte sich über Venedig. Ich sah gerade noch, wie die letzten Sterne verblassten angesichts der einsetzenden Morgenröte, die sich rasch von Zartrosa in ein leuchtendes Rosenrot wandelte, und als ich mit dem Vaporetto zur Hauptinsel übersetzte, ging die Sonne über der Lagune auf – ein atemberaubender Anblick.

Der Wetterumschwung zeigte ebenfalls Wirkung auf meine Mitschüler. Alle schienen frischer und offener zu sein – genauso fühlte ich mich auch. Ich nahm mir vor, etwas kontaktfreudiger zu werden und mehr Initiative zu entwickeln. Als Toshiaki kurz nach mir ins Klassenzimmer kam, verbeugte ich mich andeutungsweise und sagte *„Ohayō gozaimasu"*, – guten Morgen. Er blickte mich verdutzt an, lächelte ein bisschen verlegen, verbeugte sich ebenfalls, erwiderte meinen Gruß und ließ sich anmutig auf dem Stuhl neben mir nieder. Ich warf einen verstohlenen Blick in sein makelloses Schulheft, seine Hausaufgaben sahen mal wieder aus wie gemalt. *„Complimenti"*, sagte ich und lächelte ihm zu, was ihn sichtlich zu freuen schien. „Wie schreibst du deinen Namen mit japanischen Schriftzeichen?", fragte ich und hielt ihm ein Blatt Papier und einen Stift hin. Er war nicht sicher, ob er mich verstanden hatte, doch nach dem zweiten Anlauf schrieb er mir seinen Namen in Kanji auf und meinen gleich dazu. Toshiaki oder Toshi, wie ich ihn später nannte, blieb für alle folgenden Wochen auf dem Platz neben mir sitzen und mit den zunehmenden Sprachkenntnissen erweiterte sich auch unser Gesprächshorizont. Ich erfuhr, dass er in Japan als Kellner in einem großen Hotel gearbeitet und sich mit seiner dreimonatigen Reise nach Italien einen Traum erfüllt hatte, für den er lange gespart haben musste. Sein brennendes Interesse galt der römischen Antike; deswegen hatte er vor nach dem Sprachkurs seine restliche Zeit in Rom zu verbringen.

Meine Sitznachbarin zur Linken war seit dem zweiten Schultag die ehrgeizige Victoria piccola, die bisher mit allen und jedem in der Klasse zu konkurrieren schien und mir damit ziemlich auf die Nerven ging.

Als zur Pause geläutet wurde, ging ich auf die andere Seite des Klassenzimmers hinüber zu Victoria grande.

„Du bist aus Sankt Petersburg, nicht wahr? Dann ist dir Joseph Brodsky doch sicher ein Begriff?"

„Aber natürlich", erwiderte sie leicht erstaunt. „Brodsky wird bei uns regelrecht verehrt. Jeder in Sankt Petersburg hat schon mal etwas von ihm gelesen. Wir sind total stolz auf ihn, immerhin hat er 1987 den Literaturnobelpreis erhalten".

„Ich weiß. Bisher habe ich nur sein Venedig-Buch ‚Ufer der Verlorenen' gelesen; es ist eins meiner Lieblingsbücher. Nie hat jemand schöner über Venedig geschrieben."

Victoria blickte mich interessiert an. „Ich habe es auch gelesen. Er hat es übrigens nicht auf Russisch, sondern in Englisch geschrieben, wusstest du das?"

„Nein. Vielleicht sollten wir uns nach der Schule in Ruhe weiter darüber unterhalten. Ich würde mich freuen."

„Heute kann ich leider nicht, aber morgen Mittag würde es gehen."

„Wunderbar", sagte ich, „dann also bis morgen!"

Christopher hatte nicht weit von uns am Fenster gestanden und hinausgeblickt. Nun wandte er sich um und sprach mich an.

„Habt ihr beide gerade über Brodskys Venedig-Buch gesprochen?"

„Ja, genau. Kennst du es?", fragte ich.

„Aber ja! Ich habe mir neulich die amerikanische Originalausgabe im Internet bestellt. Es hat ewig gedauert, bis das Buch ankam, und als ich es endlich hatte, entdeckte ich die gleiche Ausgabe hier in einer venezianischen Buchhandlung. Das ganze Theater hätte ich mir also sparen können."

„Die Originalversion würde ich auch gern lesen. Wo ist denn die Buchhandlung?"

Er kramte einen Stadtplan aus der Tasche. „Der Laden ist nicht weit weg vom Markusplatz; er liegt zwischen San Marco und dem Campo S. Maria Formosa, mehr oder weniger auf meinem Heimweg. Wenn du willst, zeige ich ihn dir nach der Schule; es ist kein Umweg für mich."

Und so kam es, dass Christopher und ich nach Schulschluss gemeinsam schnellen Schrittes in Richtung San Marco gingen, während wir uns ein wenig unbeholfen und stockend über Venedig, den Unterricht und die Schwierigkeiten mit der italienischen Sprache unterhielten.

Oben auf der Accademia-Brücke blieben wir automatisch stehen und schwiegen. Der Blick über den sonnenbeschienen Canal Grande auf die angrenzenden Paläste und die Salute-Kirche war zu schön, um nicht innezuhalten. Immer noch schweigend gingen wir weiter bis zur Piazza San Marco, die heute ihr Postkartengesicht zeigte. Dahinter tauchten wir in das Gewirr enger, dunkler Gassen ein und standen schon bald vor der Buchhandlung.

„Ich komme mit hinein", sagte Christopher, „hier stöbere ich immer gerne herum." Er zeigte mir den Teil des Ladens, wo die Regale mit der englischsprachigen Literatur standen und wandte sich den Bildbänden zu. Ich fand das gesuchte Buch – *Watermark* mit englischem Titel – fast sofort, schlug es auf und fing gleich an darin zu lesen.

„Hast du die Widmung vorne im Buch gesehen?", fragte Christopher, der mir nun über die Schulter blickte. „Ein alter Freund von mir."

„Echt? Lebt er noch?", fragte ich völlig entgeistert.

„Vorgestern Abend im Restaurant war er noch am Leben", bemerkte Christopher trocken. „Apropos Restaurant, was hältst du davon, wenn wir noch irgendwo eine Kleinigkeit essen und trinken?", fuhr er fort.

„Gute Idee, ich habe seit einer Ewigkeit nichts gegessen", sagte ich lächelnd und ging zur Kasse, um mein Buch zu bezahlen.

Ein paar Ecken weiter fanden wir eine kleine Bar ohne Musikbeschallung und ließen uns an einem Zweiertisch nieder. Wir waren die einzigen Gäste. An der Theke wählten wir die obligatorischen Tramezzini aus, entschieden uns einvernehmlich gegen Kaffee und bestellten stattdessen zwei „Schatten", wie man in Venedig den Wein nennt, der tagsüber in den Bars – meist im Stehen an der Theke – getrunken wird.

„Was machst du in Venedig, Claudia?", fragte Christopher, nachdem wir unsere Plätze wieder eingenommen hatten.

„Ich nehme eine Auszeit", erwiderte ich. „Ich musste mal raus und den Alltagstrott unterbrechen. Vielleicht habe ich in letzter Zeit auch einfach zu viel gearbeitet."

„Was machst du denn beruflich?"

„Ich bin Anwältin, ich arbeite mit anderen Kollegen zusammen in einer Kanzlei in Berlin. Etwas mehr als zwei Monate habe ich mir für Venedig freinehmen können, was nicht ganz einfach war. Und du?"

„Ich bin Kunsthistoriker. Früher habe ich bei einem Kunstverlag gearbeitet und an mehreren Fachzeitschriften mitgearbeitet; auch als Kurator für Sonderausstellungen im New Yorker Guggenheim-Museum war ich ab und zu tätig. Jetzt orientiere ich mich neu. Ich habe vor, mich in Venedig niederzulassen, für immer. Vielleicht kann ich Aufgaben bei der Biennale übernehmen. Oder ich arbeite als Fotograf; das tue ich schon seit Jahren nebenher, teils als Hobby, teils professionell. Ich weiß es noch nicht. Wahrscheinlich sollte ich erst mal richtig Italienisch lernen."

„In Venedig niederlassen …! Ich beneide dich!"

„Vielleicht würdest du mich nicht beneiden, wenn dir die Vorgeschichte bekannt wäre", fuhr er fort. „In den letzten Jahren ist meine Ehe zerbrochen, ich habe beruflich eine ganze Reihe falscher Entscheidungen getroffen, und die letzte Finanzkrise hat meine komplette Zukunftsplanung über den Haufen geworfen. Ich brauche einen Neustart in meinem Leben. Aber ich will dich nicht mit meiner Geschichte langweilen."

„Wie dem auch sei, von New York nach Venedig ist ein großer Schritt. Respekt."

„Eigentlich hat es mich immer nach Europa gezogen. Schon als ganz junger Mann bin ich einen Sommer lang per Anhalter durch Frankreich und Italien gereist. Das hat mir damals erst die Augen geöffnet für Kunst, Kultur, Architektur, für Schönheit überhaupt. Es war ausschlaggebend für meine Berufswahl."

„Die klassische Grand Tour", lachte ich. „Wie ein Engländer im 19. Jahrhundert!"

Christopher ging zur Theke und kam wie selbstverständlich mit zwei weiteren Schatten zurück.

„In Berlin war ich noch nie", sagte er, nachdem er die Gläser kommentarlos auf den Tisch gestellt hatte „dabei wollte ich das schon lange. Ich habe ich eine Vorliebe für Berliner Porzellan, KPM."

„KPM?", echote ich.

„Ja, eine sehr edle Porzellanmanufaktur, wunderbare Sachen machen sie da. Mir gefällt es viel besser als Meißen oder Herend."

„Ich kenne die KPM", warf ich ein, „schließlich wohne ich ja in Berlin. KPM ist mein Lieblingsporzellan. Ich bin nur überrascht, dass du es auch kennst."

„Tja", meinte Christopher, „dann haben wir neben Genji und Brodsky jetzt die dritte Gemeinsamkeit. Drauf trinken wir!"

„Salute", ich griff zu meinem Weinglas.

„Ich kann sogar ein paar Worte Deutsch", fuhr Christopher fort.

„Lass hören!"

„*Jawohl.*"

„Hm, das sagt man heute eigentlich nicht mehr. Woher hast du das?"

„Mein Großvater kam aus Deutschland."

„Hat er dir noch mehr Wörter beigebracht?"

„Ja: *Fledermaus.*"

„Das gefällt mir! Ich mag Fledermäuse sehr gern. Und kannst du noch mehr auf Deutsch sagen?"

Christopher grinste. „*Nein.* Aber ich möchte wirklich gern einmal nach Deutschland kommen. Vielleicht besuche ich dich ja."

„Aber gerne", hörte ich mich sagen, „Ich würde mich wirklich freuen." Und das stimmte sogar.

„Warst du schon mal in den USA, Claudia?"

„Nein, nie. New York hätte mich durchaus gereizt, aber insgesamt bin ich kein USA-Fan, eher ein wenig anti ..."

„Ich verstehe. Ich bin selber manchmal antiamerikanisch, jedenfalls in politischer Hinsicht. Dieses Land entwickelt sich kontinuierlich zum Negativen." Er nippte an seinem Weinglas. „Europa könnte eine echte Alternative für mich werden. Und Venedig – das ist nicht zu überbieten."

Wir redeten und redeten. Christopher hatte seine Affektiertheit gänzlich abgelegt und erzählte entspannt und lebhaft; zugleich erwies er sich überraschenderweise als wunderbarer Zuhörer.

Plötzlich war es Nachmittag geworden. Er sah auf seine Uhr. „Ich muss los. Ich bin noch verabredet."

„Ja, ich sollte auch aufbrechen. Hier auf der Visitenkarte steht meine E-Mail-Adresse. Schickst du mir die Links, von denen wir gesprochen haben?" Ich schob meine Visitenkarte über den Tisch, die ich sehr gerne vorzeigte, kunstvoll handgedruckt in Venedigs letzter traditioneller Druckerei von Gianni Basso.

„Na klar! Schau mal ..." Christopher lachte und zog auch eine Visitenkarte hervor, ebenfalls von Gianni Basso und noch dazu in den gleichen Farben und mit den gleichen Schrifttypen gestaltet wie meine.

„Das glaube ich jetzt nicht." Diese Serie wurde mir langsam unheimlich.

„Das war ein schönes Mittagessen", sagte Christopher, als wir uns vor der Bar verabschiedeten. „Ich habe unser Gespräch sehr genossen".

„Ich auch", entgegnete ich und fühlte mich auf einmal etwas unsicher. „Also dann, bis morgen."

Abends fand ich eine Mail von ihm im Postfach, in der er mir verschiedene Links zu Ausstellungen und anderen Kulturveranstaltungen in Venedig geschickt hatte und sich noch einmal für unser Gespräch bedankte. Außerdem gab es einen Hinweis auf das Fotoforum, in dem er seine Venedigbilder ins Netz gestellt hatte.

In dieser Nacht schlief ich sehr unruhig. Gegen zwei Uhr wachte ich auf, und nach einer Stunde Wachliegens machte ich das Licht an, ging an meinen Schreibtisch und klappte den Laptop auf. Christophers Fotos von Venedig waren wunderschön. Sie fingen das Venedig ein, das auch ich liebte: Nicht die großen Sehenswürdigkeiten, sondern die Blicke abseits davon, stille Kanäle, kleine Läden und Bars, sanfte Morgenstimmungen und die nächtliche Leere in den Gassen. Ich sah sie mir lange an. Irgendwann wurde ich schlagartig müde. Ich legte mich wieder hin und schlief noch einmal ein.

Im Traum bin ich mit anderen Leuten in Venedig unterwegs, als plötzlich Christopher auftaucht. Auf einmal sind wir beide allein und stehen ganz dicht voreinander. Sein Gesicht kommt langsam immer näher, seine Lippen berühren die meinen, und wir küssen uns.

Verstört fuhr ich aus dem Schlaf und sah auf die Uhr; erst halb sechs, viel zu früh, um aufzustehen, egal, ich verließ fluchtartig das Bett und zog mich an. Zwanzig Minuten später befand ich mich bereits draußen auf dem Weg zur Anlegestelle. Auf der anderen Seite des Kanals lief ich planlos durch die Gassen; nur einige wenige Berufstätige waren unterwegs, alle eilig und gesenkten Blickes auf dem Weg zur Arbeit. Das war mir recht so. Ich war außer mir. Ich wollte niemanden sehen und nichts hören, nur um Himmels willen diese Verwirrung in den Griff kriegen. Am liebsten wäre ich den ganzen Tag weiter gelaufen statt zur Schule zu gehen, und gleichzeitig wollte ich nichts lieber, als heute Morgen das Klassenzimmer zu betreten und Christopher wiederzusehen. Ich ging in eine Bar, bestellte einen Cappuccino und dann gleich noch einen. Im Spiegel hinter der Theke sah ich mein müdes Gesicht, sehr blass und irgendwie durchscheinend.

Es blieb immer noch viel Zeit bis zum Schulbeginn, ich lief also weiter herum und landete am Ende im gewohnten Caffè Majer, in dem noch niemand von den üblichen Gästen zu sehen war. Ich war allein. Gut so. Mit einem weiteren Kaffee in der Hand starrte ich vor mich hin, als ich Christophers Stimme neben mir hörte.

„Ciao, Claudia. So früh unterwegs?"

„Ciao Christopher."

„Chris."

„Ich habe schlecht geschlafen und bin früh wach geworden", fuhr ich fort und stellte die Tasse ab, weil meine Hand leicht zitterte.

„Ich auch", sagte er. „Ich schlafe überhaupt ziemlich schlecht."

Er bestellte einen Espresso macchiato und ein Blaubeertörtchen, drehte sich halb zu mir und sagte etwas. Sein Gesicht war nicht weit von meinem entfernt und nun schoben sich die Bilder aus dem Traum mit Macht dazwischen. Ich hörte nicht, was er sagte, sah nur seinen Mund und schaute schnell wieder weg.

„Entschuldigung, ich habe nicht zugehört. Ein Blackout, ich bin schrecklich müde. Wie ich heute dem Unterricht folgen soll, bleibt mir ein Rätsel. Was hast du gesagt?"

„Es war nicht wichtig", erwiderte Chris, wie ich ihn von nun an nennen sollte. „Etwas über die Hausaufgaben, die ich nicht gemacht habe."

„Wenn du willst, kannst du von mir abschreiben", lächelte ich und griff erleichtert nach diesem Strohhalm.

*

Nach Schulschluss schlug ich Victoria grande vor, gemeinsam ins Caffè Rosso zu gehen. Chris bekam das mit und schloss sich uns einfach an. Ich wusste nicht recht, wie ich das finden sollte: Einerseits hatte ich mich mit Victoria, für die ich mich sehr interessierte, allein treffen wollen und fand sein Verhalten etwas übergriffig; andererseits freute ich mich, dass er den Kontakt suchte. Wie auch immer, wir gingen also zu dritt zum Rosso hinüber und bestellten das Übliche: Tramezzini und Kaffee, Espresso für mich, Cappuccino für Victoria und Espresso macchiato für Chris. An einem der anderen Tische saß Sabine mit Cornelia, einer neuen Schülerin aus Österreich, mit der sie sich anscheinend angefreundet hatte. Ich winkte ihnen zu und balancierte meinen Teller zu unserem Tisch hinüber.

„Seit wann bist du in Venedig, Victoria? Und was hat dich hergeführt?", fragte ich.

„Ich kam vor drei Jahren zum ersten Mal hierher. Damals habe ich auf einem großen Kreuzfahrtschiff gearbeitet, und die Reise endete in Venedig. Einige von der Crew hatten Landgang, aber es war ziemlich spät am Abend, und so wir liefen nur durch leere und dunkle Gassen, sämtliche Lokale waren bereits geschlossen. Die ersten Leute, die uns begegneten, haben wir dann gefragt, ob sie einen Tipp für uns hätten. Sie zeigten uns diesen Platz hier, den Campo S. Margherita, wo die Bars noch geöffnet hatten. Einer von ihnen war Stefano, mit dem ich seitdem zusammen bin." Victoria lächelte. „Er wohnt auf dem Festland, an der Brenta, wo auch die schönen Palladio-Villen stehen. Seither bin ich dort, wann immer ich kann."

„Arbeitest du noch auf dem Kreuzfahrtschiff?", fragte Chris.

„Nein, ich bin jetzt Stewardess auf einer Privatjacht. Sie gehört einem russischen Anwalt, der in London lebt. Meine Saison endet im Herbst und beginnt wieder im Frühling; in den Wintermonaten habe ich frei."

„Ich muss irgendetwas falsch gemacht haben", seufzte ich. „Ich bin auch Anwältin, aber mit der eigenen Jacht hat es nicht geklappt …"

„Aber hier ist es ja auch nicht schlecht", meinte Victoria heiter. „Venedig ist die schönste Stadt, die ich je gesehen habe. Und das will etwas heißen, denn ich liebe Sankt Petersburg über alles und konnte mir nie vorstellen, dass es anderswo noch schöner sein könnte als dort."

„Nach Sankt Petersburg wollte ich auch immer mal", sagte ich. „Es muss wundervoll sein."

„Das ist es wirklich. Du solltest es während der ‚weißen Nächte' im Sommer sehen, wenn die Sonne gar nicht mehr untergeht! Leider bin ich ja um diese Zeit nie da, weil ich dann arbeiten muss, aber ich könnte dir Tipps geben und den Kontakt zu einigen Leuten herstellen."

„Danke, ich komme ganz sicher auf dein Angebot zurück!"

„Und wie wäre es jetzt mit einem Spritz?", schlug Chris vor, der sich bisher kaum am Gespräch beteiligt hatte.

„Auf jeden Fall", erwiderte Victoria, noch bevor ich meine Einwände vorbringen konnte.

„Apropos St. Petersburg", nahm ich den Faden wieder auf, nachdem wir uns mit dem Spritz zugeprostet hatten. „Wusstet ihr, dass Brodsky Stammgast im Caffè Florian war? Er soll jeden Abend dort gewesen sein, hinten an der Theke, und wenn es nur ein kurzer Besuch auf dem Heimweg war."

„Im Florian war ich überhaupt noch nie", sagte Victoria. „Ich muss gestehen, dass ich es immer nur für eine Touristenfalle gehalten habe …"

„Um Himmels willen!", rief Chris. „Das Florian ist weit mehr als das, auch wenn es oft voller Tagestouristen ist. Es ist eine Institution, eine Legende!"

„Genau", fiel ich ein. „Es ist ein historischer Ort. Du kannst dir nicht vorstellen, wer da schon alles gesessen hat: Goethe, Verdi, Liszt, Balzac, Proust, Rilke, Thomas Mann und viele andere. Die Liste ist endlos. Casanova hat dort zum Abschied noch einen Kaffee getrunken, unmittelbar nachdem er aus den Bleikammern geflohen war, und bevor er Venedig verließ!", schloss ich begeistert.

„Was haltet ihr davon: Wir gehen demnächst mal gemeinsam hin und lesen uns gegenseitig aus ‚Ufer der Verlorenen' vor", sagte Chris.

„Eine gute Idee", stimmte Victoria zu. „Großartig!"

„Finde ich auch. Ich weiß auch schon, wo wir sitzen werden", ergänzte ich. „Es gab einen französischen Schriftsteller, den Brodsky übrigens in seinem Buch erwähnt, Henri de Regnier. Er hat Venedig sehr geliebt und Anfang des 20. Jahrhunderts ein schwärmerisches Buch über seine Aufenthalte geschrieben. Darin erzählt er unter anderem, wie er sich jeden Nachmittag mit Freunden im Florian getroffen hat. Sie saßen stets in einer Ecke des Teesalons, unter dem Bild des Chinesen. ‚Wir treffen uns beim Chinesen' war bei ihnen eine feste Redewendung."

„Also ist es abgemacht", fügte Chris hinzu. „Wir verabreden uns demnächst unter dem Bild des Chinesen und bringen unsere Bücher mit."

Wir prosteten uns erneut zu.

Nach einer weiteren Runde Spritz brachen wir auf. Während Victoria drinnen noch aufgehalten wurde, standen Chris und ich vor der Tür und würdigten die Tatsache, dass die Sonne hervorgekommen war und uns mit mildem Licht umhüllte.

„Das kleine leer stehende Haus dort drüben würde doch schon ausreichen, nicht wahr?", bemerkte Chris. „Was es wohl kostet? Es wäre hübsch, dort zu wohnen und jeden Abend hier gegenüber den Spritz zu trinken. Umgeben von so viel Schönheit … Übrigens keine Schönheit im Sinne der Perfektion", fuhr er fort, „wenn man genau hinsieht, gibt es hier Plastikblumen auf einigen Fensterbänken, hässliche Markisen und andere Details, die für sich allein genommen scheußlich sind. Aber das nimmt der Schönheit nichts; sie liegt über allem wie ein Flair, eine Aura, sie umfasst das unbeschreibliche Ganze, das Venedig ausmacht in seiner Einzigartigkeit."

Victoria kam heraus, wir verabschiedeten uns *a domani* und gingen in verschiedenen Richtungen davon. Victoria musste den Bus am Piazzale Roma nehmen, Chris' Heimweg führte über die Rialtobrücke, und ich wäre normalerweise zur Anlegestelle an den Zattere gegangen, aber ich wusste bereits, dass ich noch nicht wieder zurück in mein Zimmer wollte. Ich war voller Unruhe und Bewegungsdrang, meine Müdigkeit war irgendwo dahinter verschwunden.

Stundenlang lief ich durch die Gassen bis in die Dämmerung des beginnenden Abends hinein. Alles um mich herum schien verändert – was für ein Zauber war das? Ein völlig neues Venedig bot sich mir dar; es war voller romantischer Träume und verborgener erotischer Geheimnisse. Die Stadt der Venus zeigt für Verliebte ein anderes Antlitz als das rein ästhetische Venedig der Suchenden oder das morbide Venedig der Melancholiker. Alle Fassaden, alle Gassen und Plätze, alle Kanäle und Brücken flüsterten mir etwas zu, sie schienen mir zu winken und lockten mich hierhin und dorthin. Die Stadt der Verführung offenbarte sich mir.

*

Victorias Tagebuch

Seit ich Italienisch lerne, hat die Zahl meiner Bekanntschaften enorm zugenommen. Das klingt großartig, sagt aber eigentlich nicht viel aus, denn vorher kannte ich niemanden, mal abgesehen von Stefanos Freunden, für die ich nur seine Freundin und Begleitung bin. Die neuen Kontakte in der Schule sind meine Kontakte.

Die „kleine" Victoria ist aufgetaut und hat begonnen, mir auf dem Nachhauseweg von der Schule ihre Geheimnisse anzuvertrauen. Das ist mir gar nicht so recht, aber nun ist sie nicht mehr aufzuhalten. Sie hat außer mir niemanden, mit dem sie Russisch sprechen kann, Englisch kann sie gar nicht und ihr Italienisch reicht noch nicht für derartige Gespräche, wie bei uns allen. Vermutlich ist sie einsam, und ihre Lage scheint mir ziemlich schwierig zu sein: Daheim hat sie alle Brücken abgebrochen, die Scheidung von ihrem Mann läuft, ihren sechsjährigen Sohn hat sie bei ihren Eltern gelassen, den Job in einem großen Autohaus gekündigt und ist mit einem neuen Freund, den sie im Grunde kaum kennt, nach Italien gezogen, um hier ein neues Leben anzufangen. Ich vermute sogar, dass ihr Visum bereits abgelaufen und sie somit illegal hier ist. Sie zockt mit vollem Risiko. All das kann sie nur mir erzählen, weil kein anderer da ist. Ich bringe es nicht übers Herz, es ihr zu verwehren, obwohl ich sie eigentlich gar nicht besonders mag. Aber ok, wir Russinnen halten zusammen!

Viel spannender finde ich meine beiden anderen neuen Bekanntschaften: Claudia und Christopher. Claudia ist eine der deutschen Schülerinnen, ich schätze sie auf Anfang oder Mitte fünfzig. Eine gut aussehende Frau mit ausdrucksvollen dunklen Augen, die sich zwar dezent schminkt, aber ziemlich unvorteilhaft anzieht, was ihrer Figur gar nicht schmeichelt. Deutsche Frauen kleiden sich oft so rustikal und wenig feminin, Russinnen sind da ganz anders (leider übertreiben sie dann meistens in das andere Extrem hinein). Im Unterricht ist sie von Beginn an auf unspektakuläre Weise die Klassenbeste, sehr zum Leidwesen von Victoria piccola, die sich heftig an ihr abarbeitet. Ich hatte mich erstmal von ihr ferngehalten, teils weil sie immer so einen kühl abschätzenden, ausgesprochen kritischen Blick drauf hat, teils weil sie mich auch einfach nicht interessiert hat – ganz und gar nicht nicht meine Altersklasse ...

Diese Claudia sprach mich also neulich an und fragte, ob ich Joseph Brodsky kenne. Ich war ziemlich erstaunt, dass sie ihn kannte! Wir kamen schnell ins Gespräch und schon am anderen Tag gingen wir miteinander nach der Schule ins Caffè Rosso. Christopher, mein Sitznachbar, anscheinend auch ein Brodsky-Fan, kam einfach mit. Wir haben sicher zwei Stunden oder länger dort gesessen und über alles Mögliche geredet. Ich bin positiv überrascht und echt neugierig, wie sich das weiter entwickelt. Claudia ist Anwältin und verlebt hier so etwas wie ein Mini-Sabbatical. Bei Christopher blicke ich nicht durch, was er eigentlich tut; er scheint für länger hierbleiben zu wollen, äußert sich aber nicht weiter dazu. Er hat wohl noch einen Wohnsitz in oder bei New York, wo er als Kunsthistoriker gearbeitet hat. Keine Ahnung, ob er jetzt in Rente ist oder nur Pause macht wie Claudia.

Wie auch immer, diese neuen Kontakte sind ganz spannend, und mittlerweile sitzen wir quasi jeden Tag nach der Schule zusammen oder machen lange Spaziergänge durch die alte Märchenstadt. Da ich mich allein unweigerlich verlaufe – mein Orientierungssinn war noch nie der Rede wert, und hier in den Labyrinthen bin ich hoffnungslos verloren! – finde ich es sehr praktisch, mich einfach anhängen zu können. Sowohl Christopher wie auch Claudia scheinen über eine Art eingebautes Venedig-GPS zu verfügen und finden sich hervorragend zurecht.

Zuhause erzähle ich Stefano dann immer davon. Er konnte erst nicht verstehen, was mich an zwei Leuten reizt, die so viel älter sind als wir und meine Eltern sein könnten, aber irgendwann fand er das interessant und sagte, er wolle sie selber ganz gern mal kennenlernen.

Das geschah schneller als erwartet. Paola, eine unserer Lehrerinnen, hatte im Unterricht ein Lokal namens „Paradiso Perduto" erwähnt, eine Art Institution sei es und man müsse mal dort gewesen sein. Claudia ist bei Venedig-Tipps immer gleich wie elektrisiert. Sie fragte in der Pause herum, wer Lust hätte sich abends dort zu treffen, und es fanden sich blitzschnell eine Reihe von Schülern aus verschiedenen Klassen. Mir fiel ein, dass Stefano wahrscheinlich abends frei haben müsste und – soweit ich wusste – auch nicht anderweitig verabredet war, ich sagte also, dass ich ihn mitbringen würde.

Am Abend waren wir dann spät dran, dies und das kam noch dazwischen, sodass wir den Bus nicht mehr erwischten und das Auto nehmen mussten. Was wiederum zu einem erheblichen Zeitverlust bei der Parkplatzsuche am Piazzale Roma führte ... Weil Stefano als gebürtiger Venezianer alle Abkürzungen durch die Stadt kennt, schafften wir es aber doch noch einigermaßen in der Zeit.

Das Paradiso Perduto war brechend voll. Alle waren schon da und saßen dicht gedrängt an einem Tisch bei der Theke: Claudia, Pablo, Rita, Christopher, Nicolas, Toshiaki, Sumiko und einige Leute, die ich nur vom Sehen aus der Schule kannte, sowie zu meinem Erstaunen auch Victoria piccola, die sonst nie abends ausgeht (oder nie Ausgang hat?). Da eine Band spielte, konnte man nicht miteinander reden; das schien jedoch niemanden zu stören, die Stimmung war fröhlich und ausgelassen. Wir quetschten uns noch dazu und Stefano holte zwei Spritz. Immer, wenn die Band eine Pause machte, wechselten wir ein paar Worte über die Schule und unsere Lehrer oder über das ewig interessante Thema Venedig. Wir sprachen ausnahmsweise einmal alle Italienisch miteinander, was die Beiträge sehr verkürzte, aber es war ohnehin nicht der Ort für Gespräche. Ich liebe es immer sehr, Stefano Italienisch sprechen zu hören. Er ist ein ganz anderer, wenn er Italienisch spricht, ein bisschen fremd und irgendwie intensiver leuchtend.

Nach einer Weile fiel mir auf, dass Victoria piccola und Pablo sich näher gekommen waren. Pablo hatte erwähnt, dass dies sein letzter Abend in Venedig sei, am anderen Morgen um neun Uhr ging sein Flugzeug. Als wir miteinander hinausgingen, um eine Zigarette zu rauchen, klagte er mir sein Leid: Warum nur hatte er Victoria heute erst getroffen, sechs Monate sei er nun Venedig und keiner einzigen Frau begegnet, die ihr das Wasser reichen könne, und jetzt blieb ihm nur diese eine Nacht! Victoria selber äußerte sich wie immer eher zurückhaltend. „Er gefällt mir, dieser Junge", hörte ich sie mehrmals zu Claudia sagen.

Es war schon recht spät, als wir aufbrachen. Allen war völlig klar, dass Pablo nicht vorhatte, Victoria allein gehen zu lassen, sodass sich der Rest der Gruppe taktvoll verstreute. Claudia musste ein Stück in dieselbe Richtung wie wir, so verabschiedeten wir drei uns vor der Tür von den anderen. Dabei bemerkte ich eine gewisse Spannung zwischen Claudia und Christopher, als wüssten sie nicht, wie sich verabschieden sollten – einfach nur mit einem *a domani* oder sich die Hand geben oder eine angedeutete Umarmung? Wobei die erste und die letzte Variante, die hier gebräuchlichsten sind, je nach Anlass und Stand der Freundschaft. Sie aber wählten einen etwas steifen Handschlag, was irgendwie falsch und unbeholfen wirkte.

Bahnte sich da etwas an? Sonderbarer Gedanke. Ich finde die Vorstellung gewöhnungsbedürftig, dass Leute in ihrem Alter eine Affäre beginnen könnten. Und zumindest von ihr weiß ich, dass sie verheiratet ist und mehrmals die Woche mit ihrem Mann telefoniert. Andererseits – warum nicht? Möglicherweise ist das Liebesleben jenseits der Fünfzig oder Sechzig nicht so viel anders als bei uns? Oder sind sie vielleicht sogar freier, weil sie beruflich bereits das Gröbste hinter sich haben, und weil sie keine Familie mehr gründen müssen? Ich sprach auf der Rückfahrt mit Stefano darüber, der exakt diese Ansicht vertrat. Vielleicht ist das in Italien anders als bei uns.

*

Am anderen Morgen sah ich Chris schon von weitem vor dem Schuleingang stehen und warten, zusammen mit den stets überpünktlichen Japanern. Er lächelte mir zu, als ich näher kam, und löste damit heftiges Herzklopfen aus. Paola kam hinzu. „Was denn, noch geschlossen?", sagte sie und schloss das Tor für uns auf.

Die Schüler trafen nach und nach ein, fast alle kamen zu spät, die meisten sahen ziemlich müde aus. Victoria grande, chronisch unpünktlich, erschien erst um halb zehn. Die erste Unterrichtsstunde gestaltete sich zäh, Carla hatte ihre liebe Not mit uns. Toshiaki neben mir murmelte etwas von nicht wohlfühlen, legte seinen Kopf in die verschränkten Arme auf der Tischplatte ab und schlief ein.

Ich war auch nicht voll bei der Sache. Chris saß mir genau gegenüber auf der anderen Seite des Raums und wenn sich unsere

Blicke trafen, leuchteten seine Augen sehr blau. Das war mir vorher gar nicht aufgefallen; jetzt aber schien dieses blaue Licht der zentrale Punkt im Klassenzimmer zu sein.

Chris' Aussehen konnte sich ziemlich schnell und extrem ändern: Wenn es ihm nicht gut ging, sah er hager und alt aus. War er guter Dinge und fühlte sich wohl, wurde er plötzlich außerordentlich attraktiv, so wie heute.

Carla kündigte eine Partnerarbeit an, und diesmal teilte sie Chris und mich zusammen ein. Ich ging hinüber zu seinem Tisch und wir studierten gemeinsam das Arbeitsblatt, das sie uns gegeben hatte. Es ging darum, fehlende Begriffe in vorgegebene Sätze einzutragen, konjugierte Verben, wenn ich mich richtig erinnere. Das Ganze war ein Wettbewerb; so etwas machten sie gerne an der Schule: Die Arbeitsgruppen mussten innerhalb einer bestimmten Zeit fertig werden, dann wurden die Ergebnisse verglichen und gewonnen hatte das Tandem, das in der kürzesten Zeit alles richtig eingefügt hatte. Wir beide hatten bisher noch nie zusammen gearbeitet, doch nun ergänzten wir uns bestens, und alles ging wie von selbst. Bei der Präsentation der Ergebnisse spielten wir uns gegenseitig die Bälle zu, scherzten und brachten die ganze Klasse zum Lachen, und selbstverständlich gewannen wir den Wettbewerb.

Als ich an meinen Platz zurückkehrte, fühlte ich den prüfenden Blick von Victoria piccola auf mir ruhen. Hatte sie etwas bemerkt? Und alle anderen womöglich auch? Ich tat so, als vertiefte ich mich in meine Notizen und war froh, als es zur Pause klingelte und ich hinaus konnte.

Nach der Pause fand ich ein Lesezeichen auf meinem Platz vor. Es war keins der gängigen Lesezeichen, die man überall in Venedig kaufen kann, sondern selbst gemacht: Ein Ausschnitt aus einem Aquarell von William Turner auf feste Pappe aufgezogen und laminiert. Turners Venedig-Aquarelle liebe ich sehr; in Form von Kunstdrucken beziehungsweise in Bildbänden hatte ich sie seit Jahren gesammelt. Ich blickte auf und sah Chris lächeln.

Er kam zu mir herüber. „Ich dachte, das wäre ein hübsches Lesezeichen für dein neues Buch."

„Hast du es selbst gemacht?"

Chris lehnte sich an die Kante des Nebentisches. „Ja, ich mache alle meine Lesezeichen selbst, ein Tick von mir ..."

„Es ist wunderschön, danke!"

„Ich mag Turner sehr, vor allem natürlich die Venedigbilder."

„Ich auch, ich kenne sie alle, natürlich nicht im Original, aber ein paar aus der Venedig-Serie habe ich vorletzten Sommer in Basel gesehen, in einer Sonderausstellung."

„Ich hatte vor Jahren das große Glück, das ich mir in der Tate Gallery eine Sammlung seiner Skizzen ansehen konnte, die normalerweise unzugänglich sind. Ich durfte sie sogar berühren und die Mappe durchblättern, unter Aufsicht und mit Handschuhen natürlich."

„Was für ein Privileg! Kunsthistoriker müsste man sein! Ich beneide dich, aber vor allem danke ich dir für das tolle Lesezeichen."

„Es war mir ein Vergnügen", sagte Chris und setzte sich wieder an seinen Platz.

Paola kam herein, der zweite Teil des Unterrichts begann. Ich steckte das Lesezeichen in die Tasche, um mich wieder konzentrieren zu können, ohne Erfolg.

Kapitel 3

Das Studentenwohnheim fing an mir auf die Nerven zu gehen. Die Rezeption war selten besetzt, und wenn man mal etwas brauchte oder Fragen hatte, war keiner da. Jeden Montag sollten die Zimmer geputzt werden, aber häufig war bis Mittwoch noch nichts geschehen und dann ging es auch nur auf Nachfragen und Drängen. Im Laufe meiner ersten Woche war eine Wasserleitung in der Gemeinschaftsküche undicht geworden, sodass der Fußboden immer feucht war und bis zum Ende der zweiten Woche hatte sich immer noch niemand darum gekümmert. Die Idee, in einem Seitentrakt des Redentore-Klosters zu wohnen hatte mich seinerzeit entzückt, mittlerweile war ich jedoch gründlich ernüchtert: Es reichte mir.

Ich hörte mich in der Schule auf dem Flur und in der Klasse um, ob jemand von einem anderen Zimmer oder von einer kleinen Wohnung wusste, und hatte sofort Erfolg. Sabine empfahl mir ihre Vermieterin, die mehrere Wohnungen verwaltete und vermittelte. Sie hatte ihr von einer kleinen Wohnung erzählt, die gerade saniert worden war und auf ihren ersten Mieter wartete. Gleich mittags schrieb ich eine Mail und bekam postwendend Antwort. Es war zu schön, um wahr zu sein: Die Wohnung lag im alten jüdischen Ghetto von Venedig, hatte eine große Wohnküche und ein Schlafzimmer. Wegen der langen Mietdauer und der Nebensaison kostete sie nur wenige Euro mehr am Tag als mein jetziges Zimmer. Ich wollte sofort zusagen, aber die Vermieterin bestand darauf, mir die Wohnung zuerst zu zeigen.

Am anderen Tag fuhr ich mit der Linie 1 über den Canal Grande, voller Vorfreude auf die Besichtigung. Es war ein strahlend sonniger Wintertag, und alle Welt schien guter Laune zu sein. Pünktlich um 15 Uhr traf ich an der Haltestelle Ca' d'Oro ein. Eine blonde Frau in einem flauschigen Wintermantel lehnte am Geländer und schaute auf den Kanal hinaus. Sie wandte sich um und nahm die Sonnenbrille ab, und ich blickte in ein Gesicht voller Liebreiz mit klaren blauen Augen. Blaue Augen schienen für mich immer attraktiver zu werden, eine ganz neue Erfahrung.

„Hallo, sind Sie Claudia? Ich bin Angelika", sagte sie und gab mir die Hand. Plaudernd gingen wir die belebte Strada Nuova entlang und bogen schließlich durch einen der gut versteckten Eingänge in das historische Ghetto ab. Über eine kleine Holzbrücke und durch einen Sottoportego erreichten wir den großen Platz des Ghetto Nuovo, trotz des irreführenden Namens der älteste Teil des Ghettos, während Angelika mir von der Geschichte dieses Stadtteils erzählte. Ihr Mann, Alberto, gehörte zu einer der alteingesessenen jüdischen Familien von Venedig. Wir überquerten ein Brückchen, gelangten auf einen kleinen Campiello und blieben kurz darauf vor dem erleuchteten Schaufenster einer koscheren Bäckerei stehen.

„Hier ist es", sagte Angelika, „im dritten Stock. Die Treppen sind ein wenig steil."

Die Wohnung war genau richtig, frisch saniert, schlicht und geschmackvoll eingerichtet, geräumig genug, um Platz zu haben, aber nicht zu groß für eine einzelne Person – sie war wie für mich gemacht. Die vorderen Fenster gingen auf die schmale Gasse hinaus und die hinteren auf einen großen offensichtlich schon länger ungenutzten Innenhof, in dem kaputte Gartenmöbel und leere Blumentöpfe herum lagen. Ein kleines seitliches Fenster führte meinen Blick zu einem weiteren, nur etwa fünfzig Zentimeter entfernten Buntglasfenster, das mir einen ver-

schwommenen Einblick in die große Synagoge nebenan gewähr-
te.

„Die Wohnung ist ein Gedicht!" Ich war hingerissen.

Angelika lächelte zufrieden. „Das WLAN ist bestellt, aber wir
warten noch auf den Anschluss. So etwas geht in der Regel sehr
schnell, sollte man gar nicht meinen, weil wir in Italien sind, aber
es ist wirklich wahr. Innerhalb der nächsten Woche müsste es
klappen; bis dahin können wir Ihnen mit der Miete entgegen-
kommen."

„Das klingt wunderbar", sagte ich und fügte spontan hinzu, ob
wir uns vielleicht duzen könnten. Angelika schien sich darüber zu
freuen. Das ist vielleicht der Beginn einer wunderbaren Freundschaft, dachte ich, und genau das war es auch.

Abends schwärmte ich Martin in unserem Skype-Gespräch von
der Wohnung vor. Er freute sich aufrichtig mit mir. Ich erzählte
ihm auch von Victoria und Chris, und dass ich immer mehr neue
Bekanntschaften schloss. Von meinen Gefühlen für Chris sagte
ich nichts. Ich konnte sie während unserer Gespräche völlig aus-
blenden, das ging sogar wider Erwarten ganz leicht, denn ich
agierte in zwei voneinander getrennten Welten, die kaum Be-
rührungspunkte hatten.

Einen aktuellen Berührungspunkt beider Welten gab es allerdings doch: Meine Freundin Vera würde mich demnächst für ein
verlängertes Wochenende besuchen kommen. Eigentlich hatte
ich während dieses Aufenthalts keinen Besuch haben wollen,
nicht mal von Martin; es sollte eine richtige Auszeit sein, meine
freie Zeit, in der ich weder als Gastgeberin noch als informelle
Reiseleiterin fungieren wollte. Nur bei Vera hatte ich eine Ausnahme gemacht und freute mich jetzt auf ihre Ankunft.

Am anderen Morgen bedankte ich mich bei Sabine für den guten Tipp und erzählte freudestrahlend von meiner wunderbaren neuen Wohnung. Das war immer noch mein Thema, als ich nach der Schule mit Victoria und Chris im Rosso beisammen saß. Victoria fragte interessiert nach, ob ich denn nun in einen alten Palazzo mit bröckelndem Putz und blinden Spiegeln zöge, von denen in der Literatur so gern die Rede ist. Ich lachte und verneinte, packte jedoch ausführlich meine – von Angelika - neu erworbenen Kenntnisse über das historische Ghetto und seine spezielle Architektur aus: Das Ghetto war während seiner langen Geschichte stets zu eng gewesen und platzte schier aus allen Nähten, weshalb die Häuser mit so vielen Stockwerken wie nur möglich gebaut wurden, mit entsprechend niedrigen und nicht allzu geräumigen Wohnungen. Victoria wollte daraufhin unbedingt mal an einer Führung durch das Ghetto teilnehmen um mehr zu erfahren, und wir verabredeten uns dazu.

Chris hatte die ganze Zeit über abwesend und desinteressiert gewirkt. Weder hatte er sich zu meinen Neuigkeiten geäußert noch etwas nachgefragt. Er sagte überhaupt kaum etwas und brach früh auf. Solche Phasen hatte ich schon ein oder zwei Mal bei ihm beobachtet; er sah dann alt und müde aus und wirkte abweisend. Nichts erinnerte mehr an den liebenswürdigen Mann mit dem unwiderstehlichen Lächeln. Jetzt schien er ganz nach innen gekehrt, als liefe in seinem Kopf ein anderer Film ab, der all seine Konzentration in Anspruch nahm.

Zu solchen Zeiten war Chris fahrig und zerstreut und bekam auch im Unterricht kaum etwas mit. Er hatte es ohnehin nicht leicht mit dem Erlernen der neuen Sprache; durch diese Absencen verlor er nach und nach fast ganz den Anschluss an unser Lernprogramm. Ich beobachtete all das mit einer Mischung aus Staunen, Mitgefühl und Ärger, und ich empfand es als ausgesprochen verletzend, wenn er zuweilen abrupt den Kontakt abbrach und seine sonst so freundlichen Umgangsformen vergaß.

*

Victorias Tagebuch

Victoria piccola hält mich in Atem. Ich habe mir diese Rolle als Vertraute nicht ausgesucht, aber in den Pausen und auf dem Heimweg kann ich ihrem Mitteilungsdrang nicht entgehen und bekomme alle aktuellen Entwicklungen brühwarm erzählt. Sie hat sich also neulich von ihrem Freund, mit dem sie von Russland hergekommen war, getrennt. Warum, weiß ich nicht. Ich vermute, dass er seine Funktion erfüllt hatte und nicht mehr passte, aber wer weiß das schon. Im Zuge der Trennung musste sie umziehen und fand ein möbliertes Zimmer bei einer jungen Familie in Mestre. So weit so gut.

Jetzt hat Victoria ein Verhältnis mit ihrem Vermieter begonnen; die Ehefrau ahnt natürlich (noch!) nichts davon. Zwischendurch gab es das Intermezzo mit Pablo, und ich möchte wetten, dass im Hintergrund noch weitere Aktivitäten laufen. Sie hat verschiedene Eisen im Feuer, ganz klar. Auf mich wirkt sie wie ein Spieler am Roulettetisch, der alles, was er besitzt, auf Rouge gesetzt hat und nun gebannt auf den Tisch und die rollende Kugel starrt.

Neuerdings hat sie sogar begonnen, mich abends anzurufen, was Stefano – wenn er denn zuhause ist – ziemlich auf die Nerven geht. Mir langsam auch. Im Übrigen wird mir zwar vieles erzählt, aber mindestens genauso viel wird verschwiegen, sodass ich mich mehr als Zuhörerin und nicht als Vertraute fühle. Ich glaube, ich lasse mich überhaupt nur darauf ein, weil sie mir irgendwie leid tut. Ich spüre die Verzweiflung hinter ihrem hektischen Beziehungsleben. Victoria hat keinen Halt und weiß nicht, wohin. Sie kämpft um einen Neuanfang in ihrem Leben, irgendwo imponiert mir das auch.

Der Italienischunterricht macht mir Spaß. Ich merke, dass ich Fortschritte mache, wenn ich im Supermarkt, im Bus oder auf der Straße immer mehr von dem verstehe, was um mich herum gesprochen wird. Stefano ermutigt mich fortwährend, doch auch selber mehr zu sprechen. „Lieber ein bisschen falsch als gar nicht", sagt er immer. Das fällt mir schwer. Victoria piccola hingegen beherrscht das virtuos: Sie redet Italienisch wie ein Wasserfall, oft grammatikalisch falsch, manchmal ganz ohne Verben – egal – die Leute verstehen, was sie sagen will. Im Unterricht wird sie natürlich korrigiert und hat mittlerweile gelernt, das anzunehmen, weil sie unbedingt so viel wie möglich und kürzester Zeit lernen will. Sie hat sich sogar an Claudia, die neben ihr sitzt, angeschlossen, und die Konkurrenz mit ihr (um den Platz der Klassenbesten) zugunsten einer Art Zugewinngemeinschaft beendet. Nicht die dümmste Idee!

Andere Mitschüler tun sich mit dem Einfach-mal-sprechen noch erheblich schwerer als ich. Sabine zum Beispiel macht keinerlei Fortschritte und wirkt zunehmend frustriert. Toshiaki ist der Schüchternste unter uns; er spricht überhaupt nur, wenn es keinen anderen Ausweg mehr gibt, ohne das Gesicht zu verlieren. Chris wiederum hat wenig Probleme mit der Aussprache, jedoch umso mehr Schwierigkeiten mit der Sprache an sich. Er trägt es mit Würde und Geduld und vor allem mit einer Portion Selbstironie, die mir gefällt. „Aha, wieder die volle Punktzahl, wie immer", bemerkte er neulich trocken, als er eine korrigierte Hausaufgabe mit unzähligen Fehlern zurückbekam. Claudia schaute halb besorgt und halb belustigt zu ihm hinüber. Ich bin mir immer sicherer, dass sie sich in ihn verliebt hat, aber solange sie nicht von sich aus darüber spricht, werde ich auch nichts sagen.

Jedenfalls haben wir mittlerweile eine gute Stimmung in der Klasse. Die organisierten Exkursionen und die Abende in den Bars am Campo S. Margherita oder im Paradiso Perduto haben Wirkung gezeigt. An solchen Abenden – ermuntert durch ein Glas Spritz – verliert sogar Toshiaki seine Hemmungen und unterhält sich auf Italienisch mit uns. Ein Flair von studentischer Sorglosigkeit liegt dann in der Luft, eine Leichtigkeit, die vielleicht keiner Prüfung standhielte, aber egal, was soll's. So könnte es immer weiter gehen, doch spätestens am anderen Morgen fällt mir wieder ein, dass ich auf Nachricht vom Kapitän warte, und dann spüre ich, dass „die knochige Hand des Hungers" nach mir greift, wie wir in Sankt Petersburg sagen … Wenn ich wüsste, dass und ab wann ich wieder Arbeit habe, könnte ich die Zeit jetzt noch viel mehr genießen!

*

Es schneite ein wenig, als ich Vera am darauffolgenden Donnerstagabend am Piazzale Roma vom Bus abholte. Ich erblickte sie schon von weitem mit ihrem leichten Gepäck in der Nähe des Ticketbüros stehend; der Flughafenshuttle musste vor der Zeit angekommen sein – auch das ist Italien… Sie strahlte über das ganze Gesicht, als sie mich sah und wir fielen uns um den Hals.

„Wahnsinn", sagte sie, als wir kurz darauf mit der Linie 1 den nächtlichen Canal Grande entlangfuhren. „Das ist unbeschreiblich schön hier, noch viel schöner als auf den Fotos."

„Ja, das ist es, *unbeschreiblich* trifft es genau. Worte und Bilder können nie ganz wiedergeben, wie es ist, hier zu sein und all das mit eigenen Augen zu sehen. Ich bin froh, dass du hier bist", fuhr ich fort. „Ich habe viel zu erzählen."

„Und ich bin froh, dass du hier bist und mich abholst", erwiderte Vera. „Wir werden eine großartige Zeit haben!"

Während die Linie 1 ihren Weg im gemächlichen Zickzackkurs fortsetzte, schwiegen wir beide. Der Schneefall verstärkte den unwirklichen Zauber des Kanals noch, die Paläste tauchten schemenhaft aus den Schneeflocken auf und verschwanden alsbald in der Nacht, so wie Träume sich morgens auflösen.

An der Ca' Rezzonico stiegen wir aus und gingen durch die schon ganz weißgepuderte Calle Lunga in Richtung Hotel. Als wir an einer Bar vorbei kamen, hielt ich an.

„Wollen wir?", fragte ich mit einer Kopfbewegung zur Tür.

„Aber sicher doch!", entgegnete Vera.

Die Bar war brechend voll. Wir verstauten das Gepäck und die Mäntel in einer Ecke, fanden einen Platz an der Theke, und ich bestellte zwei Spritz.

„Willkommen in Venedig!"

Ich fing an zu erzählen: Von meinen anfänglichen Schwierigkeiten, vom Studentenwohnheim und dem bevorstehenden Umzug, von der Schule und meinen Mitschülern – und dass ich mich in einen davon verliebt hatte. Nun hatte ich es ausgesprochen.

„Ist nicht wahr!", rief Vera.

„Doch. Ich hätte es auch nicht für möglich gehalten, aber ich bin total verliebt, hin und weg wie ein Teenager", sagte ich.

„Jetzt brauche ich erst mal einen zweiten Spritz! Und dann will ich alles erfahren, vorher gehe ich nicht ins Hotel!"

Wir winkten dem freundlichen Mann hinter dem Tresen und bestellten. Es war eine Wohltat, über alles sprechen zu können. Vera hörte fasziniert zu, als ich schilderte, wie sich meine anfängliche Antipathie überraschend in Interesse und dann sehr schnell in Verliebtheit verwandelt hatte.

„Und er?", fragte sie. „Ist er auch verliebt?"

„Keine Ahnung, ich kann es nicht einschätzen … Sicher ist nur, dass er mich nett findet, und dass ihm an dem Kontakt gelegen ist. Aber mehr weiß ich nicht. Mal denke ich, er ist im Begriff, sich in mich zu verlieben, und am nächsten Tag schon wirkt er absolut nicht so. Es ist ein Auf und Ab. Und ich bin ganz sicher keine verlässliche Beobachterin, ich traue mir selbst nicht über den Weg. Die Hormone, du weißt schon."

Wir grinsten beide.

„Was ist mit Martin?", fragte Vera. „Weiß er davon?"

„Nein. Ich wüsste im Moment auch gar nicht, was genau ich zu erzählen hätte. Es ist ja nichts passiert, das spielt sich alles nur in meinem Kopf ab."

„Also ,fremdfühlen' und nicht ,fremdgehen', nicht wahr?"

„Ja, und dabei sollte es auch bleiben. Ich bin trotz aller Verliebtheit kein Teenager, ich habe meinen Platz im Leben gefunden, und der ist bei Martin."

„Und wenn doch etwas passiert?"

„Dann sage ich es ihm auf jeden Fall, aber wahrscheinlich nicht am Telefon oder per skype."

„Das klingt jetzt alles ganz schön abgeklärt", meinte Vera nachdenklich. „Auf der anderen Seite scheinst du mir schon ziemlich verändert. Du wirkst viel jünger, viel offener und unsicherer, aber irgendwie auch strahlend."

„Na ja, ich fühle mich auch jünger, mit allen Vor- und Nachteilen, die das so hat. Meine Gefühle schwanken andauernd, und ich bin außerstande, die Dinge richtig einzuschätzen. Vielleicht habe ich mich nur verliebt, weil ich hier allein bin? Oder spielt der Mythos ‚Venedig, Stadt der Liebe' dabei eine Rolle? Oder bin ich tatsächlich einem echten Seelenverwandten begegnet? Ich kann es einfach nicht beurteilen; ich weiß es nicht, ich kenne mich selbst nicht mehr."

„Dann schlage ich vor, dass du diesen Zustand einfach mal genießt! Wer weiß, ob so etwas Verrücktes noch jemals wieder geschieht." Vera prostete mir zu, und ich musste lachen. „Du hast recht, meine Liebe. Es ist ein Segen, mit dir über alles reden zu können. CinCin!"

*

Lange Zeit war ich ein- oder zweimal im Jahr nach Venedig gefahren wie zu einem romantischen Rendezvous mit einer exotischen Affäre. Aus anfänglicher Verliebtheit war eine feste (Fern-)Beziehung geworden. Und nun lebten wir für einige Zeit zusammen, Venedig und ich. Jetzt stand mein Umzug bevor: in meine erste richtige Wohnung in Venedig.

Vera fand das alles klasse und meinte, für sie sei das viel aufregender als die üblichen touristischen Sightseeing-Programme. Schon früh am Morgen trafen wir uns bei Fabio zum Frühstück und gingen dann auf mein Zimmer, um letzte Hand an mein Gepäck zu legen. Dieses Gepäck hatte sich in der kurzen Zeit bereits erheblich vergrößert: Bücher und Hefte, ein Föhn, Kerzen, Servietten, ein Weinglas, eine Tasse, Küchenutensilien, Lebensmittel, Wein und Olivenöl und anderes mehr. All das passte natürlich nicht in meinen Koffer, aber Angelika schuf Abhilfe, indem sie ihren Sohn Daniele mit einem geräumigen Carrello (so nennt man den Trolley für den Einkauf, in Venedig ein zwingend notwendiges Utensil!) vorbei schickte. Daniele war ein hübscher

Junge von ungefähr 16 Jahren, der sich sehr zuvorkommend, wenn auch schweigsam der schweren Gepäckstücke annahm. So kamen wir drei gut beladen an der Haltestelle Guglie und bei meiner neuen Wohnung an. Unser junger Begleiter wuchtete alle großen Teile die drei steilen Treppen hinauf, Vera und ich folgten dankbar mit dem Kleinkram. Dann war ich endlich da! Nachdem ich mich bei Daniele mit einem kleinen Geschenk bedankt hatte, öffnete ich für Vera und mich einen – leicht durchgeschüttelten – Prosecco.

„Das Leben ist schön", seufzte ich zufrieden.

„Stimmt", Vera hielt mir ihr Glas zum Nachfüllen hin.

„Wie geht es jetzt weiter?", fragte sie.

„Ich packe das Nötigste aus, dachte ich, und dann zeige ich dir etwas von der Stadt. Und heute Abend essen wir hier bei mir – zur Einweihung!", erwiderte ich.

Das Wochenende mit Vera war für mich wie ein Urlaub innerhalb meiner Auszeit. Ich war wieder ich selbst, jedoch angereichert um mein neues Ich, das sich in den letzten Wochen entwickelt hatte. Ich zeigte ihr einige nicht so bekannte Ecken von Venedig mit ganz einfachen Bars und Studentenkneipen, die nicht in den Reiseführern stehen. An einem eiskalten klaren Wintertag mit Ostwind fuhren wir mit dem Vaporetto über die Lagune nach Murano, Burano und Torcello, bis wir irgendwann die Kälte nicht mehr aushielten und uns in meiner Wohnung wieder aufwärmen mussten. Wir aßen Fisch und tranken Spritz oder Prosecco und hatten eine lustige Zeit. Obwohl ich noch ab und zu über Chris sprach, war meine Verliebtheit ein wenig in den Hintergrund getreten. Ich schlief besser und hatte sogar wieder Appetit.

*

Montagmorgen ging ich wieder zur Schule, während Vera auf eigene Faust loszog. Mittags wollte sie mich abholen und – wenn möglich – Chris kennenlernen oder doch zumindest gesehen haben. Aber daraus wurde nichts. Chris erschien nicht zum Unterricht, der damit für mich gleich eine Menge Glanz einbüßte und sich schier endlos hinzog. Als Victoria sah, dass ich abgeholt wurde, zog sie sich taktvoll zurück, sodass ich diesmal zu zweit mit Vera im Rosso saß, wo ich mich in Spekulationen über Chris' Fortbleiben ausließ. Vera hörte sich alles geduldig an, bis mir aufging, wie rücksichtslos das von mir war: Es war ihr letzter Tag in Venedig, am selben Abend noch musste sie abreisen, und ich saß hier und klagte. Wir taten also, was in Venedig immer das Beste ist: Wir machten einen langen Spaziergang durch die Stadt. Zwischendurch verschwanden wir immer mal in einer besonders schönen Kirche, einem kleinen Innenhof mit Außentreppen und Zisterne oder in einer der vielen Bars. Abends brachte ich Vera am Piazzale Roma zum Bus nach Treviso. Die Zeit mit ihr hatte mir deutlich gemacht, dass mein Verliebtsein nicht das einzige Glück war, das Venedig in diesen kostbaren Wochen für mich bereithielt. Ich bedankte mich bei ihr dafür, während sie mir versicherte, dass *sie* die Beschenkte sei.

Mit neuer Leichtigkeit im Herzen – ein Gefühl ähnlich wie nach einem Glas Prosecco – lief ich zu Fuß zurück ins Ghetto, „nach Hause" in meine neue Wohnung.

Im Treppenhaus roch es nach Backwaren, es war ein ganz spezielles Aroma, das ich vorher nicht kannte und der etwas mit dem koscheren Backen zu tun haben musste. Ich hatte diesen Duft von Anfang an geliebt und wusste, dass ich ihn später vermissen würde. Oben ging ich durch die beiden Räume, rückte hier und da etwas zurecht, spülte zwei Tassen von vorhin, lehnte mich aus einem der vorderen Fenster und blickte auf die enge Gasse herab, die nun leer und still war. Die Nachbarn von gegenüber hatten ihre Fensterläden geschlossen; der übliche Hör- und Sichtschutz, den man braucht, wenn man so extrem dicht beieinander wohnt, wie es in Venedig häufig und im Ghetto generell der Fall ist. Jetzt fühlte ich mich plötzlich sehr einsam, Vera fehlte mir. Ich schrieb ihr noch schnell eine Mail, nahm mir ein Buch und verzog mich in mein Schlafzimmer.

*

Tags darauf wartete Chris gewohnt überpünktlich zusammen mit den japanischen Schülern vor dem verschlossenen Schultor. Ich hatte mir angewöhnt, ebenfalls frühzeitig zu erscheinen, denn schon von der letzten Brücke aus konnte ich allmorgendlich das frierende Grüppchen vor der Schule stehen sehen. Dieser Anblick freute und rührte mich jedes Mal, und ich vermisste ihn, wenn sich die Schulpforte ausnahmsweise einmal früher geöffnet hatte und sie schon hineingegangen waren.

Chris hatte wieder in seinen offenen und freundlichen Modus gewechselt, als wäre es nie anders gewesen. Er begrüße mich lächelnd und erkundigte sich nach meinem Wochenende. Plaudernd gingen wir gemeinsam ins Klassenzimmer und blieben beieinander stehen, bis Carla kam und mit dem Unterricht begann.

Auch heute wurden wir beide wieder für eine gemeinsame Übung ausgewählt. Diesmal war es ein Rollenspiel. Das Thema der Lektion war Reisen: Wir sollten ein Ehepaar darstellen, das im Hotel nach einem Doppelzimmer fragt und eincheckt, sowie danach im Restaurant ein Abendessen auswählt. Carla übernahm die Rolle des Concierge und später die des Kellners. Anfangs war die ganze Sache nur peinlich und unangenehm. Was wir da auf Italienisch sagten und ob es das Richtige war, nahm ich überhaupt nicht wahr. Dann trafen sich irgendwann für einen Moment unsere Blicke und ein Funken Humor blitzte auf. Wir hatten uns verständigt. Jetzt bekam die Szene Schwung: Ich gab die zickige, gereizte Ehefrau, während er die Rolle des schicksalsergebenen resignierten Ehemanns spielte. Wir amüsierten uns ausgezeichnet und unser Publikum ebenfalls.

Victoria war mit Stefano verabredet, der einen freien Tag hatte, also standen Chris und ich etwas unschlüssig vor der Schule in der Sonne und setzten unser Gespräch vom Morgen fort. Es ging noch mal um den Genji-Roman und japanische Kunst, für die wir beide ein Faible hatten. Ich fragte ihn, ob er das ostasiatische Museum im Palazzo Pesaro kenne und landete damit einen Volltreffer, denn er wusste nichts von seiner Existenz.

„So gut wie niemand weiß, dass es dieses kleine Museum gibt", versuchte ich zu beschwichtigen. „Ich bin ganz zufällig darauf gekommen, als ich auf der Homepage der Ca' Pesaro etwas gesucht habe."

Chris hatte den Schock noch nicht verdaut. „Das erschüttert meine Berufsehre. Ich dachte, ich kenne alle Museen dieser Stadt."

„Ich kenne es ja auch noch nicht, ich war noch nicht drin."

„Dann gibt es nur eines: Wir gehen zusammen hin, ich lade dich ein. Wie wäre es mit übermorgen?"

„Wunderbar, das machen wir – dopodomani –, wie es so schön auf Italienisch heißt; eine meiner Lieblingsvokabeln" lächelte ich.

‚Das ist nun unsere erste richtige Verabredung zu zweit', dachte ich später auf meinem Heimweg. Ich war froh, jetzt mit meinem Herzklopfen allein sein zu können, denn ich wollte mir die Aufregung keinesfalls anmerken lassen. Das war wieder einer der

Momente, in denen ich mich wie eine verliebte 17-Jährige fühlte; die Gedanken kreisten nur noch um dieses Übermorgen, ich nahm meine gegenwärtige Umgebung gar nicht mehr wahr. Nach langen Umwegen durch belebte und leere Gassen und über eine Vielzahl von Brücken stellte sich der Bodenkontakt langsam wieder ein. Ich ging in eine irgendeine Bar und starrte durch das Fenster auf einen kleinen Kanal hinaus. Es hatte keinen Sinn, sich in Phantasien zu verlieren. Nichts wünschte ich mir sehnlicher, als das er sich in mich verlieben möge. Nichts fürchtete ich mehr.

Am Tag unserer Verabredung kam der falsche Chris zur Schule, der reservierte, verschlossene Chris, der zudem noch ausgesprochen schlecht gelaunt war. Er bemerkte kurz, er habe schlecht geschlafen und sei entsetzlich müde. Den ganzen Vormittag hindurch sah er mich weder an noch sprach er mit mir oder sonst jemand.

‚Na wunderbar‘, dachte ich. ‚Gleich wird er absagen. Und wenn er nicht absagt, wird es ein furchtbarer Nachmittag …‘

Er sagte nicht ab. Mittags gingen wir schweigend nebeneinander her in Richtung Ca‘ Pesaro. Die Sonne schien, es war ein wundervoller Tag, Venedig strahlte und spiegelte sich selbstverliebt in den Kanälen. Ich versuchte, die düstere Wolke um meinen Begleiter herum zu ignorieren und den Weg zu genießen.

Das Museumsfoyer war ziemlich leer. Ich kannte das Haus noch gar nicht, während Chris die Hauptabteilung – moderne Kunst vom Ende des 19. Jahrhunderts bis zur Gegenwart – schon besucht hatte. Die ostasiatische Sammlung befand sich ganz oben im Dachgeschoss, aber Chris bestand darauf, dass ich mir vorher auch die unteren Etagen ansehen sollte. Heute kann ich mich an diesen Teil des Museums kaum erinnern. Es gab einige berühmte Namen unter den vertretenen Künstlern, doch ich weiß sie nicht mehr. Nichts machte mir Eindruck, nirgendwo blieb ich länger stehen, während ich aus den Augenwinkeln Chris wahrnahm, der mit langen Schritten und finsterer Miene durch die Räume ging. Die Stimmung war am Nullpunkt angekommen.

Schließlich gelangten wir über eine kleine Seitentreppe zur japanischen Sammlung. Der Zugang lag ein wenig abseits und versteckt, vielleicht waren das hier oben früher die Dienstbotenräume gewesen. Für uns beide wurde es zur verzauberten Pforte in eine Anderswelt. Die Atmosphäre der Ausstellung nahm mich sofort gefangen, und auch Chris wirkte schlagartig hellwach. Hier oben waren wir ganz allein, und es herrschte vollkommene Stille. Wir sprachen immer noch fast gar nicht miteinander, aber es war ein einvernehmliches Schweigen, unterbrochen von kurzen Hinweisen wie „Schau mal hier!" oder „Hast du das gesehen?".

Japanische Kunst und Kultur war lange Zeit etwas gewesen, wofür ich mich sehr interessiert hatte. Martin, der sich früher einmal ein Jahr in Japan aufgehalten hatte, brachte das sozusagen mit in die Ehe, und ich war sofort Feuer und Flamme gewesen. Die Ästhetik der Schlichtheit, die Eleganz des scheinbar Einfachen, die Kunst des Weglassens, alles das hatte mich fasziniert. Jahrelang war ich dem in Ausstellungen und Büchern nachgegangen, bis das Thema anlässlich meines ersten Aufenthalts in Venedig von Platz eins verdrängt wurde. Heute kreisten meine kulturellen Interessen hauptsächlich um diesen einen – allerdings sehr gehaltvollen – Mittelpunkt: Venedig war so etwas wie mein privates Studienobjekt geworden, was mir übrigens in der Schule bei Lehrern und Mitschülern zu viel Ansehen verholfen hatte.

Und hier traf nun beides zusammen. In den Ausstellungsräumen befand ich mich ganz und gar im Japan vergangener Jahrhunderte, doch nur durch einen einzigen Blick aus einem der Dachfenster wurde ich wieder nach Venedig katapultiert. Chris kam den Fenstern nicht zu nahe und blieb ganz in Japan. Er geriet völlig außer sich vor Begeisterung, als er eine große Bildtafel entdeckte, die den Hof des Prinzen Genji darstellte. In einem anderen Raum mit kleineren Bildern und Gegenständen in Glasvitrinen schlug ich vor, dass wir uns jeder ein Ding aussuchen sollten, welches wir am liebsten stehlen und mit heim nehmen wollten. Ich wählte eine zarte Tuschzeichnung, die einen blühenden Pflaumenbaum darstellte, während Chris sich eine edel gearbeitete Gürtelschnalle aussuchte.

Als wir die Ca' Pesaro schließlich verließen, hatte sich das Licht verändert, es war bereits mitten am Nachmittag. Wir hatten plötzlich furchtbaren Hunger und begaben uns auf die Suche nach einem Restaurant, aber das war nun gerade die Zeit zwischen Mittag und Abend, in der alle geschlossen hatten. Mir fiel ein Weinlokal mit Fischspezialitäten ein, das Angelika mir empfohlen hatte, der Chef war ein Freund von ihr. Ich fragte Chris, ob wir es auf gut Glück dort versuchen sollten, und er war einverstanden.

Wir hatten tatsächlich Glück; der Besitzer stand hinter der Theke des gänzlich leeren Lokals, und auf meine ängstliche Frage, ob er uns etwas zu essen machen würde, erwiderte er gelassen „certo". Chris lächelte mich an. Er wies mich darauf hin, dass wir die Restaurantszene ja bereits im Rollenspiel geübt hatten, und wir mussten beide lachen.

Ich bat Francesco, den Wirt, um seine Empfehlungen für Fisch und Wein, wobei ich einfließen ließ, dass ich eine Freundin von Angelika sei. Solche Querverbindungen öffnen in Italien viele Türen und lassen einem eine besondere Behandlung zu teil werden. Ob es nun daran lag oder am Umstand, dass gerade nicht viel zu tun war: Francesco tischte eine grandiose Fischplatte auf und versorgte uns mit wunderbarem Weißwein.

Wir saßen im Dämmerlicht in einer Ecke ganz hinten im Lokal und wähnten uns im Paradies. Das Essen und der Wein waren köstlich, die Welt versunken und die Zeit stehen geblieben.

„Wir halten uns hier in mindestens drei Ländern auf", meinte Chris. Er zeigte auf einen großen Tisch, auf dem dekorativ wie in einem Stillleben ein riesiger Schinken und mehrere Käse lagen „Das könnte in Frankreich sein", er wies auf ein Regal mit elegant-schlichtem Porzellan, „und das in Japan" und fügte dann hinzu, auf die imposante Espressomaschine weisend, „während wir uns hier eindeutig in Italien befinden".

„Höhepunkte aus drei Kulturen", ergänzte ich. „Und wir mittendrin."

„Darauf trinken wir."

Draußen wurde es dunkel, nach und nach füllte sich das Lokal. Wir beide saßen wie auf einer Insel inmitten von all dem. Die Geräusche drangen nur gedämpft bis zu uns vor, es fühlte sich an, als wären wir immer noch allein.

„Ich esse dir die ganzen Austern weg, wenn du dich nicht beeilst", bemerkte Chris und nahm sich eine Auster von unserem Fischteller.

„Keine Sorge. Austern mag ich nicht."

„Ich liebe sie. Wir haben früher direkt an der Küste gewohnt, da gab es immer frische. In den letzten Wochen vor ihrem Tod mochte meine Mutter gar nichts mehr essen, außer ab und zu ein paar Austern."

„Wann ist sie gestorben?"

„Vor vier Jahren, im März."

„Meine Mutter ist ebenfalls vor vier Jahren gestorben, einen Monat später, im April."

Ich fischte mir ein paar Cappelonghe und eine Jakobsmuschel von der Platte. „Als ich heute Morgen auf das Vaporetto gewartet habe, kam ein Trauerzug vorbei", fuhr ich fort. „Ein blumengeschmückter Sarg auf einer Barke, und die Trauergäste folgten in weiteren Booten. Ich sah sie vorbei ziehen und dachte daran, dass es auch meine Beerdigung sein könnte."

„Gott sei Dank war es das nicht", erwiderte Chris.

„Aber die Nähe zum Tod habe ich gespürt, nicht aktuell, sondern generell; ich war in Kontakt mit meiner Sterblichkeit."

„Ich verstehe. Diesen Kontakt hatte ich im letzten Jahr ganz konkret. Ich hatte Krebs."

Ich muss wohl sehr erschrocken ausgesehen haben, denn Chris beruhigte mich sofort. „Es ist alles wieder gut. Ich bin operiert worden, und jetzt ist alles ok."

Nun war es an mir „Darauf trinken wir!" zu sagen.

Wir lächelten einander zu.

„Du kennst doch sicher vom Vorbeifahren die kleine Skulptur auf halber Strecke zwischen den Fondamente Nove und San Michele? Die beiden Gestalten auf der liegenden Mondsichel, weißt du, wer das ist?", Chris sah mich an und fuhr fort „das sollen Dante und Vergil sein. Vergil weist mit dem ausgestreckten Arm auf die Friedhofsinsel."

„Ja, die Figuren kenne ich natürlich, aber ich wusste nicht, wen sie darstellen. Dante und Vergil also, unterwegs in die andere

Welt. Was für eine gute Idee, sich von ihnen den Weg zeigen zu lassen."

„Der Tod in Venedig…, das Thema taucht hier immer wieder auf, poetisch, romantisch, düster und manchmal nur so im Vorüberfahren. Dante und Vergil werden abends übrigens farbig angestrahlt, dann sehen sie wunderbar kitschig aus."

Worüber wir sonst noch sprachen, weiß ich nicht mehr, wohl aber sehe ich die Szene im halbdunklen Lokal deutlich vor mir, die nunmehr voll besetzten Tische und die Leute an der Theke. Ich kann den Plauderteppich noch hören, der den Hintergrund für unser Gespräch bildete. Vor allem ist mir die dichte Atmosphäre an unserem kleinen Tisch noch gegenwärtig; ein exklusives Mikroklima aus einer Mischung von Harmonie und Leichtigkeit.

Der Abend war bereits fortgeschritten, als wir langsam zur Haltestelle der Linie 1 gingen, wo sich unsere Wege trennen würden. Die Anlegestelle war leer, kein Mensch, kein Boot, nur der betörende Anblick des nächtlichen Canal Grande – als hätte es dieses zusätzlichen Zaubers noch bedurft!

Wir sprachen beide kein Wort.

Sein Vaporetto kam als erstes; gerade wollte ich „Ciao, a domani" sagen, als Chris mich in den Arm nahm und ganz leicht auf den Mund küsste. Dann wandte er sich ab und stieg ein. Sprachlos und verwirrt blieb ich zurück ohne mich noch einmal vom Fleck zu rühren, bis schließlich mein Boot anlegte und mich sanft nach Hause schaukelte.

*

Von diesem Tag an bedurfte es keiner besonderen Verabredung mehr, um die Pausen und die Mittagszeit miteinander zu verbringen. Einträchtig und vollkommen selbstverständlich verließen wir jeden Tag gemeinsam die Schule, mal mit, mal ohne Victoria. Ich fragte mich manchmal, was wohl die anderen in der Klasse über die Natur unserer Beziehung dachten. Auf jeden Fall war es allgemein klar und akzeptiert, dass wir Freunde waren. Kam ich einmal ohne Chris irgendwo hin, wurde ich sofort gefragt, wo er denn sei.

Wir verbrachten viele Nachmittage – fast nie den Abend – miteinander, wir fotografierten, zeigten einander immer wieder neu entdeckte Schätze von Venedig und redeten stundenlang über Kunst und Politik und vieles mehr. Nur über unsere Leben jenseits von Venedig sprachen wir so gut wie nie. Von unseren Berufen und dem jeweiligen Familienstand hatten wir Kenntnis; manchmal erwähnte ich Martin, ohne dass ich viel von ihm erzählte, und Chris hielt es mit seinen beiden Kindern ebenso. Ich wusste, dass er geschieden war und zwei erwachsene Töchter hatte, mehr nicht.

Die andere Welt, das „Daheim", war hier ganz in den Hintergrund getreten, sie existierte noch, aber lediglich wie ein blasses Bild. Die meiste Zeit über lebte ich im „Hier und Jetzt" und begriff zum ersten Mal, was das heißt.

„Glaubst du", fragte ich Chris, „dass eine Zeit ‚ewig' sein kann? Ich habe zuletzt viel darüber nachgedacht, weil ich meine zehn Wochen hier manchmal als ‚Ewigkeit' empfinde. Nicht im Sinne von ewiger Dauer, sondern eher wie ein Qualitätsmerkmal. Einerseits weiß ich natürlich, wie kurz diese kostbaren Wochen sind, aber gleichzeitig fühlt es sich auch an, als lebte ich hier und jetzt ein komplettes Leben. Und es ist unvorstellbar geworden, je wieder von hier fortzugehen." Ich seufzte. „Es ist so schwer zu beschreiben. Vielleicht ist all das nur romantisch verklärtes Wunschdenken und Verdrängung der Realität … Verstehst du, was ich meine?"

„Nicht ganz", meinte Chris nachdenklich. „Ich kenne Augenblicke der Ewigkeit, Momente von großer Dichte. Vielleicht ließe sich das als eine Art ‚Angeschlossensein' an etwas Größeres bezeichnen …, aber ich bin mir nicht sicher, ob es das ist, was du gemeint hast."

„Ich bin mir nicht sicher, ob ich selbst weiß, was ich gemeint habe. Auf jeden Fall fühle ich mich in einer Aus-Zeit, ich bin zwar noch ich, aber ich befinde mich plötzlich in einem anderen Leben."

Ich vermute übrigens, dass es vielen anderen in unserer Schule ähnlich ging. Wir befanden uns alle in einer Art Zwischenwelt. Man sprach allgemein sehr wenig über das andere Leben zu Hause. Jeder schien ein Geheimnis zu haben, nicht nur Victoria piccola, und es gehörte zum guten Ton, an dieser Stelle nicht nachzufragen, selbst wenn sich bisweilen eine Gelegenheit dafür bot. So gesehen wussten wir alle kaum etwas voneinander, doch ich fand, dass wir auf mysteriöse Weise sehr viel voneinander wussten und auf eine ganz spezielle Art miteinander verbunden waren. Auf Chris und mich traf das in besonders ausgeprägter Form zu.

*

„Wir sollten bald zu unserer privaten Lesung ins Caffè Florian gehen", meinte Chris eines Morgens, „und zwar bevor die Touristenströme wieder einsetzen."

„Du hast recht", erwiderte ich. „Wollen wir Anfang nächster Woche gehen? Ich glaube, montags ist es relativ ruhig und leer."

„Montag ist perfekt, wenn es bei Victoria passt!"

Victoria war Feuer und Flamme, und am darauffolgenden Montag machten wir uns nach dem Unterricht auf den Weg zum Florian.

Das Café war erfreulich leer und meine bevorzugte Sitzecke „unter dem Chinesen" im chinesischen Teesalon frei. Wir ließen uns auf der Eckbank mit den roten Samtpolstern nieder und schauten uns lächelnd um.

„Was für ein erstaunlicher Ort", sagte Victoria. „So schön und so reich an Geschichte!" Sie strich mit der Hand über das Polster. „Wer wohl hier schon alles gesessen hat, genau hier?"

„Ja, wer weiß", erwiderte ich. „Abgesehen von Henri de Régnier mit seinen Freunden sicher noch eine Menge viel bekannterer und berühmterer Leute. Die Liste ist lang, angefangen bei Casanova ..."

„Aber vielleicht haben sie in der Zwischenzeit auch mal die Bänke neu bezogen", fügte Chris hinzu und schlug die Karte auf.

Wir bestellten Tee, weil das besser zum chinesischen Salon passte als Kaffee oder Spritz. Victoria fand außerdem, dass sie unbedingt ein Tartufo probieren musste. Der Kellner in seiner weißen Livree servierte uns alles sehr elegant und stilvoll in feinstem Porzellan auf silbernen Tabletts. Chris würdigte dies, indem er die Rolle des Teemeisters übernahm, der den Tee formvollendet zubereitete und einschenkte. Es war ein Genuss, ihm dabei zuzuschauen.

Ich nippte an meinem Tee – er war köstlich, irgendetwas mit Rosenblüten, glaube ich – und lehnte mich zurück. Die ganze Situation war wie in einem Traum, ein Zustand, der sich in Venedig leichter als anderswo einstellt, in verschiedenen Stufen der

Intensität, diesmal sehr weit oben auf meiner persönlichen Skala von Verzauberung.

Nach der ersten Tasse Tee holten Chris und ich unsere Bücher hervor, er die englische Fassung und ich eine italienische Übersetzung von „Ufer der Verlorenen". Victoria hatte ihre russische Ausgabe leider in Sankt Petersburg gelassen.

Wir hatten vorab mehrere Lieblingsstellen ausgesucht und vereinbart, sie jeweils zuerst in Englisch und gleich danach in Italienisch vorzulesen. Chris begann zu lesen:

> *„Das Schiff fuhr langsam durch die Nacht, wie ein schlüssiger Gedanke durch das Unbewußte. Knietief im pechschwarzen Wasser standen zu beiden Seiten die riesigen geschnitzten Truhen dunkler Palazzi, angefüllt mit unergründlichen Schätzen – Gold in aller Wahrscheinlichkeit, dem schwachen gelben elektrischen Schimmer nach zu schließen, der dann und wann durch Risse in den Fensterläden drang."*

Er las leise und wohlklingend, gerade ausreichend hörbar für uns drei an unserem Tisch. Chris verfügte über zwei gänzlich verschiedenen Stimmen, eine laute und eine leise. Die Erstere war gar nicht mal laut im engeren Sinne, sondern eher durchdringend und dominant. Das war seine „offizielle" Stimme, wenn er sich irgendwie darstellen oder etwas erklären wollte. Er klang dann ebenso eindringlich wie affektiert, was mich in der Regel nervte. Mir schien das übrigens immer eine transatlantische Besonderheit zu sein: Sehr viele Amerikaner können sich akustisch mühelos bis in den letzten Winkel eines Raumes ausbreiten, was bei anderen Nationalitäten eher selten vorkommt. Saßen wir hingegen zu zweit beisammen, unterhielt er sich mit mir im vertraulichen Ton, das war seine „private" Stimme, die leise, wohl-klingende, fast schon zärtliche.

Die Nuanciertheit der einen und die Innigkeit seiner anderen Stimme fügten sich nun zu einer dritten, der ich hätte ewig zu-hören mögen.

„Im Winter erwachst du in dieser Stadt, vornehmlich am Sonntag, beim Läuten unzähliger Glocken, als vibriere hinter deinen Gazevorhängen ein gigantisches Teeservice aus Porzellan auf einem silbernen Tablett im perlgrauen Himmel. Du reißt das Fenster auf, und das Zimmer wird im Nu von diesem geläutbefrachteten Dunst draußen überflutet, der zum Teil aus Sauerstoff und zum Teil aus Kaffee und Gebeten besteht. Unabhängig davon, welche Art von Tabletten und wie viele du an diesem Morgen schlucken musst, du hast das Gefühl, dass für dich noch nicht alles vorbei ist."

Nach einigen Absätzen blickte er immer auf und zu mir hinüber, um mir meinen Einsatz zu signalisieren. Die italienische Version gelang mir nicht so flüssig, aber ich hatte vorab ein wenig geübt und kam zumindest nicht ins Stocken. Italienische Texte klingen von Natur aus gut, das half mir.

„Bei Sonnenuntergang sehen alle Städte wunderbar aus, doch manche eben mehr als andere. Reliefe werden ge-schmeidiger, Säulen runder, Kapitelle lockiger, Gesimse energischer, Turmspitzen strenger, Nischen tiefer, Jünger sehen drapierter aus, Engel schwebender. ... „Abbilden", wispert das Winterlicht, das nach seiner langen Reise durch den Kosmos schlicht an der Ziegelwand eines Hos-pitals hängen bleibt oder heimkehrt in das Paradies von

San Zaccarias Giebel. Und du spürst die Müdigkeit dieses Lichts, das noch etwa eine Stunde lang in den Marmormuscheln von Zaccaria ruht, während die Erde dem Lichtgestirn die andere Wange bietet. Das ist das Winterlicht in seiner reinsten Gestalt".

Wir wechselten hin und her, bis die ganze Auswahl gelesen war. Ganz zum Schluss suchte Chris meinen Blick, schaute mir in die Augen und lächelte mich an. Da war wieder solch ein Moment von Ewigkeit, unvergänglich und unzerstörbar.

Victoria, die konzentriert und beglückt zugehört hatte, bedankte sich bei uns. Wir strahlten alle drei. Chris sprach einen der Kellner an und bat ihn, uns zu fotografieren. Dieses Foto schickte er mir noch am selben Abend per Mail. Unsere Stimmung ist darauf spürbar eingefangen, das Bild leuchtet geradezu vor Glück.

Kapitel 4

Ich hatte mich gut eingelebt. Im näheren Umfeld der Wohnung fand ich alles, was ich für das tägliche Leben brauchte, Gemüse- und Fischstände, mehrere Bäcker, einen Weinladen, einen kleinen Supermarkt und vor allem eine wunderbar aromatisch duftende Kaffeerösterei, wo ich an der Theke meinen Espresso trinken konnte.

Morgens musterte ich mit Interesse mein Gesicht im Spiegel, es fing an sich zu verändern, wenn auch nicht in dem Maße, in dem ich mich innerlich verändert fühlte. Dann kochte ich mir den ersten Kaffee des Tages in meiner Küche und erinnerte mich dabei manchmal an die Gemeinschaftsküche und das *„poison"* im Studentenwohnheim. Den zweiten Kaffee trank ich im Caffè Majer gegenüber von der Schule, wo sich inzwischen allmorgendlich ein lockerer Kreis von Mitschülern einfand.

Mit dem Umzug hatte sich auch mein Schulweg geändert; ich kam nun aus der entgegengesetzten Richtung. Es gab zwei Abkürzungen, die ich zu Fuß hätte nehmen können, einmal über die Rialtobrücke – wie Chris – oder über den Piazzale Roma – wie die beiden Victorias –, doch ich konnte der Versuchung nicht widerstehen, die Linie 1 über den Canal Grande als Schulweg zu wählen, auch wenn ich dafür gut zehn Minuten länger brauchte. Einen schöneren Tagesbeginn konnte ich mir nicht vorstellen. Jeden Tag nahm ich das Boot um 08.05 Uhr zusammen mit den immer gleichen Leuten. Meistens stand ich im offenen Bereich des Vaporetto nahe am Ausgang und nahm ein Bad in der mich umgebenden Schönheit. Dazu hörte ich mit meinen kleinen Kopfhörern italienische Lieder, die mir ein Lehrer am Istituto empfohlen hatte. Ab und zu musste ich aber noch meine Hausaufgaben machen, zum Beispiel, wenn ich am Vortag den ganzen Nachmittag und Abend unterwegs gewesen war. Dann setzte ich mich in die Kabine, legte mein Heft auf die Knie und schrieb, so gut es bei den Schwankungen des Vaporetto ging. Amüsiert nahm ich zur Kenntnis, dass die Schulkinder um mich herum genau dasselbe taten.

In der Schule fühlte ich mich sehr wohl. Unsere Klasse hatte sich zu einer entspannten freundschaftlichen Gemeinschaft entwickelt, in die sich auch die neuen Schüler leicht integrieren konnten, wenn sie wollten. Zwei Koreaner und ein Musikstudent aus Wien waren inzwischen hinzugekommen und blieben bis zum Ende meiner Schulzeit oder darüber hinaus. Einige andere waren gegangen: Nicolas hatte eine neue Stelle bei einer Bank in Paris angetreten, Samantha musste zurück in die USA, weil ihr Geld zur Neige ging, und auch Sabine war nach einem Monat vorzeitig abgereist. Sie hatte sich mit ihrem Mann versöhnt und plante, mit ihm zusammen umzuziehen und woanders noch einmal neu anzufangen.

Ich saß immer noch auf dem Platz zwischen der verführerischen Victoria piccola und dem scheuen Toshiaki, mit denen ich mich mittlerweile ganz gut auf Italienisch unterhalten konnte. Victoria piccola hatte mich nach anfänglichen Schwierigkeiten schließlich doch in ihr großes russisches Herz geschlossen; vielleicht brauchte sie in ihrer fragilen Lebenssituation ab und zu eine Ersatzmutter, so dachte ich manchmal.

Natürlich gab es auch Pannen. An einem Vormittag beispielsweise wurde ich nach vorne gerufen und musste – wieder einmal – in einem Rollenspiel mitwirken. Diesmal spielte die Szene in einem Bekleidungsgeschäft, ich war Kundin, Carla spielte die Verkäuferin. Nachdem ich meinen ersten Einkauf getätigt hatte, bat

Carla mich, noch eine zweite Kundin auszuwählen. Ich entschied mich für Victoria piccola. In dem Moment, als sie sich von ihrem Platz erhob und neben mich vor die Klasse stellte, wurde mir klar, welch einen Fehler ich begangen hatte. Alle Augen ruhten auf uns beiden, und der Gegensatz zwischen ihr und mir hätte kaum größer sein können: Victoria trug hautenge Jeans und ein reizvoll anliegendes Oberteil, dazu schwarze Schaftstiefel, die ihr bis über die Knie reichten, mit fünfzehn Zentimeter hohen Absätzen. Daneben stand ich, dreißig Jahre älter, mit ein paar Kilo zu viel, in meinen soliden Winterhalbschuhen mit Kreppsohle, bekleidet mit einer Jeans, die mir langsam zu weit wurde und einem unförmigen grauen Pullover. Es war schrecklich.

Immerhin hatte dieses Erlebnis zur Folge, dass ich Angelika nach Tipps für richtig gute Läden fragte und mir eine neue Hose, einen Frühjahrsmantel und andere hübsche Kleidungsstücke besorgte. Dabei kamen mir die Vokabeln aus dem Rollenspiel dann wieder gelegen.

Zu anderen Zeiten wiederum stimmte alles, etwa wenn ich morgens von Toshi an der Tür zum Klassenzimmer erwartet wurde und er mich auf Deutsch mit *„Guten Morgen"* und einer Verbeugung begrüßte. An einem solchen Tag konnte einfach nichts mehr schief gehen, der Unterricht machte Spaß und verging wie im Flug, Victoria grande erzählte mittags im Caffè Rosso vom Leben in Sankt Petersburg, und Chris saß gut gelaunt dabei und brachte uns mit seinen trockenen Bemerkungen immer wieder zum Lachen.

*

Durch die Exkursionen am Nachmittag hatte ich bald auch Schüler aus anderen Klassen kennengelernt. Zum Beispiel Rita aus der Schweiz. Rita war 18 Jahre alt und seit nunmehr drei Monaten zum ersten Mal alleine weg von Zuhause. Sie war nicht hübsch im landläufigen Sinne, eher kräftig gebaut, dazu mit grellblau und pink gefärbten Haarsträhnen, Tattoos und Piercings gestylt. Trotz ihres auffälligen Äußeren schien sie mir ziemlich schüchtern zu sein, letztendlich auch sehr wohlerzogen und korrekt, wie eigentlich alle Schweizer, die ich kenne. Die Abende verbrachte Rita in der Regel mit anderen Schülern ihres Alters in den Bars im Studentenviertel, wo sie dann versuchten, mit einem einzigen Getränk möglichst lange auszukommen.

Vielleicht lag es an der gemeinsamen Muttersprache, deren Gebrauch rar geworden war, jedenfalls gewöhnten wir uns an, ab und zu miteinander durch die Gassen der Stadt spazieren zu gehen. Unter anderen Umständen hätten wir beide wahrscheinlich nie ein persönliches Wort miteinander gewechselt, doch in dieser besonderen Situation – ein bisschen entwurzelt und zwischenweltlich – vertraute mir Rita ihr großes Geheimnis an. Ihr Stammlokal war – wie alle wussten – das Duchamps, eine Bar am Campo S. Margherita, wo sie fast täglich anzutreffen war. Sie hatte sich in die Bedienung verliebt, eine Studentin, die drei oder vier Mal die Woche dort jobbte.

Mit der anrührenden Egozentrik ganz junger Menschen interessierte sie sich nie dafür, wie es mir ging, sondern erzählte mir ausführlich von ihren Gefühlen und Zweifeln. Jeder Blick, jede Geste, jede Bemerkung und jedes Lächeln ihrer Angebeteten wurde registriert und untersucht: Was könnte es bedeutet haben? Wie sollte sie es auffassen? Als was bewerten? Wieder und wieder wurden alle spannenden Momente des letzten Abends im Duchamps durchleuchtet, während wir unsere Runden durch die Stadt drehten.

Ich hörte ihr zu und dachte dabei an mein eigenes Kopfkino. In leicht abgemilderter Form stellte ich ähnliche Vermutungen und Interpretationen über Chris' Verhalten an.

An zwei Abenden in der Woche traf ich mich mit Angelika zum Essen oder mindestens auf ein Glas Wein in einer Bar; „Damenabend" nannten wir das. Touristisch gesehen war gerade eine leichte Flaute in Venedig, sodass Angelika viel mehr Zeit zur Verfügung hatte als während der Saison (die sich über die restlichen neun oder zehn Monate erstreckte). Sie zeigte mir ihre bevorzugten Bars und Restaurants, aber auch die Geschäfte, in denen man den besten Käse oder Wein kaufen konnte – oder Schuhe und Handtaschen. Für mich wurde sie ein Fixpunkt in Venedig und mit der Zeit eine sehr liebe Freundin.

Dann gab es manchmal noch Verabredungen mit wechselnden Gruppierungen von Mitschülern aller Nationalitäten und deren Freunden. Meistens saßen wir in einer der Studentenkneipen am Campo S. Margherita und unterhielten uns in einem Gemisch aus Englisch und Italienisch. Victoria grande war immer mit von der Partie, Chris hingegen fast nie. Wenn ich dann abends heimkam, fand ich häufig eine kurze Mail oder eine Nachricht auf Facebook von ihm vor. Er kommentierte Themen, die wir in unseren Gesprächen berührt hatten, schickte mir Fotos oder Links dazu und manchmal bedankte er sich auch einfach nur für einen gemeinsam verbrachten Nachmittag.

Nur ganz selten blieb ich einen Abend allein. Einzig die Sonntage blieben komplett unverplant; da kümmerte ich mich um meinen kleinen Haushalt und die Kontakte nach Hause. Ich schlief so lange wie möglich, trödelte im Pyjama in der Wohnung herum, telefonierte ausführlich mit Martin, schrieb Mails an Freunde in Deutschland, sortierte meine neuesten Fotos, richtete die Unterlagen für den Unterricht am nächsten Tag und hörte dabei Musik.

Über das, was mich am meisten beschäftigte, meine Verliebtheit, sprach ich mit niemandem, weder mit Rita noch mit Angelika und nicht einmal mit Victoria grande, obwohl ich mir ganz sicher war, dass ich ihr damit nichts Neues mitgeteilt hätte. Ich hielt weiter an dem Vorsatz fest, es zuerst Martin zu erzählen, bevor ich mit dritten darüber sprach. Vera blieb die einzige Ausnahme von dieser Regel; ihr schüttete ich in zahlreichen Mails mein Herz aus, manchmal seitenlang, und sie ließ keine Mail unbeantwortet, egal wie viel Arbeit beziehungsweise wie wenig Zeit sie gerade hatte.

*

Victorias Tagebuch

Nachmittags bin ich ziemlich oft mit Claudia unterwegs. Manchmal ist Chris auch mit dabei, manchmal verschwindet er direkt nach dem Unterricht. Warum? Ich wüsste es wirklich gern. Dann ziehen Claudia und ich jedenfalls zu zweit los oder wir schließen uns einer der Schulexkursionen am Nachmittag an.

Allein mit Claudia ist es anders als zu dritt, lockerer, intimer. Frauen unter sich eben ... Wir reden über ganz andere Themen; ich erzähle ihr von Stefano und von meinen Sorgen über den Job für die nächste Saison. Claudia spricht mit mir über das Älterwerden und darüber, was diese Auszeit ihr bedeutet. Von ihrem Mann ist nur ganz selten die Rede, aber wenn doch, klingt es immer warm. Und natürlich reden wir über Venedig, immer wieder über Venedig.

Stundenlang können wir in Cafés rumhängen und über vorbei-
laufende Touristen lästern. „Nationalitäten raten" ist eines unserer Lieblingsspiele, das geht dann etwa so:

Sind sie freundlich, lautstark, extrovertiert, unbeholfen und
meist übergewichtig, dann handelt es sich um Amerikaner (Lass
das Chris nicht hören!). Stets ein wenig exzentrisch, irgendwie
schräg und vor allem viel zu dünn angezogen, weil sie meinen,
am Mittelmeer sei es immer warm …, das sind garantiert Briten!
Die Österreicher fühlen sich in Venedig immer noch wie Zuhause. Sie wirken entspannt und gemütlich, bewegen sich eher langsam und stehen einem oft im Wege. Stets korrekt, wohlerzogen
und interessiert sind die Alpennachbarn aus der Schweiz. Wenn
die Männer arrogant auftreten und die Frauen betont desinteressiert und blasiert, so lässt das leider häufig auf Franzosen
schließen. Außerdem sprechen Franzosen in Venedig (wie überall?) konsequent nur Französisch. Spanier und Südamerikaner
treten lebhaft auf und sind ganz mit sich selbst beschäftigt.
Mehr oder weniger alle asiatischen Touristen verfallen angesichts der Luxuslabels rund um San Marco in einen Kaufrausch,
allen voran die neuen Reichen aus China.

Meine eigenen neureichen Landsleute kaufen auch wie blöd und
zeigen ungebeten alles vor, was sie haben: Die Frauen sind leicht
an auffälliger Kleidung und Make-up zu erkennen und die Männer verströmen ihr Testosteron wie eine Parfümwolke. Ich bin
mir darüber hinaus absolut sicher, dass Russen mehr Alkohol
vertragen und mehr trinken als alle anderen, auch daran kann
man sie erkennen.

Stadtpläne halten eigentlich alle Touristen in Händen und jeder
blickt sich dauernd suchend nach den Hinweisschildern um „Per
San Marco" oder „Per Rialto"… Wenn die Leute dabei jedoch
besonders angestrengt wirken, richtig in Stress geraten und sich

anfauchen, dann sind es Deutsche, wenigstens behauptet Claudia das.

Neulich waren wir bei einer Exkursion zum Thema Palladio-Kirchen, und Mario, Claudias und mein Lieblingsstadtführer, zeigte uns San Giorgio Maggiore. Nachdem er uns die Fassade erklärt und wir den Innenraum besichtigt hatten, fuhren wir noch mit dem Aufzug auf den Campanile. Das Wetter war genau richtig, kalt und ganz klar, sodass wir die Alpen jenseits der Lagune sehen konnten. Alle haben fotografiert wie wild. Venedig von hier oben zu sehen ist ein umwerfendes Erlebnis. Es erinnerte mich an meinen allerersten Blick auf Venedig, damals vom Schiff aus, das genau hier vorbeigekommen war, Wahnsinn! Mit Zärtlichkeit dachte ich an Stefano und unser Kennelernen, komisch war nur, dass mir in dem Moment sein Name entfallen war. Eigentlich ganz unmöglich und doch war es so. Der Name wollte mir partout nicht einfallen.

Ich wandte mich an Claudia und fragte: „Wie heißt noch mal mein Freund?"

„Welcher Freund?"

„Mein Freund, der mit dem ich zusammenlebe."

Sie stutzte. „Du meinst Stefano?"

„Genau. Der Name war mir entfallen."

„Der Name war dir entfallen?", Claudia fing an zu lachen und hörte gar nicht mehr auf. Die Tränen liefen ihr die Wangen hinab und als Mario sie fragte, was es denn so Komisches gebe, winkte sie nur stumm ab und versuchte vergeblich, ihren Anfall wieder unter Kontrolle zu bekommen, aber in ihrem Gesicht zuckte es noch eine ganze Weile. Ich musste auch lachen, über mich selbst, und weil Claudias Lachen so ansteckend war.

Diese Nachmittage sind großartig und lenken mich ganz wunderbar von meinen Grübeleien ab. Ich mache mir mittlerweile ernsthaft Sorgen, was meinen Job auf der Jacht angeht. Im Prinzip hat man mir zum Ende der letzten Saison gesagt, dass ich wieder dabei bin, aber bisher habe ich nichts gehört, außer – gerüchteweise – dass eine neue Chefstewardess angeheuert worden ist, als Ersatz für unseren Steward vom vergangenen Jahr. Vielleicht bringt die ja ihre eigenen Leute beziehungsweise Empfehlungen mit. Dann wär's das für mich gewesen, und auf die Schnelle bekäme ich auch kein neues Engagement. Wenn ich daran denke, kann ich förmlich spüren, wie „die knochige Hand des Hungers" sich nach mir ausstreckt … Vielleicht sollte ich meinerseits beim Kapitän anrufen und nachfragen. Aber wäre das klug? Er wird jetzt noch zuhause bei seiner Familie sein, und er hasst es, wenn man ihn dort anfunkt.

Mit Stefano kann ich nicht wirklich darüber reden. Er ist momentan voll im Stress und froh, wenn er mal seine Ruhe hat. Wenn ich dann doch einmal etwas erwähne, meint er, ich solle mich nicht aufregen, weil ich ja im Notfall einfach bei ihm bleiben kann. Er verdient genug für zwei, sagt er. Ich will das nicht. Und ich habe auch keine Lust auf einen Job in einem Hotel hier in Venedig; ich kriege ja ständig mit, wie viel Stefano arbeiten muss und unter welchen Umständen. Außerdem bräuchte ich dann eine neue Arbeitserlaubnis und ein neues Visum, das ist auch kein Spaß.

So vergeht die Zeit. Dabei müssten die Vorbereitungsarbeiten auf der „White Night" jetzt eigentlich dringend beginnen, sonst schaffen wir es nicht, bevor der Eigner kommt und aufs Schiff will!

*

Eines Tages – wir nahmen gerade das Imperfekt durch – bekamen wir im Unterricht die Aufgabe, einen kleinen Aufsatz über eine Kindheitserinnerung zu schreiben und vorzutragen. Zufällig war es der Todestag meines Vaters, den ich schon sehr früh verloren habe, und ich machte das zum Inhalt. Nachdem ich meinen kurzen Text vorgelesen hatte, schaute ich zu Chris hinüber und entdeckte keinerlei Regung in seinem Gesicht. Vermutlich hatte er wieder nicht viel vom vorgelesenen Text verstanden. Mir war schon häufig aufgefallen, dass er im Unterricht oft so tat, als verstünde er, worum es ging, während er in Wirklichkeit meist vollkommen daneben lag. Immer wieder kam es vor, dass er ganze Vormittage lang nicht bei der Sache war, und noch dazu lagen ihm Fremdsprachen generell nicht; er und unser chinesischer Mitschüler Jacky waren die Sorgenkinder der Lehrerschaft.

Als wir später draußen vor dem Caffè Rosso saßen, fragte er mich, worüber ich gesprochen hatte, er habe nur verstanden, dass von meinem Vater die Rede war. Ich erzählte ihm, worum es ging, dass heute sein Todestag war, wie klein ich gewesen war, als er starb und wie wenige Erinnerungen ich noch an ihn hatte.

„Wie alt war dein Vater, als er starb?"

„Erst 51 Jahre alt, ich habe ihn also altersmäßig längst überholt. Fühlt sich irgendwie sonderbar an ..."

„Wie alt war er bei deiner Geburt?"

„43 Jahre."

„Ein ‚später' Vater also, genau wie ich. Bei der Geburt meiner ersten Tochter war ich ebenfalls 43 – und 45 als meine jüngere Tochter geboren wurde. Ich fand immer, dass ich gerade deswegen mein Vaterglück so viel mehr zu schätzen wusste. In jüngeren Jahren wäre ich noch nicht dazu in der Lage gewesen, solch eine innige Beziehung zu den beiden zu haben."

Ich nickte. „Für meinen Vater muss das so ähnlich gewesen sein. Ich war die Jüngste nach einer längeren Pause und nahm eine Sonderstellung bei ihm ein, sehr zum Leidwesen meiner Geschwister."

Chris richtete seine Augen auf unendlich. „Ich war daheim der älteste Sohn. Meine Eltern konnten nicht viel mit mir anfangen und kümmerten sich kaum um mich, sie haben eigentlich nur das Nötigste mit mir geredet. Im Grunde bin ich in den ersten Jahren isoliert und sehr einsam aufgewachsen. Später kamen dann nach und nach meine drei Geschwister zur Welt, aber sie waren viel zu jung für mich. Ein paar Jahre machen in der Kindheit einen großen Unterschied." Er nahm die Kaffeetasse in die Hand und trank einen Schluck. „Damals habe ich begonnen zu zeichnen und zu malen, das hat mir das Leben gerettet."

Das kam überraschend. Ich hatte noch nie von jemandem gehört, dem es genauso ergangen war wie mir.

„Das mit der Isolation kenne ich gut", sagte ich schließlich. „Ich wurde krankhaft überbehütet und kam nicht mit anderen Kindern zusammen, bis ich eingeschult wurde. Meine Geschwister waren deutlich älter und wollten nichts von mir wissen; ich war ihnen lästig. In der Schule hatte ich dann keine Ahnung, was abging; ich kannte die Spiele der anderen nicht, wusste nicht, wie Kinder miteinander umgehen, nichts. Er war der Horror." Über diese Dinge sprach ich sonst nie, ich kam mir damit immer so abnorm vor, es war mir zutiefst unangenehm.

„Und weißt du was?", fuhr ich nach einer Pause fort. „Ich habe damals ebenfalls gezeichnet und gemalt, wie besessen sogar. Meine ganze Kindheit und Jugend hindurch wollte ich Kunst studieren und Malerin werden. Aber Kunst ist brotlos, und ich musste Geld verdienen. Also nahm ich Vernunft an, wie es immer so schön heißt, und studierte Jura."

Chris schaute wieder auf einen Punkt in weiter Ferne. „Und ich habe Kunstgeschichte studiert, um der Malerei damit wenigstens nahe sein zu können. Für einen schaffenden Künstler war ich nicht begabt genug."

Wir tranken unseren Kaffee aus und schwiegen.

„Komisch", sagte ich nach einer Weile. „Ich habe noch nie jemanden getroffen, der auch isoliert aufgewachsen ist. Ich weiß, viele Kindheiten verlaufen schwierig, aber das ist schon etwas sehr Spezielles."

„Stimmt. Ich kannte bisher auch niemanden, dem es ähnlich gegangen ist. Und dann noch das Zeichnen und Malen ... Du wirst mir unheimlich."

„Herzlichen Dank. Ihr Männer findet doch immer den richtigen Ton."

„Ok, ok. Es fällt mir schwer zu glauben, dass wir so viele Parallelen haben. Und ich weiß nicht recht damit umzugehen."

Ich blickte an Chris vorbei auf den Campo S. Margherita. Die Bänke in der Sonne waren voll besetzt mit Eltern und Großeltern, um sie herum spielten die Kinder Fußball oder fuhren Roller. Studenten und Touristen überquerten den Platz in einem unaufhörlichen Strom von rechts nach links und in umgekehrter Richtung. Alles prall voller Leben.

„Wir sind zwei Exoten", sagte ich. „Zwei gut getarnte Außenseiter, die sich gegenseitig aufgespürt haben. Wie peinlich."

„Vielleicht hast du recht." Chris kniff die Augen zusammen und schaute auf seine Armbanduhr. „Es ist schon spät. Ich muss dann mal los."

„Ich bleibe noch ein wenig hier in der Sonne sitzen. Dann also bis morgen früh."

„Ja, *a domani.*"

Ich sah ihm nach, wie er wegging, und wandte meine Aufmerksamkeit wieder den spielenden Kindern auf dem Platz zu. Chris hatte mir wehgetan. Ich fühlte mich im Stich gelassen. Und enttäuscht.

Auf einmal stand er wieder neben mir.

„Es tut mir leid. Ich wollte nicht grob sein."

„Ist schon ok." Ich lächelte ihn an. „Lass uns den Standort wechseln. Wollen wir ein paar Schritte gehen?"

„Sehr gern".

Wir schlängelten uns durch das Gewusel auf dem Campo und schlenderten Richtung Ca'Rezzonico. Chris ging stets durch das Foyer des Museums zur Haltestelle, vorbei an der alten Gondel, die dort aufgestellt war. Seit er mir das gezeigt hatte, nahm ich auch immer diesen Weg.

„Übermorgen gibt es ein Gratiskonzert in der Kirche bei mir um die Ecke. Hast du Lust mitzukommen?"

„Nichts was ich lieber täte."

Wir waren an der Haltestelle angekommen und lehnten uns über das Geländer. Keine Straße der Welt lässt sich mit dem Canal Grande vergleichen. Glücklicherweise konnte ich mich nie ganz an diesen surrealen Anblick gewöhnen. Stein auf Wasser.

Große Paläste und Kirchen, die aus dem Wasser ragen. Unfassbar.

„Ich bin süchtig nach dieser Stadt."

„Ich weiß." Chris lächelte.

Dann kam mein Boot, ich gab ihm einen Kuss auf die Wange und stieg ein. Während das Vaporetto anfuhr, blieb ich draußen stehen und blickte zurück. Er blieb stehen und schaute mir nach, bis wir um die Kurve bogen und ich ihn nicht mehr sehen konnte.

*

Die Tage waren nun spürbar länger geworden; Nebel gab es keinen mehr, während die Sonne mehr und mehr Raum einnahm. Der Anblick des blauen Himmels wurde für uns alle eine Selbstverständlichkeit; die erste Vorahnung von Frühling lag in der Luft.

Chris, Victoria und ich hatten uns nach der Schule zu einem gemeinsamen Mittagessen verabredet und spazierten gemächlich durch die Stadt in Richtung Paradiso Perduto, doch wie es sich herausstellte, hatten sie an Werktagen in der Nebensaison mittags geschlossen. Unschlüssig standen wir am Kanalufer vor dem Eingang herum.

„Kennst du hier noch ein anderes Lokal, das du empfehlen könntest?", fragte mich Chris. „Du wohnst doch hier in der Nähe."

„Schon, aber entweder kann ich sie nicht empfehlen, oder sie haben vier Wochen Betriebsferien", sagte ich bedauernd und schlug vor, einfach mal weiter zu gehen und Ausschau zu halten.

Ganz in der Nähe des Ghettos fanden wir eine sehr einfache Bar mit zwei Tischen und ein paar Plastikstühlen direkt am Ufer.

„Wollen wir es riskieren?", fragte ich.

„Klar", erwiderte Victoria, und Chris belegte vorsichtshalber drei Stühle, bevor wir hineingingen, um zu bestellen. Die Auswahl war überschaubar, aber immerhin bekamen wir noch einen Teller mit verschiedenen Tramezzini, und der Spritz war gut gemixt und reichlich bemessen. Die Tische standen in der strahlenden Mittagssonne; wir setzten unsere Sonnenbrillen auf, nippten an den Gläsern und streckten die Beine aus.

„Super", sagte Chris, „in New York liegt der Schnee jetzt 90 cm hoch. Habe ich heute Morgen im Internet gelesen."

„In Berlin ist es derzeit 10 Grad unter Null, Celsius natürlich ...", bemerkte ich träge.

„Und in Sankt Petersburg wird es tagsüber gar nicht mehr hell", ergänzte Victoria, „die Ärmsten ..."

Wir nippten wieder an unseren Gläsern und schwiegen. Victoria zündete sich eine Zigarette an und blies den Rauch genüsslich in Richtung Kanal.

„Die Sonne heizt ganz schön, nicht wahr", seufzte ich nach einer Weile. „Mir wird richtig warm." Ich zog meinen Wintermantel aus und legte ihn über einen Stuhl.

„Ja, schrecklich", nickte Chris. „Und sie blendet so."

Wir lächelten uns an.

„Noch eine Runde Spritz?" Victoria stand auf und ging zur Theke.

„Dies ist der Himmel auf Erden", sagte ich, als sie mit neuen Gläsern zurückkam. „Hier sind wir, hinter uns lauter hübsche Häuserfassaden mit Fensterläden und sogar schon mit Blumenkästen, vor uns die Lichtreflexe auf dem Wasser und über uns diese wunderbare Sonne."

„Wir sollten im Internet posten, wie schrecklich es im Winter in Venedig ist", schlug Chris vor. „Jeden Tag Hochwasser, es regnet ständig, der Nebel setzt sich fest, und nachts überfriert die Nässe, sodass alles spiegelglatt wird. Die Leute brechen sich auf den vereisten Brücken die Knochen, wenn sie nicht gleich in die Kanäle fallen ... Mit etwas Glück kommt dann niemand mehr her, und wir haben das alles ganz für uns."

„Abgemacht. Ich werde das in Deutschland bekannt machen, so gut ich kann", versprach ich.

„Welche Touristen sind eigentlich die schlimmsten?", wollte Victoria wissen. „Ich finde die neureichen Russen am peinlichsten."

„Die Amerikaner sind ganz sicher die schlimmsten, so unkultiviert ...", hielt Chris dagegen.

„Ich leide natürlich am meisten unter den tüchtigen, zielstrebigen deutschen Touristen. Was dachtet ihr denn?" Ich lächelte und fügte hinzu: „Aber das Wunder ist doch, wie wir drei hier zusammen sind, eine Russin, ein Amerikaner und eine Deutsche gemeinsam in Italien! Ich bin in der Nachkriegszeit und im Kalten Krieg großgeworden; damals wäre solch ein Beisammensein unmöglich gewesen. Und das ist noch gar nicht so lange her."

„Salute." Wir prosteten uns zu und verfielen wieder in ein entspanntes Schweigen.

Victoria blinzelte in die Sonne und nahm ihren Schal ab. „Warum sehen Schals an Italienerinnen eigentlich immer so lässig und elegant aus? Wenn ich mir ein Tuch oder einen Schal umbinde, gelingt mir das nie so. Ich habe schon oft vor dem Spiegel geübt; es geht einfach nicht."

„Ich kann das auch nicht", stimmte ich zu. „Bei mir drehen sich die Schals immer ein und die Tücher hängen schlaff herunter ..."

Chris wies ganz unauffällig zum Nebentisch auf eine Engländerin mit einem doppelt geschlungenen und dick verknoteten roten Wollschal um den Hals. „Die Dame dort kann es offensichtlich auch nicht", sagte er ganz leise und grinste. Wir kicherten.

‚Ich bin glücklich', dachte ich. ‚Genau jetzt. Dies ist ein Moment vollkommenen Glücks. Ich kann es auskosten, und ich werde mich in dunklen Zeiten daran erinnern können'.

*

Die dunkle Zeit kam schneller als gedacht. Als wir dort in der Mittagssonne saßen und unseren Spritz tranken, hatte Chris bereits eine Entscheidung getroffen, über die er erst einige Tage später sprach.

Wir spazierten zu zweit nachmittags durch Dorsoduro und fotografierten die Lichtreflexe auf der Wasseroberfläche, ein unendlich vielfältiges und bezauberndes Motiv.

„Ich mache keine Fortschritte im Italienischunterricht", fing er an. „Das macht mir Sorgen. Wenn ich mich hier niederlassen will, sollte ich die Sprache sprechen können."

Ich nickte. „Und? Was hast du vor? Willst du Einzelunterricht nehmen?"

Das Licht der Nachmittagssonne vergoldete die Häuserfronten entlang des Rio delle Fornace; ich drückte auf den Auslöser.

Chris hob seine Kamera und schaute ebenfalls durch den Sucher. „Nein. Ich habe mir überlegt, dass ich mal für eine Weile woanders hingehe, um Intensivunterricht zu nehmen. Hier werde ich zu sehr abgelenkt und übe nicht genug."

Als ich nichts sagte, fuhr er fort. „Ich fliege übermorgen nach Palermo. Ich habe mich dort für einen Sprachkurs angemeldet und wohne bei einer italienischen Familie. Da muss ich Italienisch sprechen."

Ich konnte es nicht glauben. Mir blieben nur noch etwa drei Wochen in Venedig, und er wollte wegfahren?

„Wie lange?", fragte ich schließlich.

Chris schaute auf den Kanal. „Zwei Wochen."

Zwei Wochen. Zwei von meinen kostbaren drei letzten Wochen in Venedig. Ein deutliches Zeichen von seiner Seite; damit war alles entschieden. Das war's dann gewesen.

Wir setzten unseren Weg schweigend fort. Es war, als hätte jemand das Licht ausgeknipst. Venedig zog sich zurück und strahlte nicht mehr. Mein Blick fiel auf zwei Mülltüten, die die Straßenreinigung morgens übersehen haben musste und auf eine leere Colaflasche, die auf der Wasseroberfläche schwamm. Ich packte die Kamera weg und steckte die Hände in die Taschen.

Nach einer Pause nahm ich das Gespräch wieder auf und fragte so unbeteiligt wie möglich nach seinen Plänen für die Zeit in Sizilien. Wie lang dauerte der Flug? Wo genau befand sich die Sprachschule? Wusste er schon, was er alles in Palermo besichtigen wollte? Wollte er einen Ausflug zum Ätna machen? Chris antwortete höflich. Ein fremder Zuhörer hätte unsere Konversation für eine Sprachlektion aus einem Schulbuch halten können, so konventionell und nichtssagend unterhielten wir uns. Mir war klar, dass er meinen Schock bemerkt haben musste, aber ich wollte trotzdem zumindest oberflächlich mein Gesicht wahren und ihm nicht zeigen, wie sehr ich getroffen war, wie sehr er mich getroffen hatte.

An der Accademia verabschiedete ich mich und wartete an der Anlegestelle auf das nächste Boot, während Chris über die Brücke nach Hause ging. Ich schaute ihm nach. Seine betont gerade Rückenhaltung ließ ihn ein bisschen größer aussehen, als er war, und verlieh ihm immer etwas würdevoll Gravitätisches.

Was mochte ihn zu seinem Entschluss bewogen haben? War das eine Flucht? Und falls ja, wovor genau? Wurde ihm der Kontakt mit mir zu nah oder einfach nur zu viel? Sollte es ein Signal sein, ein Nein ohne Worte? Oder hatte das alles gar nichts mit mir zu tun, sondern wirklich nur mit dem Sprachunterricht? In diesem Fall wäre ich so nebensächlich für ihn, dass es ihn nicht weiter interessierte, wie lange ich noch in Venedig blieb. Welche Version ich auch wählte, sie alle taten sehr weh.

Daheim schenkte ich mir ein Glas Wein ein, legte Beethovens fünftes Klavierkonzert in den CD-Player und fing an zu weinen.

*

Victorias Tagebuch

Die letzten Tage waren irgendwie schräg. Donnerstagabend kam Stefano sehr spät und total erledigt nach Hause. Eine große Reisegruppe aus Russland (oh nein!) hatte ihn schier in den Wahnsinn getrieben. Sie jagten ihn mit tausend Extrawünschen hin und her, beschwerten sich über alles und jedes, und nichts passte ihnen. Mit steigendem Alkoholpegel benahmen sie sich immer schlechter, machten Lärm, störten andere Gäste, ignorierten das Rauchverbot usw. – es muss schrecklich gewesen sein. Stefano war noch immer wie unter Starkstrom. Es fiel mir nicht schwer, Verständnis für ihn aufzubringen (neureiche, russische Touristen sind eine Heimsuchung; ich kenne das bis zum Abwinken!), und ich versuchte wirklich, ihm geduldig zuzuhören, aber irgendwann wurde mir das Geschimpfe auf Russland und die Russen zu viel. Und schon waren wir mitten in einer filmreifen Streitszene gelandet. Zum allerersten Mal in unserer Beziehung gingen wir in dieser Nacht unversöhnt zu Bett, ein furchtbarer Zustand.

Freitagmorgen hatte sich die Stimmung überhaupt nicht gebessert: Ich war gekränkt und wartete auf eine Entschuldigung für seine Ausraster; Stefano fühlte sich vermutlich von mir gänzlich unverstanden, und zudem musste er jetzt zurück ins Hotel, wo eben jene Reisegruppe auf ihn wartete. Mir war nicht nach frühstücken zumute; ich machte mich so schnell wie möglich auf den Weg zur Schule.

Auch dort war dicke Luft, jedenfalls zwischen Claudia und Christopher. Schon als ich ins Klassenzimmer kam, meinte ich, die Spannung mit Händen greifen zu können. Zuerst dachte ich, es läge vielleicht an mir, weil ich wegen des Krachs mit Stefano überreizt war oder so, doch ich merkte bald, dass zwischen den beiden etwas vorgefallen sein musste. Chris war vollkommen in sich gekehrt und abwesend. Claudia verhielt sich mir gegenüber wie immer, aber sie sah schlecht und elend aus, daran konnte auch das Make-up nichts ändern. Sie schaute den ganzen Vormittag fast nie in seine Richtung, und ich glaube, sie redeten kaum oder gar nicht miteinander. Und es kam noch schlimmer.

Marilisa, unsere neue Lehrerin, rief einen Wettbewerb aus. Wir nehmen gerade das Thema Personenbeschreibung, Namen der Körperteile, Haarfarbe usw. durch, und da kam sie auf die Idee, uns in Jungs und Mädchen aufzuteilen und jeweils die Traumfrau bzw. den Traummann beschreiben zu lassen. Zur Erheiterung sollte jede Gruppe auch eine entsprechende Zeichnung davon anfertigen; das beste Kunstwerk würde dann im Klassenzimmer aufgehängt werden.

Ich mag solche Spielchen und schlug meiner Kleingruppe vor, arbeitsteilig vorzugehen: Diejenige, die ein bisschen zeichnen kann, zeichnet, und die anderen texten in enger Abstimmung mit der Zeichnerin. Dann zog ich meine Trumpfkarte aus der Tasche, den kleinen „Kunstführer Italien", den ich immer dabei habe. Darin ist eine gute Abbildung des Adam aus dem berühmten Deckengemälde von Michelangelo in der Sixtinischen Kapelle (... und ich hab es immer noch nicht in echt gesehen! Schande über mich!). Claudia sagte sofort, sie würde das gern übernehmen, und während sie zeichnete, entwarfen wir den Text.

Die Messlatte für unseren idealen Mann hängten wir richtig hoch: Charme, Esprit, Bildung, Kultur, wache Intelligenz, gute Umgangsformen, Mehrsprachigkeit, Humor, Sensibilität, Zärtlichkeit gepaart mit dunklen Locken, grünen Augen, einem sportlichen Körper und einer angenehmen Stimme ... „Das könnte Pablo sein, nicht wahr?", bemerkte ich in Richtung Victoria piccola. Wir hatten viel zu kichern. In der Gruppe der *raggazzi* ging es ähnlich lebhaft zu; ich schielte hinüber und sah, dass Chris die Rolle des Künstlers übernommen hatte und eifrig zeichnete. Dann fiel mir plötzlich auf, wie verkrampft Claudia war. Ihre Hand zitterte leicht und sie sah verkniffen und beinahe wütend aus, so kenne ich sie gar nicht. Das Ergebnis ihrer Arbeit war jedenfalls großartig, eine hervorragende Bleistift-Kopie des Originals. Ich hatte nicht gewusst, dass Claudia zeichnen kann, von Chris wusste ich es übrigens auch nicht.

Die andere Gruppe stellte ihr Ergebnis zuerst vor. Chris strahlte und hielt seine Zeichnung der absoluten Traumfrau sichtlich stolz in die Höhe. Sie war nicht schlecht, die Proportionen stimmten zwar nicht ganz, die Beine ein bisschen krumm, der

Oberkörper zu lang, aber im Ganzen doch recht anschaulich. Der Text enthielt die üblichen äußeren Merkmale wie blond, blauäugig, hübsches Gesicht, schlank, lange Beine usw. außerdem auch sportlich und graziös – keine Silbe über Intelligenz oder Charme oder ähnliche Nebensächlichkeiten ... Obendrein sollte die Traumfrau immer kurze Miniröcke tragen und einen Schal elegant drapieren können, letzteres ganz sicher eine scherzhafte Zutat von Chris, der auf unser Gespräch vor ein paar Tagen anspielte.

Als wir Claudias Zeichnung präsentierten, war allen sofort klar, dass wir gewonnen hatten. Unser Text fand schon kaum mehr Beachtung, die *raggazzi* waren total frustriert und hatten abgeschaltet. Chris wirkte völlig überrascht und sagte nichts mehr. Als die Zeichnung später an der Wand hing und Claudia gerade nicht im Raum war, sah ich ihn hingehen, um den Adam kritisch aus der Nähe zu betrachten.

Möglicherweise hätte Claudia sich etwas zurückhalten sollen, dachte ich. Vielleicht machte ihm ihre ständige Überlegenheit mittlerweile zu schaffen. Sie war die Klassenbeste und der erklärte Liebling der Lehrerinnen, sie kannte sich hervorragend in Venedig aus, sie prägte die Stimmung in der Klasse und war die Initiatorin unserer gemeinsamen Aktivitäten und vor allem wusste sie immer alles über Venedig. Ein geflügeltes Wort hatte bald in der ganzen Klasse de Runde gemacht: „Claudia sa tutto" – Claudia weiß alles. Und jetzt zeichnete sie auch noch so gut ... Mit anderen Worten: Es konnte einem auch mal zu viel werden. Und für Chris war es offensichtlich gerade zu viel geworden.

In der Pause fragte Claudia mich, ob wir zusammen ein paar Schritte gehen wollten, und wir spazierten in Richtung Carmini-Kirche und dort am Kanalufer entlang. Ich weiß nicht mehr, worüber wir sprachen, nur dass weder von Stefano noch von Christopher die Rede war.

Chris blieb, ganz entgegen seiner sonstigen Gewohnheiten, während der Pause im Klassenzimmer. Nach Schulschluss kam er auf mich zu und verabschiedete sich für die nächsten zwei Wochen. Er wolle einen Intensivkurs in Sizilien belegen, um endlich mit dem Italienisch voranzukommen, sagte er. Claudia stand daneben und nickte. „Gute Idee", sagte sie ganz unberührt. „Das wird dir sicher eine Menge bringen."

Chris schaute kurz zu ihr hinüber und nickte dann ebenfalls. „Ja, ich hoffe doch."

Ich fühlte mich überflüssig und machte Anstalten zu gehen, aber Claudia hielt mich zurück und fragte, ob ich mit ihr am Nachmittagsprogramm teilnehmen wolle, es ging heute zu Venedigs Musikstätten. Chris murmelte, er müsse seine Sachen packen und vor der Abreise noch jede Menge erledigen und ginge jetzt heim.

„Alles klar", sagte Claudia betont munter. „Gute Reise und viel Erfolg!"

Das wünschte ich ihm auch.

Als ich dann gestern Abend – leicht beschwipst von zwei Spritz mit Claudia – nach Hause kam, traf ich Stefano im Hausflur an, er war gerade heimgekommen. Ich blieb in der Tür stehen, und er drehte sich nach mir um. Keiner sagte etwas. Dann streckte er die Hand nach mir aus; ich ergriff sie, und wir gingen zusammen hinein. Immer noch Hand in Hand setzten wir uns auf das Sofa, ich lehnte meinen Kopf an seine Schulter. „Meine schöne Russin", flüsterte er mir ins Ohr, nahm meine Hand und küsste sie.

*

Der Samstagvormittag war qualvoll. Ich saß wie angeleimt vor meinem Laptop und wartete auf eine Mail von Chris, die nicht kam. Nichts konnte mich ablenken und zu nichts anderem fühlte ich mich imstande. Auf der Homepage des Flughafens hatte ich nachgelesen, wann der Flieger nach Palermo ging: 13.45 Uhr.

Chris und ich hatten uns meistens Mails geschrieben, manchmal auch via Facebook, aber nie eine SMS geschickt und niemals miteinander telefoniert. Victoria hingegen kommunizierte mit mir ausschließlich per SMS, Angelika und Vera wiederum nur per Mail und alle anderen über Facebook.

Um 12.45 Uhr wurde ich schwach und schrieb ihm eine Nachricht: „Vergiss das Wiederkommen nicht!" Er antwortete augenblicklich: „Ich werde es nicht vergessen. Versprochen." Danach lehnte ich mich mit einem Seufzer zurück und entspannte mich; wir schieden nicht mehr im Streit voneinander. Ich verließ meinen Wachposten am Laptop und wandte mich wieder anderen Dingen des Lebens zu, in der Kaffeerösterei um die Ecke einen Espresso trinken, fürs Wochenende einkaufen gehen, die roten Schuhe (Frühjahrskollektion!) im Schuhgeschäft auf der Strada Nuova anprobieren, die mir seit Tagen in die Augen sprangen, all die Herrlichkeiten des Alltags an einem Samstag in Venedig …

Kapitel 5

Ich verbrachte einen sonnigen Sonntagnachmittag am Lido, nicht gerade beim Sonnenbaden, dazu war es dann doch zu winterlich, aber mit einem langen Spaziergang am Strand entlang und einem Abendessen im Ort.

Immer wenn ich mit der Linie 1 am Lido ankomme, bin ich wieder aufs Neue überrascht, Autos, Omnibusse und Motorroller zu sehen; in Venedig vergesse ich deren Existenz bereits nach wenigen Stunden Aufenthalt. Umso mehr befremdete es mich diesmal, nachdem ich bereits seit mehreren Wochen keinen Straßenverkehr mehr erlebt hatte. ‚Der Lido ist eigentlich nur ein langweiliges Seebad und unterscheidet sich nicht von anderen langweiligen Orten an der Adria ging mir durch den Kopf, während ich die Gran Viale S. Maria Elisabetta entlang ging. Das Sonnenlicht war außerordentlich hell und blendete unangenehm. Ich suchte vergeblich in der Handtasche nach meiner Sonnenbrille, wahrscheinlich hatte ich sie zuhause auf dem Tisch liegen lassen. An einem Kiosk kaufte ich mir eine Ersatzbrille, ein ziemlich auffallendes Teil für acht oder neun Euro, das belustigte mich und hob meine Stimmung ein wenig.

Gleich nach der Erschaffung des Liebeskummers schuf Gott als Heilmittel den Spaziergang. So jedenfalls habe ich es mir immer vorgestellt.

Ein weiteres Heilmittel für sehr viele Leiden ist das Meer als solches.

Das Gehen entlang der Wasserlinie tat mir gut; die Weite und der leichte Wind öffneten mich wieder für meine Umgebung und stimmten mich friedlich. Chris war jetzt also auf Sizilien. Wie mochte es ihm gehen? War er froh über den Ortswechsel? Oder fühlte er sich allein? Ob er seit seiner Abreise an mich gedacht hatte? Ich konnte ihn – wie so häufig – nicht einschätzen, keine Ahnung, was in ihm vorging. Er hatte mir in diesen letzten Wochen mehrere völlig unterschiedliche Gesichter gezeigt. Da war der von sich überzeugte Amerikaner mit der lauten Stimme, der alles kannte und alles wusste. Dann der kultivierte, feinfühlige Chris, der das „alte Europa" als seine Wahlheimat ansah, leise, selbstkritisch und verletzlich. Eine weitere seiner Facetten schillerte charmant und warmherzig mit einem unwiderstehlichen trockenen Humor. Und es gab den verschlossenen, gänzlich unerreichbaren Chris, abwesend, auf allen Kanälen wie abgeschaltet, blind und taub und unsensibel, der mir Angst machte. In anderen Momenten wieder fühlte ich mich ihm unglaublich nah, spürte so viel Ähnliches und Verwandtes … Es war verwirrend.

Ein Paar mit einem kleinen Hund kam mir entgegen, gut eingepackt gegen den kalten Wind, Hand in Hand. Sie mochten ungefähr in meinem Alter sein. Martin kam mir in den Sinn. Ich hatte in der letzten Zeit wenig an ihn gedacht, viel weniger, als ich je für möglich gehalten hätte. Er fehlte mir nicht, ebenso wenig wie mir mein Job oder Berlin insgesamt fehlten. Wenn wir skypten, erblickte ich hinter ihm unser Wohnzimmer wie einen Raum aus fernen Jahrzehnten meines Lebens, irgendwie vertraut und dabei gestrig und angestaubt wie ein altes Foto. Es zog mich nicht dorthin zurück.

Zugleich hatte ich ebenfalls keine Vision von einem Leben mit Chris, so sehr ich auch verliebt war. In New York konnte ich mich nicht sehen, Chris in Deutschland womöglich noch weniger. Die einzige klare Wunschvorstellung war eine von mir hier in Venedig, und dass ich ihn mehr oder weniger täglich sehen konnte, genauso wie es gewesen war, angereichert durch eine körperliche Nähe, auf die ich allerdings nach dem Stand der Dinge nicht mehr zu hoffen wagte. Ich hatte einfach kein Bild von einer Beziehung mit ihm, das über meine zärtlich-erotischen Fantasien hinausging. Im Grunde fühlte ich mich wie ein Single, zwar sehr verliebt, aber nicht beziehungswillig. Was aus Martin und mir, aus meinem Leben überhaupt in nächster Zeit werden sollte, blieb im Verborgenen, ich wusste nichts und nichts schien mehr sicher.

Ich blieb stehen und schloss die Augen. Die Wellen gaben regelmäßige, leise Zischlaute von sich, ein paar Möwenschreie waren zu hören und ganz weit weg Hundegebell. Genau hier an diesem Strand hatte einst auch Rainer Maria Rilke viele Male Frieden gefunden und seine Gedanken geordnet. Lord Byron war hier entlang gewandert und sogar vom Lido bis San Marco geschwommen. Thomas Mann hatte sich im Grand Hotel des Baines mit Blick auf diesen Strand zu „Tod in Venedig" inspirieren lassen. Vielleicht war der Lido doch kein Seebad wie alle anderen.

Als mir der Wind irgendwann zu kalt wurde, kehrte ich um und suchte eines der wenigen außerhalb der Saison geöffneten Restaurants auf. In Italien habe ich oft die Erfahrung gemacht, dass ich als einzeln speisender, weiblicher Gast den speziellen Schutz der Kellner und Restaurantbesitzer genieße. Ich werde dann immer besonders aufmerksam bedient und umsorgt, sodass alleine essen gehen sich zwar biswellen einsam anfühlen kann, aber nie eine solch trostlose Angelegenheit wird, wie es in Deutschland so häufig der Fall ist.

Das funktionierte auch diesmal. Man empfahl mir den Fisch von der Tageskarte und einen passenden Wein, und ich ließ alles dankbar geschehen und folgte dem Rat des Chefs bis hin zum

Dessert, Caffè und Grappa. Letzterer ging selbstverständlich aufs Haus. Nachdem der Patron mir in den Mantel geholfen und die Tür aufgehalten hatte, schlenderte ich zurück zur Anlegestelle, von wo ich mich von der guten alten Linie 1 im Mondlicht nach Hause tragen ließ. Eine romantische venezianische Abendstimmung, die wehmütige Assoziationen in mir hervorrief.

Am anderen Morgen stand kein Chris vor der Schule und wartete auf Einlass. Ich würde mich daran gewöhnen müssen. Eine zweite schmerzhafte Hürde bestand darin, dass mich alle möglichen Leute fragten, wo Chris denn sei und sich von mir – ausgerechnet von mir! – erklären lassen wollten, warum er für zwei Wochen weggegangen war. Irgendwann war auch das überstanden. Der Schulalltag war mein Gegengift – er würde mir helfen, wieder ins Lot zu kommen, das hoffte ich zumindest und stürzte mich mit neuem Elan in den Unterricht.

*

Victorias Tagebuch

Ich hatte das Gefühl, dass Claudia eine Aufmunterung gebrauchen könnte. Sie wirkte, als hätte ihr jemand den Stecker herausgezogen. Ihre Versuche, sich nichts anmerken zu lassen, waren süß, aber nutzlos: Eindeutig Liebeskummer, das war völlig klar.

Also schlug ich ihr vor, nach der Schule den Palazzo Grimani zu besuchen, wo die „venezianischen" Bilder von Hieronymus Bosch ausgestellt sind – „klein aber fein" – so hatte Chris es ausgedrückt, als er uns neulich diesen Tipp gab. Natürlich erwähnte ich seinen Namen nicht, den Teufel werde ich tun, so lange

Claudia das Thema nicht anschneidet. Ich glaube, wir sprachen nicht ein einziges Mal von ihm.

Wir machten uns also auf den Weg zum Campo S. Maria Formosa, alles in der strahlendem Sonne, von der ich nie genug kriegen kann. Die Bar an der Ecke hatte erstmals die Tische und Stühle nach draußen gestellt, einfach unwiderstehlich ... Wir setzten uns, Claudia bestellte einen Espresso und ich ein Tonic; es fühlte sich nach Frühling und nach Urlaub an – herrlich! Der Kellner, der uns die Getränke brachte, sah Claudias Fotoapparat auf dem Stuhl neben ihr liegen und fragte, ob er ein Foto von uns machen sollte. Ja, warum nicht – wir blinzelten ins Sonnenlicht und in die Kamera.

Später schafften wir es dann doch noch in den Palazzo Grimani. Er liegt ein bisschen versteckt, und ich wäre fast dran vorbei gelaufen. Das Eingangstor sieht nicht besonders imposant aus, aber der Innenhof, den man dann betritt, ist weiträumig und voller Licht, wunderschön.

Wir waren ganz allein, ließen uns viel Zeit und begutachteten jedes Detail im Hof, bevor wir ins Haus gingen. Der allererste Palazzo, den ich in Venedig betreten habe, ich war hin und weg. Wir stiegen eine breite Marmortreppe hinauf und durchquerten oben lauter wunderbare Räume, einer nach dem anderen voller Harmonie und Schönheit. Claudia sagte kaum ein Wort, aber ich sah, wie sich die Spannung in ihrem Gesicht nach und nach löste. Zwei Mal gingen wir ganz langsam durch alle Räume und saßen ziemlich lange vor den Bildern von Hieronymus Bosch, die einst der Besitzer dieses Hauses in Auftrag gegeben hatte.

Wir konnten nicht herausfinden, was uns eigentlich am besten gefiel. War es der Innenhof? Der endlose Blick durch die Zimmerfluchten? Das Deckengemälde im Esszimmer? Die mit dem

Adler des Zeus schwebende Figur des Ganymed? Oder die wahnsinnigen Gemälde von Bosch?

Bei unserem Rundgang schaute ich, neugierig wie immer, durch alle Fenster hinaus in den Hof und zur anderen Seite auf einen kleinen Seitenkanal. Da war gegenüber ein Haus mit kleinem Innenhof zum Kanal hin und zwei sehr hübschen Balkonen weiter oben. „Hier könnten wir einziehen", meinte ich zu Claudia. „Wir müssten gar nichts verändern, es passt alles, so wie es ist." Claudia und ich hatten in Gedanken schon mehrere Häuser bezogen, ganz besonders eines in der Nähe der Schule, das wir kaufen und sanieren wollten. Es ist nicht sehr groß, wunderschön gelegen, aber total heruntergekommen und baufällig. Wir nennen es schlicht „unser Haus" und schmiedeten eifrig Pläne dafür. Dieses neue Objekt hingegen wäre ein guter Platz, um die Zwischenzeit zu überbrücken, bis unser Haus beziehbar würde. „Du weißt ja, wie lange sich so etwas hinziehen kann", sagte ich. Claudia lächelte und nickte.

Nach dem Museumsbesuch wollte keine von uns nach Hause. Wir ließen uns treiben und liefen noch ein bisschen herum. Obwohl es langsam dämmrig und ohne den Sonnenschein sofort kälter wurde, lauerten an den kleinen Brücken immer noch Gondolieri den vorbeigehenden Ausländern auf. „Gondola, gondola!"

„Viel Kundschaft werden sie heute nicht mehr kriegen", meinte ich. „Warum gehen sie nicht heim und lassen es gut sein?"

„Das verstehe ich auch nicht. Zumal sie ja richtig viel Geld verdienen. Sogar im Winter geht das Geschäft noch ziemlich gut. Aber jetzt würde ich heimgehen, wenn ich Gondoliere wäre."

Ich dachte nach. „Für die Gondoliere-Ehefrau könnte das sehr praktisch sein. Ein Mann, der kaum zuhause ist, aber viel Geld verdient. Das hat was."

„So habe ich das noch nie gesehen. Stell dir mal vor, wir beide würden Gondolieri heiraten: Wir hätten finanziell ausgesorgt, eine schöne Wohnung im Centro Storico und viel Tagesfreizeit. Super Konzept - oder?"

„Und dein Mann?"

„Kein Problem. Ich würde mich scheiden lassen, besagten Gondoliere heiraten, und Martin wäre dann mein heimlicher Liebhaber, der jedes Wochenende nach Venedig kommt, während mein venezianischer Ehemann die Touristen über den Canal Grande gondelt."

„Nicht schlecht. Das könnte mit Stefano auch klappen."

„Also gut. Wie wäre es mit dem da?" Claudia zeigte mir einen blassen Jüngling.

„Geht gar nicht. Ein bisschen italienischer müsste er schon aussehen. Und wen nehmen wir für dich?"

„Ich dachte eher an einen älteren Mann, den ich in absehbarer Zeit auch beerben könnte. Und wenn er in den Ruhestand geht, rede ich ihm zu, sich mehr im Ruderverein zu engagieren. Oder im Männerchor."

Wir kicherten.

Mindestens eine Stunde lang inspizierten wir rechts und links des Weges Gondolieri, bis sie schließlich doch nach und nach alle verschwanden und nach Hause gingen.

Am Ende landeten wir in einer Bar mit einem großen Aperitif-Buffet. Wir holten uns etwas zu essen und bestellten zwei

Weißwein. Neben uns an der Theke stand ein älterer Herr, der uns interessiert beobachtete.

„Woher kommen Sie?", fragte er Claudia auf Italienisch.

„Aus Russland und aus Deutschland."

„Und Sie machen hier Urlaub? Wie gefällt Ihnen Venedig?"

„Wir lieben Venedig, es ist einmalig schön. Im Urlaub sind wir genau genommen nicht; wir sind für länger hier und lernen Italienisch."

„Studentinnen! Deswegen ist Ihr Italienisch so gut. *Bravo Signora*! Darf ich Sie vielleicht auf ein Glas Wein einladen?"

„Sehr freundlich, aber danke nein. Wir müssen bald gehen."

„Wie schade! Ich hätte mich so gerne noch länger mit Ihnen unterhalten. Vielleicht kommen Sie ja noch mal wieder hierher? Ich bin jeden Abend um diese Zeit hier. Wissen Sie, ich bin im Ruhestand und habe viel Zeit. Früher war das anders, da war ich Gondoliere, ach, das waren Zeiten ..."

Claudia bewahrte Haltung. Sie verabschiedete sich sehr höflich von ihrem neuen Bekannten und zog mich hinaus vor die Tür, wo wir um die nächste Ecke stürzten und lachten, bis mir alles wehtat.

*

Wann immer ich allein war und nichts zu tun hatte, dachte ich an Chris, es war mehr oder weniger eine Zwangshandlung, die sich nicht abstellen ließ. Ich stellte mir vor, was er wohl gerade machte und wo er war: in der Schule mit anderen Schülern in einer fremden Klasse, bei den Mahlzeiten in der Familie, bei der er wohnte, bei Ausflügen in die Umgebung ...

Wie mochte es ihm wohl gehen? Wie sah es da aus, wo er wohnte? War es in der Stadt oder außerhalb? Wie war das Wetter in Sizilien? Hatte er es schon geschafft, die Museen und Kirchen von Palermo zu besichtigen? Lernte er Leute kennen? Dachte er an mich?

Nachts lag ich oft lange wach – meist so gegen drei Uhr – und malte mir in meinen Fantasien aus, wie es sein würde, wenn er wiederkam. Ich stellte mir vor, dass ich ihn vom Flughafen abholen käme und er freudig überrascht sei. Oder unangenehm berührt? Vielleicht würde ich ihn ja auch erst am darauffolgenden Montag in der Schule wiedersehen, in der Klasse, zusammen mit allen anderen. Möglich war natürlich auch, dass er sich bei mir meldete, wenn er wieder in Venedig war, wahrscheinlicher schien es mir jedoch, dass ich es nicht aushielt und mich dann bei ihm meldete. Was ich eigentlich nicht wollte.

Und dann ging in meinem Kopfkino alles wieder von vorne los wie in einer Endlosschleife.

*

An einem winterlich kühlen Nachmittag fuhren die beiden Victorias und ich zur Villa Pisani an der Brenta. Gleich nach dem Unterricht gingen wir auf direktem Weg zum Piazzale Roma und bestiegen dort den Bus nach Stra. Diesen Ausflug hatten Victoria grande und ich schon lange unternehmen wollen, eigentlich zusammen mit Chris, und daran war es bisher auch immer gescheitert, denn er sagte jedes Mal kurzfristig ab. Zunächst hatte er großes Interesse an dieser Exkursion geäußert; bei einer späteren Gelegenheit bemerkte er jedoch, er sei schon zwei Mal dort gewesen und daher nicht so motiviert. Das waren wieder diese Situationen, in denen er mir rätselhaft blieb und sich die manchmal so große Nähe in nichts auflöste.

Wir wären jetzt jedenfalls auch zu zweit gefahren, aber Victoria piccola, die uns in der Pause von unseren Plänen reden hörte, wollte überraschenderweise unbedingt mitkommen. So saßen wir also im Bus 55s, ich direkt hinter dem Fahrer und die Victorias auf der Bank hinter mir. Ich hatte einen Reiseführer in deutscher Sprache dabei und las den Abschnitt über die Villa Pisani vor, indem ich Satz für Satz laut ins Englische übersetzte, was Victoria grande auf Russisch an Victoria piccola weitergab – „stille Post" mehrsprachig. Mit dieser Methode hatten wir viel zu lachen und die Fahrtzeit verging im Nu.

Die Villa Pisani ist von beeindruckender Größe und Eleganz. Der Begriff „Villa" ist in diesem Fall ein gehöriges Understatement, es handelt sich in Wahrheit um ein anmutiges Schloss. „Für einen Grafen zu groß, für einen König zu klein", so hatte sich Napoleon, in dessen Besitz die Villa vorübergehend gewesen war, darüber geäußert. Dieses Anwesen lag nun vor uns, direkt am Ufer der Brenta, die einen zarten Bodennebel herüberschickte, der den unteren Teil des Gebäudes umspielte, während die oberen Stockwerke vom Licht der Nachmittagssonne beschienen wurden. Das hatte den Effekt, dass die Villa gen Himmel zu schweben schien. Ein märchenhafter Anblick.

Innen war es eisig kalt. Wir bewunderten die schönen Treppenaufgänge und wanderten oben von Raum zu Raum, verbotenerweise fotografierend, insbesondere im großen Ballsaal, wo ich einige Fotos von Victoria piccola in verschiedenen verführerischen Posen machte, die sie zweifellos später ihren zahlreichen Verehrern zukommen ließ. Die Kälte, die sich in den Räumen festgesetzt hatte, ließ uns nicht lange verweilen.

Draußen im Park war die Temperatur etwas milder, und wir verschafften uns ein wenig Bewegung, um wieder warm zu werden. Ganz am Ende der Gartenanlage konnte ich die Villa fotografieren, wie sie schemenhaft zart hinter dem großen Wasserbecken lag, dessen Springbrunnen jetzt im Winter abgeschaltet waren. Der lichte Nebel und das blasse Sonnenlicht verliehen allem etwas Unwirkliches. Wir liefen weiter herum, betraten das grüne Labyrinth (leider ohne uns zu verlaufen, denn die Hecken waren gekürzt worden, sodass wir immer alles sehen konnten) und begutachteten die über den Park verteilten Statuen, zwischen denen Victoria piccola es sich nicht nehmen ließ für weitere Fotos zu posieren. Als wir wieder bei der Villa angekommen waren, machte ich noch ein Bild der beiden Victorias auf der Terrasse mit dem Park im Hintergrund. Victoria grande wollte hier unbedingt auch ein Foto von mir machen und bat um meine Kamera, aber ich lehnte ab und ließ mich auch nicht überreden. Neben den beiden schönen jungen Frauen fühlte ich mich auf einmal sehr unattraktiv und schrecklich alt. Ich wollte kein Foto von mir sehen.

Im Museumsshop wärmten wir uns mit heißer Schokolade auf, während wir auf den Bus warteten. Ich kaufte eine Stofftasche mit der Aufschrift „Villa Pisani" und ihrem Logo darauf. Ich benutze sie heute noch. Immer wenn ich sie zur Hand nehme, sehe ich den Himmel über der Villa wieder vor mir, den vom zarten Sonnenlicht durchleuchteten Nebel, der sich weiter oben in einem blassen Winterblau verliert.

Auf der Rückfahrt waren wir alle drei schweigsam. Victoria grande wohnte nur ein paar Haltestellen weiter und lud uns ein, mit ihr noch einen Spritz zu trinken bis der nächste Bus nach Venedig fuhr, aber wir lehnten beide ab. Ich war sehr müde und hing deprimierenden Gedanken nach. Victoria piccola flirtete ein bisschen lustlos mit einem jungen Mann auf dem Sitzplatz schräg gegenüber. In Mestre stieg sie aus und verschwand in der Abenddämmerung. Ich wusste, dass sie dort irgendwo wohnte, hatte aber nach wie vor keine Ahnung, wo und wie – beziehungsweise mit wem – sie eigentlich genau lebte. Jede von uns hatte ihre Geheimnisse.

Abends zuhause überkam mich die Sehnsucht nach Chris mit aller Macht. Ich postete zwei Aufnahmen vom Nachmittag auf seiner Facebook-Seite, den Blick vom anderen Ende des Parks auf die Villa und dann das Foto der beiden Victorias auf der Terrasse.

Seit er auf Sizilien war, hatten Chris und ich so gut wie keinen Kontakt gehabt. Einmal hatte er kurz geschrieben, er sei gut angekommen und habe es gut angetroffen. Ich hatte ebenso knapp geantwortet und mich seither dazu gezwungen, ihm nicht von mir aus zu schreiben.

Jetzt mein Post „Wir haben dich heute Nachmittag vermisst" mit den beiden Fotos. Nach zwei Stunden, ich war gerade im Begriff schlafen zu gehen, kommentierte er das Bild der beiden Victorias mit „Le belle Russe ..." und das von der Villa mit der Frage, ob ich es mit Weitwinkel aufgenommen hätte. Was für eine kalte Antwort. Ich hätte mich ohrfeigen können, dass ich mich überhaupt gemeldet hatte. Und was hätte er wohl geschrieben, wenn ich auf einem der Fotos gewesen wäre? Die zwei schönen Russinnen und ...?

*

Victoria und ich hatten eine lange und stets im Wandel begriffene To-do-Liste von Dingen, die wir unbedingt gemeinsam unternehmen wollten, meist Besichtigungen oder spezielle Spaziergänge zu besonderen Plätzen in Venedig. Seit Chris abgereist war, hatten wir damit erhebliche Fortschritte gemacht; fast jeden Tag waren wir irgendwo unterwegs.

Jetzt kam das Ghetto an die Reihe: Ich lebte nun schon seit Wochen hier und hatte bisher noch keine der berühmten Synagogen besucht, mal abgesehen von den schemenhaften Einblicken durch mein kleines Seitenfenster in die Scola Spagnola gleich nebenan.

In der Nacht hatte es Acqua-Alta-Alarm gegeben, doch glücklicherweise hatte sich das Hochwasser auf die Stunden 23 und 5 Uhr beschränkt. Am Morgen war es mehr oder weniger vorbei und hinterließ außer meiner Müdigkeit angesichts der nächtlichen Störung (die Sirene!) nur noch wenige überflutete Stellen, wie zum Beispiel an der Piazza San Marco, die es immer am schlimmsten trifft. Immerhin gab es da und dort noch so viel Restwasser, dass ich mich in Gummistiefeln auf den Schulweg machte.

„Wie wär's heute mit einer Führung durch das Ghetto?", fragte Victoria beim Kaffee in der Pause. Sie war eine Stunde zu spät zum Unterricht gekommen – ausgeschlafen und voller Tatendrang.

„Ja, machen wir. Gute Idee!"

Als wir die Schule verließen, strahlte die Sonne am blauen Himmel und hatte die feuchten Spuren der vergangenen Nacht komplett verschwinden lassen. Wir schlenderten auf Umwegen Richtung Ghetto, kauften uns unterwegs ein Stück Pizza auf die Hand und ließen uns durch die Gassen treiben. Pures Glück. Ich tauschte zuhause noch schnell meine Gummistiefel gegen normale Schuhe, während Victoria um die Ecke vor dem Museo Ebraico in der Sonne saß und mich erwartete.

„Museum oder Führung?", fragte mich die Frau an der Kasse etwas barsch.

„Ich dachte, der Museumszugang sei bei der Synagogenführung inklusive?", antwortete ich.

„Museum oder Führung?", wiederholte sie, ohne mich anzusehen.

„Führung."

„Zehn Euro." Sie schob ein Ticket in meine Richtung.

„Zweimal, bitte."

„Sagen Sie das doch gleich!" Die Frau wurde immer unfreundlicher.

Schweigend legte ich 20 Euro auf den Tresen und nahm die Eintrittskarten entgegen.

„Kannst du mich bitte mal anlächeln?", bat ich Victoria, die im Museumsshop geblieben war.

Sie blickte von ihrem Buch auf und lächelte prompt. „Was ist denn?"

„Ich bin mit der Frau an der Kasse aneinandergeraten. Sie war ausgesprochen unfreundlich, und ich scheine heute besonders anfällig für so etwas zu sein ..."

„Abhaken, vorbei. Jetzt schauen wir uns die Synagogen an. Ich habe hier im Katalog schon ein paar Fotos davon gefunden, sieht toll aus!"

Ein paar Minuten später wurde die Führung aufgerufen – von eben jener Frau, die mir die Tickets verkauft hatte und die sich nun als unsere Begleiterin vorstellte. Ich zog die Augenbrauen hoch und warf Victoria einen Blick zu.

Nur drei von fünf Synagogen waren zur Besichtigung freigegeben, und wir begannen die Tour mit der Scola Tedesca – im obersten Stockwerk über dem Museum gelegen; denn es darf keine Räume oberhalb einer Synagoge geben, wie wir nun erfuhren. Die Führung fand in Englisch und Italienisch statt, letzteres eigentlich überflüssig, denn unsere Gruppe bestand aus neun oder zehn Deutschen, Victoria und je einem Paar aus Holland und Frankreich.

Die Museumsführerin erklärte uns die baulichen Besonderheiten der hiesigen Synagogen und schilderte im Schnelldurchgang die lange Geschichte des venezianischen Ghettos. Sie redete schnell und undeutlich, ich konnte vieles nicht verstehen und erst nach und nach ihren Ausführungen folgen, vielleicht war ich auch einfach noch verstimmt. An die zweite Synagoge erinnere ich mich nicht mehr, wohl aber an die dritte, in der wir am längsten verweilten: Es war meine große Nachbarin, die Scola Spagnola, die Synagoge der spanischen Juden. Mein Interesse war wiedererwacht: Endlich konnte ich den Raum betreten, von dem ich bisher nur Teile gesehen hatte, überdies verzerrt und verschwommen durch die zwei dicht aufeinanderfolgenden Fenster, von denen eines noch dazu aus Buntglas bestand. Die Frau schloss das Tor auf und ließ uns eintreten.

Als ich hineinging, klingelte Victorias Handy, sie blieb zurück und machte mir mit der Hand ein Zeichen, nicht auf sie zu warten. Einen Augenblick später klopfte sie an das Tor, ich öffnete und ließ sie herein. Unser Tour-Guide schoss auf mich zu: „Was fällt Ihnen ein? Sie haben kein Recht, die Tür zu öffnen!"

„Tut mir leid. Ich wollte nur meine Freundin hereinlassen. Sie stand noch draußen."

„Dann bleibt sie eben draußen! Hier öffne nur ich die Türen, sonst niemand! Und wer nicht mit der Gruppe hereinkommt, muss draußen auf uns warten, bis wir hier fertig sind."

Victoria, der das sichtlich unangenehm war, zog mich sacht beiseite und murmelte leise „Dankeschön".

Wir bekamen die Besonderheiten der „spanischen" Synagoge erklärt, wurden auf den vielfarbigen Marmor und die nachträgliche Barockisierung hingewiesen, doch ich hörte wieder nur halb zu, bis ich auf einmal merkte, dass unsere Begleiterin zu einem anderen Thema gewechselt war: Sie sprach über den Holocaust, über die Verschleppung und Ermordung venezianischer Juden 1945, über die Shoah im allgemeinen und deutsche Konzentrationslager im Besonderen. In der Gruppe herrschte betroffenes und unsicheres Schweigen, alle blickten zu Boden.

In diese Stille hinein wandte sich die Frau direkt an mich und fragte laut und deutlich: „Und woher kommen Sie?"

„Aus Deutschland."

Beredtes Schweigen.

„Nichts wie weg hier", flüsterte ich Victoria zu, als wir die Synagoge verließen. „Warum gerade ich? Dreiviertel der Gruppe war aus Deutschland, aber mich hat sie rausgepickt! Warum kann ich nicht auch Russin sein?"

„Lass dich nicht fertigmachen, Claudia. Die Frau hatte von Anfang an etwas gegen dich, und die Gelegenheit war einfach zu gut … Vielleicht hatte sie auch einfach einen schlechten Tag, wer weiß das schon."

„Ich hab jetzt einen schlechten Tag, so viel steht fest", murrte ich.

„Fest steht nur, dass wir beide jetzt in die nächste Bar gehen. Du brauchst einen Prosecco und ich auch."

Wir überquerten den Campo Ghetto Nuovo und die kleine Brücke mit dem schmiedeeisernen Geländer und fanden an der Theke des Al Timon Zuflucht.

„Du bist mein Gast", Victoria hob ihr Glas. „Weißt du, wer da eben angerufen hat? Der Kapitän. Es geht los, ich werde in Savona erwartet, um die Jacht für die Saison vorzubereiten."

„Wann?"

„Spätestens morgen Abend muss ich abreisen."

„Ach, Victoria …", seufzte ich.

*

Am anderen Tag trafen wir uns gegen Mittag am Bahnhof. Victoria war nicht mehr in der Schule erschienen. Sie hatte gepackt und ihren Koffer jetzt in einem Schließfach am Bahnhof untergestellt. Stefano musste bis spätabends arbeiten und konnte sie nicht zum Zug begleiten, deswegen hatten wir beschlossen, die verbleibende Zeit bis zu ihrer Abreise am Abend miteinander in der Stadt zu verbringen.

Es war der Donnerstag vor Karneval. Rita hatte mir erzählt, dass eine Art Auftaktparty auf dem Markusplatz stattfinden sollte. Als Victoria das hörte, gab es kein Halten mehr. Im Gegensatz zu mir, die ich einen Horror davor hatte, wollte sie immer schon Karneval in Venedig erleben, mit historischen Kostümen, Masken und allem Drum und Dran. Ihr zuliebe ließ ich mich drauf ein, und wir begannen damit, uns nach Masken umzusehen. Ich in diesen fürchterlichen Maskenläden! Hoffentlich kam jetzt niemand von meinen Bekannten vorbei.

„Mehr als eine Halbmaske ist bei mir nicht drin", warnte ich Victoria. „Kein Kostüm, kein Umhang, keine bemalte Vollmaske!"

„Ist schon gut. Halbmaske reicht völlig." Sie studierte konzentriert die Auslage. „Schwarz oder weiß? Was meinst du?"

„Wenn schon, dann weiß ..."

Nachdem wir in fünf oder sechs Läden gewesen waren und es ganz offensichtlich wurde, dass alle die gleichen Modelle anboten, kaufte Victoria eine zierliche silberne Maske, die wie Spitze durchbrochen war und ihr wirklich gut stand. Meine weiße war ganz einfach, bedeckte gerade nur die Augenpartie und erinnerte mich entfernt an die Schlafmasken bei Langstreckenflügen. Das musste reichen.

Wir steckten die Masken vorerst in die Handtaschen und machten uns auf den Weg Richtung San Marco. Zunächst sah alles noch wie immer aus, aber je näher wir der Piazza kamen, desto mehr maskierte und zum Teil sogar aufwändig verkleidete Menschen mischten sich unter die Passanten, darunter auch ein kostbar gewandeter Doge mit Gefolge. Das war kein Straßenkarneval wie in Deutschland, das hier waren mehr oder weniger professionelle Darsteller, die den Touristen etwas bieten sollten. Letztere trugen keine Kostüme, sondern allenfalls Masken oder Hüte. Auf der Höhe von San Moisé blieb Victoria stehen und zog ihre Maske aus der Tasche. Sie strahlte vor Freude. Wir halfen uns gegenseitig beim Zubinden und setzen unseren Weg fort.

Der Markusplatz war ganz gut gefüllt. Die meisten Leute schienen eher zufällig aus diese Veranstaltung gestoßen zu sein und schauten sich vorerst neugierig um. Der richtige Karneval fing erst nächste Woche an; das hier war nur ein Warmlaufen. Die kostümierten Veranstalter flanierten um einen künstlichen Brunnen herum, den man aufgestellt hatte und posierten für Fotos. Dann wurde der Brunnen rot angestrahlt und begann zu fließen ... mit Rotwein. Die Umstehenden bekamen Wein in Plastikbechern angeboten, Victoria ließ sich das nicht entgehen und holte uns zwei Becher, sie hörte gar nicht mehr auf zu strahlen.

Während wir an dem Wein nippten, setzte die Musik ein. Wiener Walzer. Die Kostümierten taten sich zu zweit zusammen und tanzten Walzer um den Brunnen herum. Schrecklich kitschig, das Ganze. Und doch verfehlte die Musik ihre Wirkung nicht, die beleuchtete Piazza und der Wiener Walzer passten einfach unglaublich gut zusammen. Auch andere begannen jetzt zu tanzen. Der schönste Ballsaal der Welt.

Nach einer Stunde war alles vorbei. Wir plauderten noch kurz mit Rita, die das kleine Spektakel fotografiert hatte, und machten uns langsam auf den Rückweg zum Bahnhof.

Victoria sah auf die Uhr. „Ich habe noch ein bisschen Zeit bis zur Abfahrt. Hast du eine Idee, wo wir noch auf einen Prosecco hingehen können?"

„Wir nehmen einfach die nächste Bar, die auf dem Weg liegt. Ich lade dich ein."

Die nächste Bar war ziemlich schick und edel, wir gingen an die Theke und ich bestellte die Getränke. Dabei fiel mein Blick in den Spiegel hinter dem Tresen: Wir hatten beide noch unsere Masken an und die anderen Gäste – allesamt Venezianer der gehobenen Gesellschaft – musterten uns missbilligend. Ich ließ meine Maske wieder in der Tasche verschwinden und zwinkerte Victoria zu, die das Gleiche tat. Wir prosteten uns zu.

„Auf dich, Victoria!"

„Auf uns!"

Über den bevorstehenden Abschied verloren wir kein Wort, auch nicht darüber, ob und wann wir uns wiedersehen würden.

Als Victoria noch einmal auf die Uhr schaute, war es anscheinend spät geworden; ihr schlechtes Zeitgefühl und ihr chronisches Zuspätkommen waren in der Schule legendär.

„Ich muss mich beeilen", sagte sie erschrocken. „Wir verabschieden uns am besten gleich hier und ich sause los."

„Kommt nicht in Frage. Ich komme mit. Wir schaffen das."

Ein Vaporetto zu nehmen, hätte viel zu lange gedauert. Im Eilschritt schlängelten wir uns durch den abendlichen Passantenstrom. Ziemlich außer Atem kamen wir am Bahnhof an, holten Victorias Koffer aus der Aufbewahrung und rannten zum Bahnsteig. Der Zug war noch da.

Wir umarmten uns kurz. Victoria stieg ein und blieb an der Tür stehen, bis sie sich schloss, dann legte sie ihre Hand auf die schmutzige Glasscheibe und der Zug fuhr an. Ich winkte und blieb zurück.

*

Bevor ich nach Venedig abreiste, hatte ich mich manchmal gefragt, wie ich wohl meinen Geburtstag – zum ersten Mal seit einer Ewigkeit ohne Martin – begehen würde. Mit anderen Schülern fröhlich feiern? Allein in ein elegantes Restaurant oder ins Fenice gehen? Oder gar nicht feiern, einfach einen normalen Tag verleben? Später malte ich mir aus, den Abend mit Chris zu verbringen, romantische Fantasien, die ich mir kaum zugestehen konnte …

Als es dann so weit war, hatte ich niemandem verraten, dass ich Geburtstag hatte, sondern verabredete mich einfach nur mit Angelika zum Abendessen. Vormittags in der Schule fühlte ich mich sonderbar leer und deprimiert. Ich beteiligte mich kaum am Unterricht und an Gesprächen. Während der Pause traf ich

Victoria piccola telefonierend in einem leeren Klassenzimmer an und ging wieder hinaus. Kurz darauf kam sie lächelnd auf mich zu. „Ich habe gerade mit meinem Sohn in Russland telefoniert. Er hat heute Geburtstag; sieben Jahre ist er geworden." Sie strahlte. „Alles Gute", mehr fiel mir nicht ein. Ich hatte gar nicht gewusst, dass sie ein Kind hatte, das war mal wieder typisch Victoria piccola.

Mittags ging ich direkt zur Anlegestelle und nahm die Linie 1 nach Hause. Der Tag war sonnig und der Canal Grande sah womöglich noch grandioser aus als sonst. Ich dachte daran, dass ich nicht mehr lange würde bleiben können und spürte, wie mir die Tränen kamen. Daheim fand ich dann Mails mit Glückwünschen vor, und ein paar Anrufe kamen auch noch. Ein Hauch von Heimweh flog mich an.

Vor dem Abendessen war ich mit Angelika zum Aperitif im Florian verabredet, den wir ganz venezianisch an der Theke stehend einnahmen. Das Caffè Florian wird nach dem Zwiebelprinzip frequentiert: Die meisten Leute sitzen im Außenbereich auf dem Markusplatz, vor allem in den wärmeren Monaten. Doch sogar im Winter, zumindest wenn es nicht regnet und wenn kein Acqua Alta den Platz flutet, finden sich hier Gäste ein. In den eleganten kleinen Salons drinnen ist es fast immer voll, außer vielleicht morgens früh oder in der kurzen Nebensaison, z. B. im Januar. Das Innerste der Zwiebel bildet jedoch der hintere Bereich an der Theke, dort, wo auch der Zugang zur Küche ist. Nicht, dass es hier weniger elegant wäre, es dringt nur kaum einer von den Touristen so weit vor. Das machte sich übrigens auch bei den Preisen bemerkbar.

Wir tranken Spritz – was denn sonst? Meine Stimmung hob sich.

Im Anschluss gingen wir in ein Restaurant in San Polo, das Angelika mir zeigen wollte. Der Besitzer begrüßte uns überaus freundlich und geleitete uns an den Tisch, während er sich nach Angelikas Befinden und dem ihres Mannes und ihres Sohnes erkundigte. Den Kellner mit den Speisekarten schickte er wieder weg; stattdessen orderte er zwei Prosecco und empfahl uns die Tagesspezialitäten, Sarde in Saor mit Polenta zur Vorspeise und gegrillten Fisch mit dem passenden Wein. „Wunderbar", sagte Angelika, „aber nicht so riesige Portionen, du weißt schon, sonst schaffen wir den Nachtisch nicht!"

Wir prosteten uns zu. „Schade, dass du so weit weg wohnst!"

„Das sehe ich auch so", erwiderte ich. „Ich wünschte von Herzen, es wäre anders."

„Hast du schon mal daran gedacht, hier eine Wohnung zu kaufen? Ein zweiter Wohnsitz, den du vermietest, wenn du nicht hier bist?"

„Ich denke ständig daran. Vor jeder Immobilienagentur bleibe ich stehen und studiere die Anzeigen im Schaufenster, wieder und wieder. Aber wie soll das gehen?", fuhr ich fort. „Mal ganz abgesehen von den horrenden Immobilienpreisen. Ich habe ein Leben in Deutschland, einen Arbeitsplatz und Freunde und ganz nebenbei auch noch einen Ehemann."

„Du müsstest ja nicht ganz hierher ziehen. So eine Wohnung lässt sich durch Vermietung leichter finanzieren. Und Freunde hast du hier auch. Und vielleicht gefällt Venedig auch deinem Mann."

„Klar gefällt es ihm hier, das weiß ich. Er ist nur nicht so vernarrt in die Stadt wie ich."

„Und Arbeit ließe sich hier auch für dich finden", spann Angelika den Faden weiter. „Meine Agentur wächst rasant, bald kann ich das nicht mehr allein bewältigen. Eine Partnerin wäre willkommen, besonders eine mit juristischen Kenntnissen."

Ich lächelte. „Ach, Angelika, was bist du doch für eine Verführerin!"

Wir wechselten das Thema, aber meine Gedanken kreisten weiter darum. Freunde in Venedig, ja, da fielen mir schon einige ein. Besonders einer, der sich hier niederlassen wollte. Ich könnte hier leben, ganz oder teilweise, ein Gedanke, der bisher meiner internen Zensur zum Opfer gefallen war, wann immer er auftauchte. Unmöglich. Mit halber Kraft in der Kanzlei arbeiten war ganz und gar ausgeschlossen. Und niemals würde Martin mit mir nach Venedig ziehen. Falls ich das überhaupt wollte.

Ich schaltete um und konzentrierte mich wieder auf das Gespräch mit Angelika, das sich inzwischen um Berlusconi drehte. Wir waren mittlerweile bei der Fischplatte angelangt, begleitet von einem erstklassigen Wein aus dem Veneto und den Komplimenten des Patrons. Langsam fühlte sich das wie ein Geburtstagsabend an, auch wenn Angelika nichts davon wusste.

Nachdem wir die ermäßigte Rechnung (der Preis für Einheimische) schwesterlich geteilt und beglichen hatten, spazierten wir untergehakt durch die leere Stadt zur Rialtobrücke und wechselten auf die andere Seite hinüber. Zwei kleine Brücken weiter verabschiedeten wir uns. „*Ciao bella*, es war ein wundervoller Abend, *grazie*." Angelika warf mir eine Kusshand zu und verschwand um die Ecke.

Ich ging weiter und dachte an Martin, der sich den ganzen Tag nicht gemeldet hatte. Ich nahm mein Handy aus der Tasche und rief an. Martin war noch wach, aber ein bisschen erstaunt über meinen Anruf. Er berichtete von einer Situation, die er heute im Job erlebt hatte und schilderte mir alle Details, bis er merkte, dass ich nicht reagierte.

„Was ist los?"

„Ich habe heute Geburtstag."

„Aber nein, erst übermorgen."

„Heute."

Schweigen.

„Scheiße."

„Ja."

„Ich weiß gar nicht, was ich sagen soll. Es tut mir so leid!"

„Kann ich mir vorstellen. Und was soll's, es gibt Schlimmeres als das." Wir schwiegen ein wenig, dann beendete ich das Gespräch, mit dem Hinweis darauf, dass es wirklich nicht so schlimm sei und ich nun ins Bett müsse. Martin wiederholte noch einmal, wie leid es ihm tue und wünschte mir dann eine gute Nacht.

Kapitel 6

Er war wieder zurück in Venedig, so viel wusste ich. Darüber hinaus blieb jedoch alles im Unklaren. Vor einigen Tagen jedoch hatte Chris in einer Mail etwas von einem Treffen am Sonntag geschrieben, ohne das weiter zu konkretisieren, und nun war bereits Samstagmorgen. Auf gar keinen Fall wollte ich mich als erste melden, zu sehr hatte ich mich wegen seiner seltenen und knappen Nachrichten geärgert.

Ich wachte früh auf und ging in die Küche, um mir einen Kaffee zu machen. Nachdem die *macchina* auf dem Herd stand, öffnete ich das Küchenfenster und lehnte mich hinaus. Es würde ein sonniger Tag werden, die Luft war weich und mild. Aus der Bäckerei unten im Haus drang der Duft des Frischgebackenen, und weiter oben am Himmel riefen sich zwei Möwen etwas zu. Ein venezianischer Bilderbuchtag.

Der Kaffee war fertig; ich schäumte noch etwas Milch auf, begab mich mit meiner Tasse zurück ins Bett und nahm mein Tagebuch zur Hand. Die zwei Wochen ohne ihn hatte ich ganz gut überstanden: Es war sogar in gewisser Weise entspannend gewesen, mehr Zeit mit anderen Mitschülern und vor allem mit Victoria zu verbringen; dabei wurde mir erst klar, wie viel meiner Energie und Aufmerksamkeit durch Chris gebunden gewesen war. Seit ich jedoch wusste, dass er wieder in der Stadt war, kreisten meine Gedanken immer nur um ein mögliches Wiedersehen und ließen sich nicht abstellen, was ich als persönliche Niederlage empfand. Es war zum Verrücktwerden.

Ich stellte die leere Kaffeetasse ab und lehnte mich zurück. Die erste Mücke flog durch das geöffnete Fenster ins Schlafzimmer – ein sicherer Frühlingsbote.

Am besten den Tag ganz normal angehen. Einkaufen, ein wenig spazieren gehen, irgendwo noch einen Espresso trinken, mit Martin telefonieren und irgendwann später – nur keine Eile! – die Mails abrufen. Unter der Dusche stellte ich mir vor, wie zugleich mit dem abfließenden Wasser auch meine Anspannung dahinfloss und verschwand, aber die Wirkung dieses Bilds war nicht von langer Dauer. Schon während des Einkaufs spürte ich wieder, dass ich nicht bei Sache war. Ich hatte auch gar keinen Appetit mehr auf Pasta und Pflücksalat.

Einzig das Spazieren gehen verschaffte mir Erleichterung. Die langen, geraden Uferwege in Cannaregio schienen genau richtig, um mich wieder in die Spur (in welche eigentlich?) zu bringen: Ich lief die Fondamente hinauf und hinunter, Ormesini, Misericordia, Abbazia, Mori und wie sie alle heißen, bis ich am Ende vor der Kirche Madonna dell'Orto stand, die ich noch nie betreten hatte. In einem Reiseführer hatte ich gelesen, sie sei die „Tintoretto-Kirche"; der Maler hatte gleich um die Ecke in der Nachbarschaft gewohnt, fast alle Bilder im Kircheninneren stammten von ihm, und er lag hier auch begraben. Tintoretto habe ich noch nie gemocht, ich finde ihn zu düster, zu ehrgeizig und zu angestrengt, deshalb hatte mich nichts hierhin gezogen. Nun betrat ich ein großes, stilles Kirchenschiff mit einer friedvollen Atmosphäre. Die Tintoretto-Gemälde sah ich mir nur flüchtig an, eins davon gefiel mir sogar ganz gut.

In der Seitenkapelle vorne links war einst ein berühmtes Madonnenbild von Bellini gewesen, auch das hatte ich irgendwo gelesen. In den neunziger Jahren wurde es gestohlen – ein nie aufgeklärter Kriminalfall – und nun stand dort nur ein großes Foto des verlorenen Bildnisses, ein trauriger Anblick.

Ich ging weiter und entdeckte ganz hinten auf der rechten Seite eine Tür, die in eine Seitenkapelle führte. Hier fand ich die Namensgeberin dieser Kirche, die weiße steinerne Statue der Madonna dell'Orto, die den Raum wie nebenbei mit ihrer Präsenz füllte. Ich setzte mich zu ihr und blickte sie lange an. Meine Gedanken hörten auf zu kreisen, Ruhe kehrte ein und eine Art Zuversicht, dass schon irgendwie das Richtige geschehen würde. Niemand sonst betrat die Kapelle, ich blieb allein sitzen und sprach mit ihr von Frau zu Frau. Bevor ich ging, las ich in dem ausliegenden Informationsheft, dass es sich hier um eine „wundertätige Madonna" aus dem frühen 14. Jahrhundert handelte; genau das, was ich gebraucht hatte.

So war ich nicht weiter erstaunt, als ich daheim eine Mail von Chris vorfand, in der er fragte, ob ich am Sonntag im Paradiso Perduto mit ihm zu Mittag zu essen wolle.

Ich sagte zu.

*

Im Allgemeinen neige ich dazu, etwas vor der Zeit anzukommen, und je nervöser ich bin, desto früher treffe Ich ein. Wollte ich mir diesmal etwas beweisen? Ich weiß noch, dass ich an jenem Sonntag sehr darauf achtete, nicht zu früh, sondern pünktlich auf die Minute zu unserer Verabredung zu erscheinen. Betont lässig schlendernd überquerte ich den sonnigen Campo Ghetto Nuovo, ging über die kleine Brücke und die Fondamente Ormesini entlang, ohne meine Schritte zu beschleunigen. Sonntagsspaziergänger flanierten mit der ganzen Familie am Ufer und plauderten mit den Leuten, die vor den Restaurants mit ihrem Aperitif draußen saßen. Ab und zu blieb ich stehen und betrachtete die Auslagen in den Schaufenstern, wobei ich versuchte, mir den Anschein einer entspannten Müßiggängerin zu geben. Eine kleine Galerie gab es hier, deren Bildern mir schon immer gut gefallen hatten, daneben das Atelier eines Kostümschneiders und schließlich Läden für den täglichen Bedarf: Haushaltwaren, alte und neue Lampen, Zeitungen, Lotto, Tabak und Fahrscheine. Dann sah ich schon von weitem Chris neben dem Eingang des Paradiso an der Hauswand lehnen und in die Sonne schauen. Er war zu früh.

„Ciao Claudia". Wir küssten uns andeutungsweise rechts und links auf die Wangen.

„Ciao Chris. *Welcome back.*"

„Wollen wir draußen sitzen oder lieber drinnen?"

„Draußen wird's auf die Dauer zu kalt, fürchte ich. Lass uns reingehen."

Das Lokal war ziemlich voll, doch am Ende eines langen Tisches fanden wir noch zwei freie Plätze. Ein Gespräch wollte nicht recht in Gang kommen; etwas befangen studierten wir die Tageskarte.

„Hast du schon mal *Bigoli* gegessen?", fragte ich.

„Ich weiß nicht mal so genau, was das ist", meinte Chris. „Auf jeden Fall Pasta, nicht wahr?"

„Das ist eine Spezialität aus dem Veneto", erklärte ein freundlicher Tischnachbar auf Englisch. „So ähnlich wie Spaghetti, nur insgesamt größer, sehr gut für Soßen geeignet."

„Vielen Dank! Die nehmen wir!"

„Und – wie war es in Sizilien?" fragte ich, während wir auf das Essen warteten.

„Sizilien hat mir sehr gefallen, eine herbe Landschaft voll ernster Schönheit. Eine alte Kultur, das spürt man auf Schritt und Tritt. Und das Klima ist deutlich milder als hier oben am Alpenrand, dort ist jetzt schon richtiger Frühling, die Blumen fingen bereits an zu blühen. Du würdest es auch mögen."

„Das glaube ich. Und deine Gastfamilie? Wie war die?"

„Ach, ich hatte großes Glück mit meiner Gastfamilie: Total nette Leute; sie haben mich sehr warmherzig aufgenommen. Beide sind Sprachlehrer, und ich hatte nachmittags nach dem regulären Unterricht noch Einzelstunden bei ihnen. Wir haben auch Exkursionen gemacht, immer alles auf Italienisch ... Ich hab viel gelernt, aber es war auch ziemlich anstrengend."

„Dann hat es sich ja gelohnt".

„Sicher, das hat es. Hier in Venedig spreche ich einfach zu viel Englisch, außerhalb der Schule ja ausschließlich. So komme ich nicht weiter."

Ich nickte. Jetzt fiel mir keine Frage mehr ein. Gottlob kam das Essen und überbrückte die Gesprächspause.

Die *Bigoli* waren ausgezeichnet. Der Weißwein und die vielen gut gelaunten Leute an unserem Tisch übten eine wohltuende Wirkung auf uns aus.

„Jetzt erzähl du", sagte Chris. „Wie geht es dir? Was gibt es Neues in der Schule?"

„Bei mir gibt es eigentlich nichts Neues. In der Schule haben wir jetzt ein Ehepaar aus Deutschland in der Klasse, ungefähr in meinem Alter. Somit hat sich der Altersdurchschnitt drastisch angehoben." Ich schmunzelte. „Toshiaki ist über Karneval eine Woche zum Skilaufen in die Alpen gefahren und hat mir jeden Tag auf Facebook geschrieben und Fotos geschickt."

„Ja richtig, Karneval. Auch einer der Gründe, warum ich weggefahren bin. Wie war's denn? Voll?"

„Ja, die Stadt war voll, vor allem die Vaporetti, da kamst du einfach nicht mehr hinein, so überfüllt waren sie. Und die ganze
Maskenverkauferei – scheußlich. Aber insgesamt hatte ich es mir
noch schlimmer vorgestellt. Abseits des Hauptstroms konnte
man es ganz gut aushalten. Es gab auch nette kleine Feste, zum
Beispiel hier in der Umgebung wurde an den Ufern entlang gefeiert, mit Livemusik und so. Und an einem Abend, ganz zu Beginn, wurde auf dem Markusplatz Walzer getanzt. Victoria und
ich waren da. Das war wirklich bezaubernd, die Piazza ist der
schönste Ballsaal, den ich mir vorstellen kann! Weißt du, man
kriegt eine ganz vage Ahnung davon, wie es hier in den wilden
Zeiten des Settecento gewesen sein mag … Aber natürlich ist das
jetzt nur ein inszenierter Abklatsch."

„Ich weiß nicht, für mich ist das nichts, glaube ich", meinte Chris
skeptisch. „Wie geht es Victoria?"

„Victoria ist fort. Sie hatte seit Längerem auf einen Anruf vom
Kapitän der Jacht gewartet. Als der Anruf kam, musste sie inner-
halb von 24 Stunden abreisen. Sie hat sich nicht mal mehr in der
Schule verabschiedet. Es ging alles sehr schnell."

„Von mir hat sie sich auch nicht verabschiedet", Chris klang gekränkt.

„Du warst ja auch nicht da." Ich nippte an meinem Weinglas.
„Von mir hat sie sich verabschiedet", fuhr ich fort. „Wir haben
ihren letzten Nachmittag gemeinsam verbracht, und abends
habe ich sie zum Zug gebracht. Ich weiß nicht, ob ich sie je wiedersehen werde."

Ich blickte kurz auf und sah den Schmerz in seinen Augen.

Die Bedienung kam und fragte, ob wir ein Dessert haben wollten. Wir verneinten, worauf sie meinte, das sei aber nicht in Ordnung, sie würde uns noch etwas Süßes zum Abschluss bringen, das ginge dann aufs Haus.

Wir lächelten beide. Chris schenkte den restlichen Wein in die Gläser, und wir widmeten uns dem Teller mit verschiedenen süßen Kleinigkeiten, den man uns hingestellt hatte.

„So sollten alle Sonntage sein", sagte ich.

„Zu einem idealtypischen Sonntag gehört ein ordentlicher Sonntagsspaziergang", fügte Chris hinzu. „Und genau den machen wir jetzt."

„In Ordnung. Das wird mir guttun nach all dem Essen und Wein."

Die Sonne schien noch, aber der Himmel war etwas eingetrübt; ein kühler Wind wehte. Ich knöpfte den Mantel zu und legte meinen Schal enger um den Hals.

„Wie klappt denn mittlerweile der elegante Umgang mit Schals?", fragte Chris spöttisch.

„Ich übe noch. Der Weg ist das Ziel", erwiderte ich mit Würde.

Wir schauten uns an und mussten lachen.

„Schön, dass du wieder da bist", sagte ich.

„Ich bin auch froh, wieder hier zu sein. Ich habe das alles hier vermisst. Zwei Wochen waren eine lange Zeit."

„Fand ich auch".

Schweigend gingen wir weiter, die Hände in den Manteltaschen. Jetzt waren kaum noch Leute unterwegs, auch auf den Kanälen war kein Verkehr. Im Licht der Nachmittagssonne spiegelten sich die Fassaden der Häuser wellenförmig auf der Wasseroberfläche.

Wir bogen ein paar Mal ab und wechselten die Richtung. Auf der Brücke vor der Madonna dell'Orto blieb ich stehen.

„Warst du schon mal in dieser Kirche?"

„Nein, noch nicht. Lohnt es sich?"

„Du solltest sie dir ansehen. Viel Tintoretto, ein Tizian und die Kopie eines gestohlenen Bellinis. Und in der Seitenkapelle eine großartige Madonna aus weißem Stein."

„Wollen wir jetzt hinein gehen?"

„Nein, jetzt lieber nicht." Ich schüttelte den Kopf. „Mir ist mehr nach Bewegung."

„Alles ok bei dir?", fragte Chris.

„Ja, warum fragst du?"

„Du wirkst so verändert, ein bisschen reserviert. Hat es etwas mit mir zu tun?"

„Nun, du warst eine ganze Weile weg, wie bereits erwähnt. Und wir hatten nicht viel Kontakt in der Zwischenzeit. Vielleicht muss ich mich erst wieder umstellen."

„Ich bin nicht nur wegen des Sprachunterrichts weggefahren, ich hatte auch andere Gründe."

Ich schaute auf den Boden und die Steinplatten der Kanaleinfassung und schwieg.

„Es gab einiges, worüber ich mir klar werden wollte, und dazu brauchte ich einen gewissen Abstand." Er stockte ein wenig. „Ich habe auch über uns beide nachgedacht, Claudia." Chris blieb stehen. „Du sagst nichts? Trotzdem bin ich mir sicher, dass du weißt, wovon ich spreche."

In meinem Kopf herrschte eine eigenartige Leere. Zugleich wusste ich sehr klar, was gerade geschah und – wie in einem Drehbuch – was als Nächstes geschehen würde. Ich hatte nur keine Worte dafür.

Ich wandte meinen Kopf zur Seite, und unsere Blicke trafen sich für einen Moment. Ganz langsam gingen wir weiter.

„Und jetzt?", fragte Chris nach einer Weile. „Was machen wir jetzt?"

„Ich weiß es nicht. Ich bin ein wenig durcheinander."

„Reden hilft sowieso nicht."

Er blieb erneut stehen, drehte sich zu mir und zog mich an sich. Dann kam sein Gesicht langsam immer näher, seine Lippen berührten die meinen, und wir küssten uns. Genau wie damals in meinem Traum, ein perfektes Déjà-vu.

Irgendwann löste ich mich aus der Umarmung. „Wohin?"

„Zu mir", sagte Chris.

Wir kamen nicht besonders schnell vorwärts; mir war ohnehin, als hätten wir die Zeit irgendwo hinter uns gelassen. Venedig hat schließlich nicht umsonst den Ruf einer Stadt für Liebespaare: Nicht nur, dass sie so außerordentlich schön ist, sondern auch gänzlich wie aus der Zeit gefallen. Und man bewegt sich – unter freiem Himmel – stets in einer eigenartig intimen Wohnzimmeratmosphäre. Das Potenzial für emotionale Ausnahmezustände ist enorm groß.

Ich wusste, in welchem Haus er wohnte. Er hatte früher einmal bei einer Schulexkursion darauf gezeigt, als wir dort vorbei ka-

men. Aus einem nicht näher untersuchten Grund hatte ich seither immer einen Bogen darum gemacht, wenn ich in der Nähe
war. Jetzt folgte ich ihm wie betäubt in den geräumigen Hausflur
hinein, die Treppen hinauf bis in den zweiten Stock und in seine
Wohnung.

Die Wohnung bestand nur aus einem einzigen großen Raum mit
hohen Fenstern, die auf einen kleinen Kanal blickten. Es gab eine
moderne Küchenzeile an der einen Wand und ein Doppelbett
hinter einem Raumteiler am anderen Ende. In der Mitte stand
ein langer, alter Tisch, der augenscheinlich sowohl als Ess- und
auch als Arbeitstisch genutzt wurde. Stifte und Zeichenpapier
lagen da neben einem Notebook und einem iPad. In einem Regal
standen einige Bücher, ich nahm eins in die Hand – Alain de Bot-
ton, „Wie Proust Ihr Leben verändern kann" – und blätterte darin, ohne zu lesen. Eine große Ausgabe der „Vier Bücher zur Architektur" von Palladio war auch vorhanden, ich strich mit dem
Finger über den Buchrücken und blickte mich weiter um. An den
Wänden hingen ein paar Reproduktionen alter Stiche von Venedig, sonst nichts. Alles war sehr aufgeräumt, fast klösterlich.

Ich wusste nicht, wohin mit mir, ging an eines der Fenster und
schaute hinaus. Unten auf dem Kanal tuckerte ein kleines Boot
vorbei. Chris raschelte irgendwo im Zimmer herum, dann kam er
zu mir herüber und legte mir von hinten die Hände auf die Schultern.

Als ich wach wurde, war es bereits dunkel geworden. Ich fing an
über meine Lage nachzudenken. Meine Augen gewöhnten sich
allmählich an die Dunkelheit und betrachteten den fremden
Mann neben mir. Wer war er? Was wusste ich von ihm? Abgesehen von den vielen Gemeinsamkeiten so gut wie nichts. Hätten wir beide eine Perspektive? Und wenn ja, wo? Und um welchen Preis? Sollte Martin diesen Preis zahlen? Unvorstellbar.

Chris bewegte sich.

„Bist du wach?"

„Ja."

Er rückte näher heran.

„Ich werde bald heimgehen", flüsterte ich in sein Ohr. „Ich will nicht den gleichen Schulweg haben wie du."

Er lachte leise. „Soll ich morgen so tun als wäre nichts?"

„Ja, bitte." Ich lachte ebenfalls und küsste ihn. Die Gewissensbisse und die Sorgen konnten noch warten.

Als ich später durch die dunkle, leere Stadt heimging, standen die Sterne an einem klaren Nachthimmel. Die Kanäle lagen in vollkommener Stille. Ich hörte nichts als meine Schritte. Auch in mir war es still. In meinem Kopf kreisten nur einfache Sätze, die ich wie ein Mantra wiederholte: „Wie schön die venezianische Nacht ist. Wie schön diese Stadt ist."

Zuhause war alles wie vorher. Die Kaffeetasse vom Morgen stand noch neben der Spüle, der Laptop lag zusammengeklappt auf dem Tisch. Nichts war geschehen. Ich wusste nicht, was ich tun sollte und setzte mich auf das Sofa. Aus der Wohnung unter mir drang Musik, ich identifizierte Led Zeppelin „Stairway to Heaven". Der Nachbar war selten zuhause, aber wenn, dann stellte er gern nachts die Anlage laut. Immerhin hatten wir einen ähnlichen Musikgeschmack. Oder gehörten einfach nur derselben Generation an. Irgendwann ging ich zu Bett.

*

Viel werde ich in dieser Nacht nicht geschlafen haben, doch als ich am anderen Tag das Acht-Uhr-fünf-Vaporetto bestieg, fühlte ich mich leicht und frisch. Und sehr jung. Wir hatten uns darauf verständigt, uns in der Schule nicht zu outen, ein kleines Versteckspiel, das mir Spaß machte. Ich musste mich nur einfach so verhalten wie sonst auch; dass Chris und ich ständig zusammen waren, war schon lange normal geworden.

Ich war vor ihm da. „Ciao tutti", sagte ich in die Runde meiner Mitschüler und setzte mich auf meinen Platz zwischen Victoria piccola und Toshi. Victoria schmiegte sich gleich an mich und seufzte „Carissima, mein Wochenende war eine Katastrophe ..."

„Wieso das denn?"

„Ach die Männer ..., ich sage dir! Es ist alles so ein großes Durcheinander, schrecklich. Ich weiß wirklich nicht, was ich tun soll!"

„Gibt es schon wieder einen Neuen, *cara*?", fragte ich mit gespielter Strenge.

Victoria piccola verdrehte gespielt dramatisch die Augen. „Ich kann mich einfach nicht entscheiden!"

Wir kicherten.

Ohne den Kopf in Richtung Tür zu wenden, wusste ich, dass Chris gerade den Raum betreten hatte. Es war, als wäre plötzlich die Temperatur im Klassenzimmer angestiegen.

„Ciao Victoria, ciao Claudia", hörte ich ihn sagen, drehte mich zu ihm und lächelte. Seine Augen waren heute wieder sehr blau.

„Ciao Chris. Schönes Wochenende gehabt?"

„War ok", grinste er. „Vielleicht ein bisschen zu wenig Schlaf."

Glücklicherweise saß ich nicht neben ihm, die körperliche Nähe hätte ich kaum ertragen können, so groß war der Wunsch, ihn zu berühren. An seinem neuen Platz saß er mir jetzt schräg gegenüber; ich konnte ihn ansehen, ohne die Blickrichtung wesentlich ändern zu müssen, aber ebenso leicht auch mal an ihm vorbei schauen, wenn mich die Erinnerung an gestern überfiel und zu heftig wurde.

Eine meiner deutlichsten Erinnerungen an Chris in jenen Tagen stammt tatsächlich aus dem Klassenzimmer: der Anblick seines über den Tisch gebeugten Oberkörpers und des über das Schreibheft gesenkten Kopfes. Ich sehe ihn vor mir, wie er konzentriert in sein Heft schreibt, immer mit einem Bleistift, weil er sich ständig korrigieren, also radieren und neu schreiben musste. So eifrig, so bemüht.

Nach dem Unterricht gingen wir wie immer zusammen ins Rosso. Ich suchte an der Theke Tramezzini für uns aus, während Chris draußen einen sonnenbeschienenen, windgeschützten Platz besetzte und die Getränke bestellte, Tonic für ihn, Mineralwasser für mich. Von außen betrachtet sah alles aus wie sonst, genauso hatten wir uns auch verhalten, bevor er nach Sizilien gefahren war. Ich war dankbar für diese gemeinsame Routine, denn im Grunde wusste ich nicht, wie es nun weitergehen sollte; für die veränderte Situation hatte ich kein Skript und fühlte mich ziemlich unbeholfen. In der Öffentlichkeit Zärtlichkeiten austauschen kam irgendwie nicht in Frage, aber so zu tun, als wäre nichts geschehen, fand ich auch blöd.

Chris wirkte ebenfalls etwas befangen, als ich mit den Tramezzini zum Tisch zurückkehrte. Wir aßen mehr oder weniger schweigend. Nach dem Espresso, den uns der nette junge Kellner im Anschluss brachte, lehnte Chris sich zurück, streckte die Beine aus und lächelte mich an.

„Alles neu, nicht wahr?"

„Ja, ich bin noch nicht richtig orientiert. Weißt du, wie der Film weitergeht?"

„Nein. Aber was macht das schon?"

„Also improvisieren?"

„Genau." Er lächelte wieder und schien sich mit jeder Minute wohler zu fühlen.

Schließlich gingen wir einfach spazieren. Wir schlenderten ein Stück in Richtung Accademia und bogen kurz vorher am Rio San Trovaso rechts ab. Dort bieten sich dem Spaziergänger eine ganze Reihe von Attraktionen, zum Beispiel ein sehr beliebtes und ständig überfülltes *Bacaro* mit einer riesigen Auswahl an Weinen und extrem leckeren Häppchen, dann ein bisschen weiter eine winzige Gelateria mit dem besten Pistazieneis der Stadt sowie ein weiteres *Bacaro*, und schräg gegenüber von all dem befindet sich der malerische Squero San Trovaso, eine der letzten Gondelwerkstätten Venedigs, die älteste, soweit ich weiß. Wie immer an sonnigen Tagen herrschte an diesem Ufer eine ansteckend heitere Stimmung; das Mäuerchen am Kanal war voll von Leuten, die sich hier mit ihren Gläsern in der Hand lässig anlehnten oder obenauf saßen und die Beine baumeln ließen.

Mich zog es zur Gelateria. Hinter der schmalen Theke hingen seit einem Jahr Zeitungsartikel mit Fotos von Angelina Jolie und Brad Pitt mit ihren Kindern, die sich hier ein Eis geholt hatten. Am darauffolgenden Tag war ich zufällig dort gewesen, als die Zeitungsausschnitte ganz frisch an der Wand prangten, und die Besitzerin noch immer ein verklärtes Lächeln auf dem Gesicht hatte. Wir wählten beide das wunderbare Pistazieneis und schlenderten mit den Waffeln in der Hand geruhsam weiter, während ich Chris die Geschichte von den Fotos an der Wand berichtete.

„Du hast keine Kinder, nicht wahr, Claudia?", unterbrach er die angenehme Stille.

„Nein, leider nicht. Erzähl mir von deinen Töchtern. Wie alt sind sie eigentlich? Und was machen sie?"

„Meine älteste Tochter ist einundzwanzig, demnächst zweiundzwanzig. Sie studiert Kunstgeschichte und sie ist selbst eine talentierte Künstlerin, malt ganz großartige Bilder. Mary, die Jüngere, ist neunzehn. Sie ist mein Sorgenkind; fängt alles an und bringt nichts zu Ende ..., ich weiß nicht, was aus ihr noch werden soll. Zur Zeit ist sie in Brasilien, als Praktikantin bei einer Umweltorganisation, immerhin schon seit drei Monaten. Sie messen Luftwerte im Urwald, nehmen Proben vom Wasser, untersuchen Pflanzen und so."

„Aber das klingt doch gut! Und wann soll sie solche Dinge ausprobieren, wenn nicht jetzt?"

„Vielleicht hast du recht", nickte er, „ich bin wohl etwas ungeduldig mit ihr. Sie ist so anders als ihre Schwester."

„Wie heißt denn deine andere Tochter?"

„Katherine, Kate. Du würdest sie mögen."

Ich nickte und schwieg. Was hätte ich darauf auch erwidern sollen? Dass ich sie gern kennenlernen wollte? Dass ich seinen Töchtern vielleicht mal begegnen würde? Das war vermintes Gelände.

Chris spürte es wohl auch, jedenfalls verfolgte er das Thema nicht weiter.

Wir waren unterdessen am Zattere-Ufer angekommen, wo sich uns ein spektakulärer Anblick bot: Am anderen Ende des Ufers hatte ein historisches Segelschiff angelegt, ein großer Viermaster, wie auf einem alten Gemälde. Ganz ähnlich könnte es hier in früheren Jahrhunderten ausgesehen haben... Wir hatten Glück, das Schiff, die „Juan Sebastian de Elcano", war zu besichtigen. Es handelte sich um ein offizielles Schulschiff der spanischen Marine, eines der größten und ältesten, Segelschiffe, die die Weltmeere befahren, wie uns ein wohlerzogener Kadett bei der Führung erzählte. Chris zückte seine Kamera und fotografierte mit nicht nachlassender Begeisterung. Ich schaute ihm zu, und hätte ich eine Kamera dabei gehabt, wäre *er* mein Motiv gewesen.

„Ich liebe Segelschiffe". Chris drehte sich zu mir um und schenkte mir ein strahlendes Lächeln.

„Ich liebe alles, was auf dem Wasser fährt, vom Paddelboot bis zum Großsegler", erwiderte ich. „Mein ganzer Stolz ist, dass ich noch nie seekrank geworden bin."

„So geht es mir auch."

Ich wies auf den Giudecca-Kanal. „Na, dann sind wir ja in Venedig nicht ganz falsch." „Kann man wohl sagen".

Einträchtig nebeneinander gingen wir von Bord und setzten unseren Spaziergang fort, bis zum Eingang der Hafenanlage ganz am Ende und wieder zurück. Das Zattere-Ufer ist eine beliebte Nachmittagspromenade der Venezianer, vor allem in den Wintermonaten, wenn die Sonne nur wenige kostbare Stunden am Tag scheint. Jetzt beleuchtete sie die Szene wie ein Scheinwerfer in einem warmen Gelborange, und das Publikum strömte in Scharen herbei. Bald schon würden die Violett-, Rosa- und Rottöne dominieren, ein Spektakel, das fast täglich wiederkehrte und doch nie gleich aussah.

Wir spazierten immer weiter in die entgegengesetzte Richtung als vorhin, entlang der Fondamente degli Incurabili, vorbei an der Tafel, die an das gleichnamige Buch von Brodsky erinnert, bis zur Punta Dogana, der alten Zollstelle, von der aus man eine der vielen grandiosen Aussichten dieser Stadt genießen kann, ein Umstand, der auch zahlreichen Hobbyfotografen nicht entgangen ist. Chris fotografierte diesmal nicht. Ganz dicht beieinanderstehend, doch ohne uns zu berühren oder miteinander zu sprechen, betrachteten wir die ersten zarten Farbenspiele am Himmel und auf der Wasseroberfläche, die den Beginn der blauen Stunde einleiteten. Nirgendwo auf der Welt erscheint mir die blaue Stunde so sanft und so betörend wie an der Punta Dogana in Venedig.

„Das ist jetzt für uns beide", sagte ich leise.

„Ja."

Lange blieben wir dort stehen, während das Bühnenbild sich ganz langsam von Zartblau mit Rosa zu dunkleren, satten Farbtönen wandelte, blieben stehen, bis irgendwann in tiefes Blau gewandet und mit einem schmalen Saum von Restlicht versehen, der venezianische Abend anbrach.

„Mir ist kalt. Dir nicht?", fragte Chris.

„Doch, schon, aber ich habe es jetzt erst bemerkt." Ich strich mir über die Arme und schlug den Mantelkragen hoch.

„Lass uns irgendwohin gehen, wo geheizt ist. Es gibt ein paar Bars um das Guggenheim-Museum herum, nicht weit von hier."

Wir machten uns auf den Weg Richtung S. Maria della Salute, wo wir uns noch einmal umdrehten, um einen letzten Blick auf den zauberblauen Abendhimmel zu werfen.

„Komm", sagte ich und wies auf die Stufen, die zur Kirche führen, „lass uns rasch hinauf gehen, von dort ist die Sicht vielleicht noch schöner."

„Nicht zum Aushalten, dieser Kitsch", meinte Chris, als wir oben waren.

„Ja, fürchterlich."

Wir lachten beide, und dann küssten wir uns dort auf den Treppenstufen an einem Platz, wie er prominenter und sichtbarer kaum hätte sein können.

„Mir wird schon wärmer", Chris hielt mich fest umfasst. „Ich glaube, wir sind auf dem richtigen Weg ..."

Schließlich landeten wir doch noch in einer der Bars in Dorsoduro und tranken einen Spritz. Hinter der Theke befand sich ein gläsernes Flaschenregal mit einem verspiegelten Hintergrund, in dem wir unsere Gesichter leicht verzogen und verschwommen zwischen den Aperol- und Campariflaschen sehen konnten. Unsere Blicke trafen sich dort, ich hob mein Glas, um unseren Abbildern zuzuprosten, und Chris tat es mir nach. Wir bestellten uns eine Kleinigkeit zu essen, gegrillten Babytintenfisch und Sarde in Saor, tranken dazu noch ein Glas Wein, dann brachen wir auf und machten uns ganz selbstverständlich zusammen auf den Weg zu Chris' Wohnung.

*

Was taten wir sonst so? Ich weiß es nicht mehr genau. Diese Tage des Glücks sind im Nachhinein zu einem einzigen Zeitraum zusammengeflossen, bestehend aus beschwingten Schulstunden, fröhlichem Zusammensein mit Mitschülern in den Pausen, gemeinsamen Spaziergängen am Nachmittag fast wie früher auch und kurzen Atempausen zwischendurch allein in meiner Wohnung oder bei Treffen mit Angelika. Die Nächte verbrachten wir in seiner Wohnung in Castello, wobei ich spätnachts oder frühmorgens immer nach Hause ging. Einmal trafen wir uns erst vor dem Schlafengehen, als er von einem seiner geheimnisvollen, gesellschaftlichen oder geschäftlichen Termine zurückkehrte. An anderen Abenden gingen wir zum Abendessen zu Francesco und bestellten wie immer Fisch *cotto e crudo*.

*

Gianni Basso ist der selbst ernannte „Gutenberg" von Venedig. Seine kleine dunkle Werkstatt ist vollgestellt mit Druckerpressen und anderen sperrigen Gerätschaften, allesamt sehr alt und mit viel Liebe gesammelt. Im 16. Jahrhundert war Venedig das vielleicht wichtigste Zentrum des Buchdrucks und blickt auf eine sehr lange und ruhmreiche Tradition zurück. Ganz so alt ist das Inventar in Giannis Werkstatt nicht, aber doch eines Druckereimuseums würdig; im Unterschied zu einem Museum wird es allerdings täglich benutzt.

Edle Papierwaren entstehen hier: wunderbares handgedrucktes Briefpapier, Exlibris, Lithografien und natürlich Visitenkarten. Ich war schon seit Längerem Kundin bei Gianni und besuchte ihn jedes Mal, wenn ich in Venedig war, auch wenn ich nichts zu bestellen hatte. Wir unterhielten uns dann immer angeregt in einem Kauderwelsch aus Englisch, Italienisch und Deutsch. Letztes Jahr hatte ich ihm Abzüge von Fotos versprochen, die ich im Laufe unserer Bekanntschaft in seiner Werkstatt aufgenommen hatte.

Wochenlang hatte ich immer wieder vergessen, sie ihm zu bringen, nun blieb nicht mehr viel Zeit. Chris wollte gerne mitkommen, er hatte ein Faible für Gianni und seine Arbeiten.

„Weißt du noch, wie wir festgestellt haben, dass wir beide Visitenkarten von Gianni besitzen?", fragte er unterwegs.

„Oh ja, und wie ähnlich sich unsere Karten sehen, ich war ziemlich verblüfft!"

„Im Grunde hat es damals schon begonnen, nicht wahr?" Chris zog mich sanft aber bestimmt in einen seitlichen Durchgang und küsste mich.

„Vielleicht." Ich war nicht gewillt, ihm zu erzählen, dass ich bereits in der darauffolgenden Nacht so intensiv davon geträumt hatte ihn zu küssen.

Der Weg zu Giannis Laden in der Calle del Fumo führte uns über den Campo S. Maria Nova und vorbei an der wundervollen Miracoli-Kirche. Hier hatten wir damals vor der Dante-Lesung auf Pablo gewartet, jeder für sich allein und auf Distanz. Ich war so sehr darauf bedacht gewesen, Chris aus dem Weg zu gehen. Was hatte er wohl von mir gedacht?

Und wie würde ich es jemals aushalten, diesen Campo wieder zu überqueren, falls ich allein hierher zurückkehren sollte, irgendwann, eines Tages, beladen mit all diesen Erinnerungen? Venedig war erfüllt von Chris, es erzählte unsere Geschichte an so vielen Schauplätzen.

Bevor wir hineingingen, warfen wir einen Blick auf die Auslage in Giannis winzigem Fenster. Ich war schon oft aus Versehen dran vorbei gelaufen, weil es so unauffällig war.

Im übrigen hatte Gianni, der nicht nur ein Purist und Ästhet, sondern auch äußerst geschäftstüchtig ist, die kleine Fläche geschickt genutzt. Besonders schöne Visitenkarten von zum Teil prominenten, aber in jedem Fall sehr interessanten Kunden aus allen Teilen der Welt sind hier zur Besichtigung freigegeben. Es war immer wieder ein Vergnügen, sie zu inspizieren: Schauspieler, Schriftsteller, Regisseure, Tänzer, Musiker, Modezaren, Wissenschaftler ... *tutti quanti*.

„Den kenne ich, den auch, und den ...", Chris deutete auf einige Visitenkarten mit ziemlich bekannten Namen. Ich war ein bisschen erstaunt, sagte aber nichts. Vielleicht kam ein Kunsthistoriker in New York gesellschaftlich mehr herum, als ich mir das vorgestellt hatte.

Gianni hatte uns unterdessen entdeckt und winkte uns herein, charmant wie immer.

Falls es ihn wunderte, mich in männlicher Begleitung zu sehen, ließ er es sich nicht anmerken. Er erinnerte sich auch an Chris, der seine Visitenkarten vor Weihnachten bei ihm bestellt hatte und mit dem er sich über Joseph Brodsky – der natürlich ebenfalls einer seiner Kunden gewesen war – unterhalten hatte.

Ich kramte in meiner geräumigen Handtasche nach den Fotos, während Chris mit kindlicher Freude die Motiv- und die Ornamentsammlungen studierte. Er passte sehr gut in diesen Laden, vermutlich hätte er hier Stunden und Tage zubringen können, ohne zu bemerken, wie die Zeit vergeht. Inzwischen hatte ich meine Abzüge gefunden und sah sie mit Gianni durch. Er hortete alle Zeitungsartikel und Reiseführer, in denen er erwähnt war, ebenso wie Briefe dankbarer Kunden und Fotos von seiner Werkstatt und zeigte sie bei jeder sich bietenden Gelegenheit gerne vor.

Chris kam dazu und schaute uns über die Schulter.

„Da ist ja auch ein Foto von euch beiden", bemerkte er überrascht. „Nettes Bild. Wer hat das denn gemacht?"

„Mein Mann." Das kam so aus mir herausgerutscht.

„Aha."

Keiner sagte mehr etwas. Dann fasste Gianni Chris am Arm und führte ihn in den hinteren Teil der Werkstatt. „Hier habe ich eine ‚neue' alte Presse stehen; die war letztes Mal noch nicht da. Ist sie nicht schön? Und sie funktioniert einwandfrei!"

Ich legte den Umschlag mit den Fotos auf einen von Giannis Erinnerungsstapeln und fluchte innerlich. Chris hatte einen Moment lang einfach nur verblüfft ausgesehen, und dann hatte sein Gesicht sofort diesen verschlossenen Ausdruck angenommen, den ich bereits von ihm kannte. Das war's dann wohl gewesen für heute. Mist.

Wir brachen bald auf. Gianni verabschiedete uns sehr herzlich, war aber insgeheim sicher froh, dass wir gingen. Schweigend machten wir uns auf den Rückweg.

Am Campo S. Maria Nova blieb Chris stehen. „Ich bin müde und habe heute auch noch einiges zu erledigen; ich gehe jetzt besser heim."

„Ja, ich auch." Ich fühlte mich tatsächlich auf einmal sehr müde; eigentlich kein Wunder, wenn ich bedachte, wie wenig ich in den letzten Nächten geschlafen hatte.

Er gab mir hastig zwei angedeutete Küsse auf die Wangen ohne mich dabei anzusehen, wandte sich nach links über die Brücke und verschwand hinter der Miracoli-Kirche.

Ich stand noch ein wenig unschlüssig und verloren herum und folgte dann der Gasse in Richtung Vaporetto-Haltestelle. Die wenigen verbleibenden Tage mit Chris in Venedig waren so kostbar, und nun hatte sich die gemeinsame Zeit auch noch unnötig verkürzt. Mir war zum Heulen zumute. Im Vaporetto saß ich in der hintersten Sitzreihe und starrte aus dem Fenster auf all die Schönheiten, die mich gerade überhaupt nicht berührten. Unbeteiligt und mich wie mechanisch vorwärts bewegend ging ich von der Anlegestelle nach Hause.

Daheim legte ich mich aufs Bett, konnte aber nicht schlafen, obwohl ich todmüde war. Ich stand wieder auf, tigerte durch meine kleine Wohnung, fuhr schließlich den Laptop hoch und schaute nach Mails. Nichts von Chris. Die anderen Nachrichten überflog ich nur, ohne die Inhalte aufzunehmen.

So konnte das nicht weitergehen.

Ich machte mir einen Kaffee und zog mich komplett um, während die *macchina* noch auf dem Herd stand. Mit der Tasse in der Hand ging ich ins Bad, wo ich mein verschmiertes Augen-Make-up sorgfältig ausbesserte. Dann nahm ich meinen Mantel, meine Tasche und den Hausschlüssel und zog die Haustür hinter mir zu. Es konnte natürlich sein, dass ich Chris gar nicht zuhause antraf. Und selbst wenn, war es gut möglich, dass es mir nicht gelang ihn wieder zu erreichen, und in diesem Fall ginge es mir dann noch schlechter als jetzt schon. Aber das Allerschlimmste wäre, es nicht versucht zu haben.

Diesmal nahm ich kein Vaporetto, sondern ging den ganzen Weg zu Fuß, Schritt für Schritt voller Hoffnungen und Befürchtungen. In seiner Wohnung brannte Licht. Erstes Aufatmen, dann wieder Herzklopfen. Auf dem Klingelschild stand bloß der Name seines Vermieters, aber Chris hatte eine seiner Gianni-Basso-Visitenkarten daneben geklemmt. Die Haustür war nur angelehnt, also ging ich einfach hinein, die Treppen hinauf und klingelte oben an der Wohnungstür. Es dauerte ein wenig, bis Chris öffnete, sichtlich überrascht, mich zu sehen. Er sagte nichts, trat zur Seite und machte eine Handbewegung in den Raum hinein.

Den angebotenen Stuhl nahm ich nicht an und blieb stehen, worauf Chris, der sich bereits hingesetzt hatte, sich ebenfalls wieder erhob. Sehr angespannt standen wir in großem Abstand voneinander da.

„Nächste Woche werde ich über tausend Kilometer weit weg von hier sein", sagte ich.

„So ist es." Chris verzog keine Miene. „Dann bist du wieder zuhause bei deinem Mann."

„Aber so lange ich noch hier bin, bin ich hier. Ich bin hier, Chris", wiederholte ich mit Nachdruck. „Jetzt."

Er schaute mich an, und ich konnte sehen, wie sich sein Gesicht langsam veränderte. Der Mund war immer noch schmal und die Lippen fest geschlossen, doch seine Augen, die zuvor wie eine kühle, glatte Glasoberfläche gewirkt hatten, bekamen wieder Ausdruck. Eine Weile arbeitete es noch in ihm, und ich wartete. Dann gingen wir aufeinander zu und in die Arme des anderen hinein, ohne noch ein weiteres Wort zu wechseln.

*

„Was wird aus uns?", fragte Chris später am Abend, als wir an „unserem" Tisch bei Francesco saßen.

„Das könnte ich dich auch fragen", gab ich zurück.

„So kommen wir nicht weiter, meine Liebe. Du bist diejenige, die in den nächsten Tagen abreist. Du bist diejenige, die verheiratet ist."

Ich legte mein Besteck ab und schob den Teller ein wenig von mir weg. „Ich weiß. Ich frage mich das ja auch. Ich habe keine Antwort darauf."

„Aber ohne eine Antwort von dir wird es nicht gehen", sagte Chris.

„Zunächst mal muss ich Martin wiedersehen und sprechen. Ich habe keine Ahnung, wie das sein wird, und ich will im Moment auch nicht daran denken. Dann sehe ich weiter. Ich könnte mir vorstellen, dass ich danach in absehbarer Zeit für ein Wochenende nach Venedig fliege, um mich mit dir zu treffen. Es tut mir leid, Chris, aber weiter in die Zukunft hinein kann ich augenblicklich nicht planen."

„Was ist mit dir?", fuhr ich fort. „Gibt es in deinem Leben jemanden, in New York?"

„Ja, da war jemand, bevor ich abfuhr", erwiderte er nach einer Weile, „keine feste Verbindung, aber ja, da gab es jemanden. Jetzt ist das alles in den Hintergrund gerückt. New York ist sehr weit weg."

Eine Gesprächspause trat ein.

„Und wenn jetzt eine gute Fee käme, die dir deine Wünsche erfüllt. Was würdest du dir wünschen, Chris?"

„Eine schwierige Frage. Mein Leben ist schon seit einiger Zeit ziemlich aus dem Ruder gelaufen, und die ganze Situation wächst mir mehr und mehr über den Kopf. Ich wünsche mir sehr, mich hier in Venedig niederlassen zu können und damit einen neuen Lebensabschnitt zu beginnen. Gleichzeitig möchte ich aber auch in der Nähe meiner beiden Kinder sein, und eins schließt das andere aus. Falls ich zurück in die Staaten gehen sollte, dann ziehe ich vielleicht wieder an die Küste, nach Long Island, dahin, wo meine Familie herkam. Dort bin ich aufgewachsen, die New-Yorker-Jahre kamen später, nach dem Studium."

Er seufzte. „Im Grunde weiß ich nicht, wie es weitergeht, wie schon häufiger mal in meinem Leben. Und außerdem habe ich keine Ahnung, was mir in den nächsten zehn oder zwanzig Jahren meines Lebens überhaupt noch möglich sein wird."

Ich fasste mir ein Herz. „Und was wünschst du dir von mir?"

Chris schaute an mir vorbei zur Theke und schwieg.

Francesco kam an unseren Tisch und räumte das Geschirr ab. Als er meinen noch halb vollen Teller sah, zog er die Augenbrauen hoch, sagte aber nichts, sondern brachte uns unaufgefordert zwei weitere Gläser Wein.

„Deine Antwort, Chris?", insistierte ich.

„Ich kann dir keine geben, die ganze Situation überfordert mich. Ich weiß nur, dass ich dich nicht gehen lassen will. Ich will nicht, dass du abreist. Sonst weiß ich im Moment nichts."

Ich schob meine Hand über den Tisch und legte sie auf seine. „Lass uns gehen. Ein bisschen herumlaufen und dann zu dir."

Wir zahlten und traten hinaus in den milden Abend. Venedig bereitete sich auf den Frühling vor; bald würde es soweit sein, und ich war dann weit weg in Deutschland. Langsam schlenderten wir nebeneinander her und nutzten die vielen engen Sackgassen, Durchgänge und kleinen Innenhöfe, die uns für Umarmungen und lange Küsse wie geschaffen schienen.

Kapitel 7

Meine alte Feindin, die entfliehende Zeit, hatte sich unerwartet gnädig gezeigt und mir Tage voller Ewigkeiten geschenkt: Die Stunden und Minuten hatten sich gedehnt und gestreckt wie eine Katze, die sich genüsslich auf dem Sofa räkelt. Es war wie ein Wunder, doch am Ende fing die Zeit mich wieder ein und holte mich auf die Erde zurück.

Angelika, pragmatisch wie immer, fragte per Mail an, wann genau ich abreisen würde und was es davor noch zu organisieren gebe. Ich kramte mein Flugticket unter einem Stapel Papiere aus einer Schublade hervor. Das angegebene Datum war am Samstag, übermorgen, das wusste ich natürlich schon lange, aber es erschien mir vollkommen unwirklich und auch unmöglich. Auf der Homepage der Fluggesellschaft las ich nach, welche Kosten im Falle einer Umbuchung auf mich zukämen. Der allerspäteste Zeitpunkt für meine Rückkehr war zwei Tage später, also Montag, am Dienstag müsste ich mich definitiv in der Kanzlei sehen lassen. Ich buchte um auf Montag und fragte mich, was Martin wohl dazu sagen würde. Egal.

Die Buchungsbestätigung schickte ich per Mail an Angelika zur Kenntnis und mit der Bitte, das Ticket für mich auszudrucken. Ich schrieb Chris eine kurze Nachricht, dass ich nicht am Samstag, sondern erst Montagmorgen fliegen würde.

Und dann rief ich Martin an, ohne Skype, auf dem normalen Telefon; ich wollte nicht, dass er mich sehen und mir womöglich etwas ansehen konnte. Er war zunächst überrascht, dann sprachlos und schließlich spürbar verstimmt.

„Ich begreife nicht, warum du verlängern willst", sagte er. „Was bringen dir die zwei Tage? Nichts. Und wie du weißt, bin ich Montag und Dienstag in Hamburg, ich kann dich also nicht abholen und wir würden uns erst Dienstagabend sehen. Also lass den Quatsch und komm am Samstag."

Dass er mich am Montag nicht würde abholen können, war mir klar, es war ein weiterer Grund für meine Verschiebung gewesen. Ich wollte allein ankommen und mich erst mal sortieren, bevor ich Martin gegenüber trat.

„Ich habe aber schon umgebucht."

„Ich fasse es nicht. Waren die zehn Wochen nicht lang genug? Hast du auch mal an mich gedacht?"

„Schau, es sind doch nur zwei Tage. Ich wär halt gerne noch übers Wochenende hier, mit den Mitschülern Abschied feiern …"

„Wenn dir das wichtiger ist, dann ist es ja egal, was ich darüber denke. Mach, was du willst." Martin legte auf.

Tief durchatmen. Das war geschafft. In Berlin würde ich weitersehen, eins nach dem anderen. Und Berlin war immer noch weit weg.

Ich ging zum Herd und setzte Wasser auf. Auf dem Heimweg von der Schule hatte ich mir am Gemüsestand frisch geschälte Artischockenböden gekauft, mein Lieblingsessen, köstlich und noch dazu so unkompliziert in der Zubereitung. Das Wasser kochte, ich gab die Artischocken hinein und etwas Salz dazu. Nach knapp zehn Minuten lagen sie schon auf meinem Teller, ein bisschen Olivenöl darauf und fertig. Wunderbar. Nirgendwo in Deutschland bekommt man frische Artischockenböden, dachte ich, noch ein Minuspunkt mehr…

Ein leises Pling ertönte – „Sie haben eine neue E-Mail". Ich zog den Laptop näher heran und schaute nach: Chris.

Das sind ja gute Nachrichten! Zwei Tage Gnadenfrist also. ;-) Unglücklicherweise habe ich am Samstagabend eine Verabredung, die ich nicht absagen kann: Mein Freund hier hat ein Abendessen mit Leuten von der Biennale für mich arrangiert, wichtiger Termin. Wenn ich vorher gewusst hätte, dass du länger bleibst … Aber wir machen das Beste daraus. Bis nachher, ciao, C.

Chris schrieb immer kurze Mails, häufig, aber knapp. Diesmal hätte ich mir etwas mehr Begeisterung gewünscht. Seine Verabredung am Samstagabend war ein harter Schlag; das wäre unsere letzte richtige gemeinsame Nacht gewesen. In der Nacht von Sonntag auf Montag gab es nicht viel Spielraum; mein Flieger ging schon recht früh am Morgen. Und er hatte ja recht – ich hätte schon ein paar Tage früher auf diese Idee kommen können. Vielleicht hätte Chris aber zumindest mal prüfen können, ob er den Termin am Samstag nicht doch noch verlegen konnte. Shit.

Die Artischocken waren kalt geworden. Im Prinzip schmecken sie dann immer noch sehr gut, aber ich mochte nicht mehr essen und stellte sie in den Kühlschrank. Vielleicht später.

Ich schrieb an Angelika:

Ciao bella! Treffen wir uns am Samstag? Wann immer deine Familie dich entbehren kann: Mittags, nachmittags, abends … Mille baci

Und an Vera:

Liebe Freundin, ich habe meine Pläne geändert und komme erst Montagmorgen wieder. Es ist alles etwas kompliziert. Später mehr dazu. Unverschämte Bitte:

Könntest du mich vielleicht in Tegel abholen? Martin kann
nicht – und das ist auch gut so. Nur, wenn du es ohne
Probleme einrichten kannst! Liebe Grüße von einer Ver-
wirrten
Beide antworteten fast sofort.
Carissima! Meine Mutter ist zu Besuch und wird für die
Männer kochen. ☺ Ich kann also irgendwo mit dir zu
Abend essen, sollte aber nicht allzu spät nach Hause
kommen, sonst ist sie gekränkt. Va bene? Bacio grosso, A.
Und Vera:
Liebe verwirrte Freundin! Jederzeit! Ich werde da sein.
Um wie viel Uhr genau?

Freundinnen! Welch ein Segen! Vielleicht hatte ich ja mehr Ta-
lent für Freundschaften als für Liebesbeziehungen?

Am anderen Morgen nahm ich wie gewohnt das Acht-Uhr-fünf-
Boot, ging auf einen Cappuccino zu Majer und dann die Treppe
hinauf in die Schule. Ich grüßte in die Runde, schenkte Chris –
dessen Bett ich erst vor wenigen Stunden verlassen hatte– im
Vorbeigehen ein verschwörerisches Lächeln, setzte mich an
meinen Platz und packte mein Schreibzeug aus. Mein letzter
Schultag hatte begonnen.

Alles lief ab wie sonst auch. Unsere beiden Lehrer, derzeit waren
es Marilisa und Roberto, hatten immer eine Reihe von Spielen
und unterhaltsamen Übungen auf Lager. Es gab wieder viel zu
lachen. Ich erinnere mich noch lebhaft daran, dass wir eine kurze
Szene aus einer Komödie mit verteilten Rollen lasen, und dass
Marilisa – das war typisch für sie – den weiblichen Part mit
männlichen Schülern besetzte: Chris und Jacky, die beiden Sorgenkinder, wurden ausgewählt. Die beiden wollten zuerst nicht,
steigerten sich dann aber mit dem Mut der Verzweiflung in ihre

Dialoge hinein und flöteten sich gegenseitig im Falsett an. Victoria piccola und ich bogen uns vor Lachen und wischten uns die Tränen aus den Augen.

Kurz vor Schulschluss räusperte sich Marilisa und rief mich nach vorne, um mir mein Zertifikat zu überreichen. Alle applaudierten und mir wurde es schwer ums Herz. Dann läutete die Glocke, und ich verabschiedete mich von jedem einzelnen – außer Chris natürlich. Victoria piccola fiel mir um den Hals und schluchzte, als ich meine Bleistiftzeichnung des idealen Mannes von der Wand nahm und ihr zur Erinnerung schenkte. Chris stand an der Tür und schaute zu, unsere Blicke trafen sich kurz und er lächelte.

Im Flur gab es Umarmungen und Küsschen von allen Lehrerinnen und Lehrern und sogar von den beiden Sekretärinnen. Carla drückte mich so fest, dass mir fast die Luft wegblieb, und Marilisa vergoss ein paar Tränen. „Lass dich mal wieder blicken", sagte Roberto, „mit oder ohne Unterricht. Wir freuen uns alle, wenn wir dich sehen."

Vollkommen erschöpft und leicht verweint ging ich mit Chris hinüber zum Caffè Rosso. „Ich brauche etwas zu essen und einen Spritz!"

„Wird erledigt". Chris ging zur Theke um Getränke zu bestellen, und brachte auch gleich meine bevorzugte Sorte Tramezzini mit hinaus. In Bars und Restaurants waren wir mittlerweile aufeinander eingespielt wie ein altes Ehepaar.

Ebenso selbstverständlich unternahmen wir im Anschluss einen langen Spaziergang am Schiavone-Ufer entlang und vorbei an den Giardini bis S. Elena, wo wir uns auf eine sonnenbeschienene Bank setzten und hinaus auf die Lagune blickten.

„Sehe ich dich morgen?"

„Ich weiß nicht. Eigentlich muss ich packen, und abends treffe ich mich mit Angelika; du bist ja anderweitig verabredet."

„Höre ich da einen Vorwurf?"

„Nein, aber vielleicht Enttäuschung."

„Also, ich wollte morgen Vormittag noch auf den Rialtomarkt. Du könntest doch heute Nacht ausnahmsweise mal bis zum Morgen bei mir bleiben, und wir gehen dann gemeinsam in irgendeine eine Bar am Rialto und trinken dort einen Kaffee. Wie gefällt dir das?"

„Ausgezeichnet." Ich lächelte und griff nach seiner Hand. „Abgemacht, ich muss nur vorher kurz in meine Wohnung, Zahnbürste holen und so."

„Was ganz anderes: Wie heißt noch mal das wunderbare Klavierkonzert, das Keith Jarrett in den Siebzigerjahren in Deutschland aufgenommen hat? Ich habe es vorige Woche im Radio gehört, aber leider den Anfang verpasst, und seitdem suche ich nach dem Titel."

„Das ,Köln Konzert'."

Chris verdrehte die Augen. „*Claudia sa tutto!* Gibt es eigentlich irgendetwas, was du nicht weißt? Warum habe ich nicht gleich dich gefragt? Und musst du eigentlich immer so perfekt sein?"

„Wenn es dir nicht gefällt, dann frag mich nicht. Meine Mutter lebte damals in Köln und war zufällig im Publikum. Ansonsten empfehle ich dir Google."

Chris drückte meine Hand und grinste.

Später aßen wir *Baccalà* mit Polenta in einem etwas abseits gelegenen Restaurant in S. Elena, das sich als Glücksgriff erwies. Es machte nicht den Eindruck, dass sich öfter Touristen hierhin ver-

liefen; das Essen war einfach, aber gut und die Preise unvenezi-
anisch günstig. Dann nahmen wir die Linie 1 zurück in die Stadt,
holten meine Sachen aus der Wohnung und gingen zu Chris nach
Hause.

Wie beim ersten Mal stand ich am Fenster und blickte hinunter
auf den kleinen Kanal. Chris öffnete eine Flasche Pinot Grigio,
füllte zwei Gläser, drückte mir eines davon in die Hand und stellte sich wie an jenem Tag schweigend hinter mich. Ich nippte an
meinem Wein, und in dieser Stille war mir, als hörte ich der Zeit
beim Verrinnen zu. Wie dehnt man Zeit? Wie kostet man sie
aus? Etwas Neues tun, einsetzende Gewohnheiten meiden und
vor jeder Art von Routine fliehen …

Vorsichtig stellte ich meinen Wein auf die Fensterbank. Ich drehte mich zu Chris um, nahm ihm sein Glas ab und küsste ihn. In
der Hoffnung, mich nicht allzu ungeschickt anzustellen, begann
ich, ganz langsam sein Hemd aufzuknöpfen, ohne dass noch weitere Gedanken an gestern oder morgen aufkamen.

„Du meine Güte … Weißt du eigentlich, wie alt ich bin, meine
Liebe?" Chris verzog das Gesicht und rieb sich die Schulter,
nachdem wir uns eine Weile später ein wenig steif und verlegen
wieder vom kalten Terrazzoboden erhoben und auf das Bett
gelegt hatten.

„Interessiert mich im Moment überhaupt nicht", murmelte ich.

„Genau die richtige Antwort!" Er lächelte und küsste mich auf
die Wange.

*

Als wir am anderen Morgen müde, jedoch bei strahlendem Sonnenschein, am Rialtomarkt ankamen, war er bereits voller Menschen – die Venezianer kauften ein, die Touristen fotografierten.

Wir gingen in eine Bar, stellten uns an die Theke und tranken schweigend Cappuccino.

Ich schaute durch das Fenster hinaus auf das Markttreiben. Hier sah alles aus wie jeden Samstag, venezianischer Alltag ... Nur für mich nicht; ich musste meine verbleibende Zeit nun schon in Stundeneinheiten rechnen. Wie alltäglich oder ungewöhnlich war dieser Samstag wohl für Chris? Er kaufte heute ganz normal Lebensmittel für die nächsten Tage ein. Das meiste davon würde er zubereiten, wenn ich schon nicht mehr da war. Es fühlte sich alles so unwirklich an. Wann würde ich das nächste Mal wieder hier sein? Und mit wem? Mit Chris? Mit Martin? Allein? Nichts war mehr sicher oder auch nur planbar, es schien, als hätte ich mein Leben nicht mehr im Griff.

Auch Chris starrte aus dem Fenster. Ich versuchte seine Miene zu deuten, ohne Erfolg.

„Ich muss los", sagte ich und stellte die Kaffeetasse ab. „Es gibt noch viel zu tun vor der Abreise."

„Kann ich mir vorstellen", Chris beugte sich vor und küsste mich. „Wir sehen uns morgen. Pass auf dich auf."

„Na klar." Ich spürte, wie mir die Tränen kamen und wandte mich ab.

Auf dem Heimweg kaufte ich in einer Pasticceria noch Grissini und ein paar Süßigkeiten als kulinarische Mitbringsel ein und schlängelte mich leicht genervt durch das Gedränge in den Gassen, als ich hörte, wie jemand meinen Namen rief. Francesco stand vor der Tür seines offiziell noch geschlossenen Restaurants und rauchte. Er winkte mich heran.

„Ciao, Claudia. Wie geht's?"

„Così così. Ich reise bald ab."

„Trinkst du was mit mir?" Francesco hielt mir die Tür auf, rückte das Schild „*Chiuso*" an der Tür gerade und begab sich hinter die Theke.

„Was nimmst du? Einen Weißen? Oder lieber Prosecco?"

„Prosecco, bitte."

„*Va bene*, und ich nehme einen Pinot Grigio."

Wir prosteten uns zu.

„In Deutschland macht ihr auch guten Wein", bemerkte Francesco, als er sein Glas abstellte.

„Ja, vor allem Weißwein."

„Riesling, zum Beispiel." Francesco nickte.

„Wenn ich wiederkomme, bringe ich dir etwas zum Probieren mit."

„Und wann wird das sein?"

„Gute Frage. Ich weiß es nicht, leider."

„Schau, dass du bald wiederkommst."

„Sobald ich kann." Ich lächelte und trank mein Glas leer. „Danke, Francesco."

Wir küssten uns rechts und links, und ich setzt meinen Heimweg etwas weniger deprimiert fort. Venedig hatte mich so reich beschenkt; ich nahm unendlich viel mit, das mir nie mehr genommen werden konnte.

In der Wohnung warteten schon verschiedene Mails auf mich. Martin hatte geschrieben:

> *Trotz allem: Gute Reise und gute Heimkehr für Dich!*

Eine andere Mail kam aus Madrid von Pablo, der sich immer noch auf Rundreise durch Europa befand.

Das ist jetzt deine letzte Woche in Venedig, nicht wahr? Bist du traurig?

Ja, das war ich.

Angelika schlug ein Restaurant vor und fragte nach der Uhrzeit für unser Treffen. Vera schrieb, dass sie mir die Daumen drücke – „für was auch immer" –, und auf Facebook hatten Rita, Toshiaki, Victoria piccola und andere Mitschüler Abschiedsgrüße und gute Wünsche für mich gepostet.

Reich beschenkt.

*

Der Abend mit Angelika fühlte sich dann wieder ganz normal an, wie all die Abende zuvor mit ihr. Sie konnte so wunderbar unterhaltsame Geschichten von ihren Kunden erzählen; das war für mich wie ein unendlicher Fortsetzungsroman, der in einem großen internationalen Hotel spielt. Angelikas Kundschaft reichte von Best-Ager-Sprachstudenten, wie ich eine war, über Familien, die mit ihren Kindern unterwegs waren und sich kein Hotel leisten konnten, bis hin zu richtig reichen Leuten, die gleich eine ganze Etage in einem prächtigen Palazzo mit Blick auf San Marco oder den Canal Grande mieten wollten, koste es, was es wolle. Am liebsten sprach sie von denen, die sie wirklich interessant fand, das waren meistens Kulturschaffende, exzentrische Theaterregisseure, elegante Dirigenten, mehr oder weniger bekannte Schauspieler, amerikanische Autorinnen und extravagante Opernsängerinnen, die aktuell im Fenice gastierten. Ich fühlte mich wie im Kino – ganz weit weg von meinem Leben mit seinen Komplikationen.

„Ich könnte dir stundenlang zuhören." Ich nahm einen Löffel von dem Tiramisu, das wir uns zum Nachtisch teilten, *uno in due* …

Angelika legte den ihren hin und lächelte maliziös. „Ich könnte dir noch viel mehr erzählen. Es gäbe da noch eine ganze Menge, auch schlüpfriges und Schockierendes, aber dafür habe ich noch nicht genug getrunken heute Abend."

„Es ist einfach genial. Du brauchst dich überhaupt nicht aus Venedig wegzubewegen", sagte ich. „Die ganze Welt kommt zu dir. Und dafür wirst du auch noch bezahlt!"

„Das kannst du auch haben", bemerkte sie trocken. „Mein Angebot steht."

Ich hatte es nicht vergessen. Im Gegenteil, diese Möglichkeit ging mir ständig im Kopf herum und verfolgte mich geradezu. Unter anderen Umständen hätte ich längst zugegriffen. Meine berufliche Karriere interessierte mich nicht mehr in dem Maße wie noch vor drei Monaten, ich war schließlich keine Dreißig mehr; allenfalls lagen noch sieben oder acht Jahre in der Kanzlei vor mir, wahrscheinlich weniger. Das würde ich mittlerweile leichten Herzens für ein Leben in Venedig aufgeben, wenn ich hier ein einigermaßen gesichertes Einkommen hätte, wie Angelika es mir anbot.

Was mich in Berlin hielt, war Martin. Dabei hatte ich nicht die leiseste Vorstellung davon, wie unser Wiedersehen ablaufen würde. Ganz zu schweigen von der weiteren Entwicklung unserer Beziehung; meine Gefühle für ihn waren ebenso diffus wie meine Ängste vor dem, was mich zuhause erwartete.

Wenn ich nachts wach lag, malte ich mir manchmal aus, wie es wäre, wenn ich einfach tun würde, was ich wollte. In meinem Tagebuch las sich das so:

*Es muss an der Lagunenluft oder an dem wunderbaren
Licht hier liegen; ich finde plötzlich, dass es nichts gibt,
was ich nicht denken darf. Die Lust auf etwas Verrücktes
wächst. Noch einmal in diesem Leben aufleuchten wie ein
Stern, bevor er verglüht ... Zwei Leben haben, eins mit
dem einen Mann in Deutschland und eins mit dem anderen in Venedig. Nicht mehr lange und ich werde zu alt dafür sein, selbst für solche Träume und Wünsche!*

„Wer weiß, meine Liebe. Vielleicht nehme ich dein Angebot eines Tages noch an", sagte ich.

Angelika warf mir einen neugierigen Blick zu, damit hatte sie
nicht gerechnet. Erst kürzlich, als sie das Thema erneut zur Sprache brachte, hatte ich ihr sehr deutlich gemacht, wie unmöglich
das sei.

„Wie auch immer, du weißt, wo du mich findest." Sie lächelte
und verteilte den restlichen Wein in unsere beiden Gläser.

*

Nachdem ich mich von Angelika verabschiedet hatte, verlänger-
te ich meinen Heimweg und ging noch eine Weile spazieren, wie
ich es mir in den vergangenen Wochen angewöhnt hatte. Die
nachtdunklen Gassen von Venedig waren meine Droge geworden.

Unter einer Laterne blickte ich auf meine Uhr. Schon nach Mitternacht. Meine andere Droge war sehr wahrscheinlich mittlerweile zurück von seiner Abendeinladung und schon wieder zuhause. Ich änderte meine Pläne, drehte um und mäanderte in
Richtung Castello. Ja, da oben brannte Licht. Ich klingelte, der
Summer ertönte und ich ging die Treppen hinauf. Die Woh-

nungstür stand bereits offen. Chris schien nicht erstaunt, mich zu sehen. Er schloss mich in die Arme und wir küssten uns.

In den frühen Morgenstunden ging ich heim und begann zu packen. Schlafen konnte ich ja irgendwann später immer noch …

*

Am Sonntag läutete es gegen zehn Uhr an der Haustür, als ich gerade aus dem Badezimmer kam. Ich wusste bis dahin gar nicht, wie sich meine Klingel anhörte. Besuch hatte ich hier nur ganz selten gehabt, und wenn, waren die betreffenden Personen immer mit mir zusammen in die Wohnung gekommen, Vera zum Beispiel oder Angelika und einmal auch Chris und Victoria.

Ich drückte auf den Öffner und wartete noch ein bisschen, bevor ich die Tür aufschloss. Da stand Chris mit einer Papiertüte in der Hand.

„Ich habe Frühstück mitgebracht. Der Bäcker unten im Haus scheint köstliche Dinge zu produzieren. Machst du uns einen Kaffee?"

„Komm rein", ich beugte mich vor und küsste ihn auf die Wange.

Er blickte sich neugierig um. „Das sieht hier schon sehr nach Abreise aus."

„Der Schein trügt. Nicht die Abreise steht bevor, sondern der Weltuntergang."

Ich ging zum Herd und setzte das Espressokännchen auf. „Espresso macchiato oder einen Cappucino?"

„Macchiato, bitte."

Ein bisschen befangen saßen wir uns später gegenüber. Chris an meinem Tisch sitzen zu sehen, war ein völlig ungewohnter Anblick für mich. Wir hatten noch nie zusammen gefrühstückt, sondern immer nur Kaffee in einer Bar getrunken. Genau genommen hatten wir nichts von dem geteilt, was gemeinhin als Alltag bezeichnet wird. Und doch kannten wir uns so gut wie kaum jemanden sonst.

„Also, was machen wir heute?", fragte er nach einer Weile.

„Ich weiß nicht. Ich bin so müde und so leer im Kopf."

„Dann werde ich Regie führen, ok?"

Ich nickte. „Ok."

„Als Erstes musst du hier raus. Zwischen gepackten Koffern und Taschen zu hocken ist deprimierend. Wie lange brauchst du, um dich fertigzumachen?"

„Fünf Minuten." Er hatte recht, ich wollte weg.

Draußen war es ein wenig trübe, aber nicht kalt. Wir spazierten durch das sonntags sehr ruhige Ghetto in Richtung Fondamente Ormesini und Misericordia und gingen langsam am Paradiso Perduto vorbei, in dem schon das Mittagessen vorbereitet wurde.

„Einen Prosecco im Stehen?", fragte Chris.

Ich schüttelte den Kopf. „Lieber weitergehen."

Hinter dem Rio della Misericordia wandten wir uns nach links und schon bald eröffnete sich der Blick auf die nördliche Lagune, San Michele und weiter hinten Murano.

„Warst du mal auf San Michele, Chris?"

„Nein. Ich wollte immer, aber es hat nie gepasst, mal war es mir zu dunkel und zu feucht, mal zu sonnig für einen Friedhofsbesuch. Wie es so geht ..."

„Heute ist es weder feucht noch sonnig. Ich könnte dir Brodskys Grab zeigen. Willst du?"

„Ja, warum nicht?"

Wir warteten ein Weilchen an der Anlegestelle an den Fondamente Nove und schwiegen friedlich. Während der kurzen Überfahrt mit dem Vaporetto blieben wir draußen stehen und bewunderten Vergil und Dante auf der Mondsichel, die uns den Weg wiesen.

Am Cimiterio folgten wir dann den Schildern zum „evangelischen" Teil des Friedhofs. „Evangelisch" bezeichnet in diesem Fall alle Fremden. Auf San Michele darf nur bestattet werden, wer in Venedig seinen Hauptwohnsitz hatte, also auch hier ansässige Ausländer. Auf Brodsky traf das nicht zu, er hat nie wirklich in Venedig gewohnt; bei ihm wurde eine der seltenen Ausnahmen gemacht, weil sich einige einflussreiche Leute dafür eingesetzt hatten. Wir gingen an marmornen Grabmälern und steinernen Wandnischen vorbei in den hinteren Friedhofsbereich mit altem Bewuchs und zum Teil schon halb versunkenen Gräbern. Ein skandinavischer Kapitän lag hier, ein deutscher Konsul aus dem neunzehnten Jahrhundert und einige englische Fräuleins aus gutem Hause. Es gab auch ein paar Prominente, wie etwa Igor Strawinsky oder Ezra Pound.

Und schließlich Iossif Brodskij. Ein einfacher grauer Grabstein und davor ein großer Rosenstrauch. In welcher Farbe mochte die Rose wohl blühen, wenn es Frühling wurde? Vor dem Grabstein stand ein Briefkasten, ein ganz schlichter Metallbriefkasten, wie man ihn in jedem Baumarkt finden kann.

Chris schaute mich überrascht an. „Ein Briefkasten?"

„Ja, ist das nicht eine fantastische Idee? Du kannst ihm schreiben, er freut sich sicher."

„Hast du das schon mal gemacht?"

„Ja, vor kurzem erst. Ich habe mich bei ihm bedankt."

Ein zärtlicher Ausdruck trat in seine Augen, aber er sagte nichts, sondern wandte sich dem Grabstein zu, auf dem vorne Brodskys Name und hinten auf der Rückseite *„letum non omnia finit"* geschrieben stand. Nach jüdischem Brauch hatten Besucher einige Steine obenauf gelegt. Außerdem befand sich dort ein kleines Stück laminiertes Papier, das er nun in die Hand nahm und genauer betrachtete.

„Schau mal, ein kleiner vergilbter Stadtplan von Sankt Petersburg. Wie rührend."

„Das muss ich Victoria schreiben."

Chris legte den Stadtplan zurück auf den Grabstein, dann hob er einen kleinen Stein vom Boden auf und fügte ihn hinzu. Wir standen noch einen Moment schweigend vor dem Rosenstrauch und gingen dann langsam zurück.

„Was hältst du von einer kleinen Bootstour?", fragte Chris, als wir an der Haltestelle auf das Vaporetto warteten. „Wir könnten in Murano umsteigen und mit der Linea Nord über die Lagune bis ganz hinten nach Punta Sabione und zurück über den Lido fahren."

„Wunderbar. Das machen wir."

Mit dem Vaporetto über die Lagune fahren ist jedes Mal wie die Entdeckung der Langsamkeit. Alles braucht seine Zeit, das Umsteigen, warten auf das richtige Boot, die gemächliche Fahrt durch die gekennzeichneten Fahrrinnen, anlegen und ablegen in Mazzorbo, Burano usw. Und an hellgrauen Tagen wie diesem wirkt der Blick auf die Lagune beinahe einschläfernd. Das Wasser und der Himmel gehen nahtlos ineinander über, beide schimmern ein wenig wie Perlmutt. „Perlgrau" hat Brodsky dieses winterlich blasse Lagunenlicht genannt.

„Wenn ich sehe, wie der Himmel und die Lagune sich berühren und vollkommen ineinander auflösen, denke ich immer, so könnte sterben sein. So stelle ich es mir im Idealfall vor."

„Ein schönes Bild", sagte Chris und legte den Arm um mich, „aber warte noch ein wenig damit. Es ist noch viel zu früh."

Wir sprachen nicht viel auf dieser Fahrt, saßen nah beieinander und in Gedanken schon weit fort. Die Trennung war bereits voll im Gang. Zumindest das teilten wir.

Die Endstation unserer Rundreise war am Schiavone-Ufer, nicht weit von San Marco. Wir schlenderten zur Piazza und blieben vor dem Caffè Florian stehen. Chris deutete wortlos auf den Eingang und ich nickte. Der Tisch unter dem Chinesen war nicht frei, vielleicht ganz gut so. Im übernächsten Raum gab es sogar mehrere freie Tische, aber das wütende Gebrüll eines Kindes verdarb alles. Wir gingen also weiter, schauten uns um und wollten gerade wieder hinausgehen, als die Eltern des Schreihalses aufbrachen.

„Just in time", bemerkte Chris trocken.

Wir setzten uns und bestellten Prosecco.

Ich hob mein Glas. „Auf Brodsky."

„Und auf dich", fügte Chris hinzu, „salute!"

Der Prosecco schenkte mir wieder ein wenig Leichtigkeit. Ich nahm wahr, wie entspannt es heute im Florian zuging. Sonntagabends sind die einen Touristen bereits abgereist und die anderen noch nicht ganz angekommen. Alles atmet durch. Die Piazza draußen ist verhältnismäßig leer, man sieht tatsächlich auch mal

Venezianer dort und ein paar Kinder, die Nachlaufen spielen –
wo gäbe es dafür mehr Platz als gerade hier?

Die Kellner hatten nicht viel zu tun, standen an den Fenstern und
lächelten. Wir schauten uns an und lächelten ebenfalls. ‚Geht
doch‘, dachte ich und sagte „Lass uns bei Francesco zu Abend
essen. Bestimmt ist es dort am Sonntag auch nicht voll."

„Gut, machen wir. Und wenn wir schon dabei sind; wie geht der
Abend weiter? Kommst du mit zu mir? Dann könnte ich morgen
früh mit dir dein Gepäck holen gehen und dich zum Flughafen
bringen."

„Ich komme auf jeden Fall noch mit zu dir. Aber später möchte
ich allein nach Hause gehen und ich möchte auch nicht, dass du
mich zum Flughafen bringst."

„Und warum nicht?"

„Ich möchte es nicht. Ich ertrage den Gedanken nicht, mich am
Flughafen von dir zu verabschieden. Ich halte das nicht aus,
Chris."

„Ok, du bist der Boss. Ich respektiere das, auch wenn es mir
schwerfällt." Chris verzog enttäuscht das Gesicht.

„Danke." Die Leichtigkeit war wieder dahin. „Was macht man an
letzten Abenden, Chris? Wie geht das? Wer kann so etwas?"

„Ich kann es jedenfalls nicht, das ist mal klar."

*

Bei Francesco war es voller als erwartet, es gab keinen freien
Tisch mehr. In der hinteren Ecke, unserem bevorzugten Platz,
entdeckte ich das deutsche Ehepaar aus unserer Klasse, Jochen
und Monika. Sie winkten uns heran und rückten zur Seite. „Setzt
euch doch dazu, hier ist noch Platz!"

Ich sah Chris unmerklich nicken. „Danke, sehr gerne." Wir setzten uns. Jochen und Monika waren bester Laune. „Wir feiern Halbzeit, heute sind wir seit zwei Wochen hier und bleiben noch mal zwei, ist das nicht herrlich?"

Die beiden hatten am Zattere-Ufer eine große zweigeschossige Wohnung mit Dachterrasse und Blick auf den Giudecca-Kanal gemietet, so etwas war in Venedig selbst in der Nebensaison sehr kostspielig. Geld schien jedoch vorhanden zu sein; in Deutschland wohnten sie in einer Villa direkt am Wannsee und besaßen noch ein weiteres Haus auf Sylt. Jochen musste ungefähr in Chris' Alter sein und hatte sich bereits vor zehn Jahren von welchen Geschäften auch immer zur Ruhe gesetzt. Monika war vielleicht Ende vierzig, dunkelblond und auf attraktive Weise ein wenig rundlich.

Jochen bestellte eine zweite Flasche Wein. „Ihr seid meine Gäste."

Er fragte Chris nach seinen weiteren Plänen, wie lange würde er noch in Venedig bleiben? Ach so, das Visum lief Ende Mai aus und dann müsse er weitersehen. Und sein Familienstand? Zweimal geschieden, zwei Töchter aus der letzten Ehe. Aha. Wie alt war er? Vorigen Oktober fünfundsechzig geworden? Er, Jochen, hatte auch im Oktober Geburtstag, am 12., aber er war ein Jahr älter. Chris hatte ebenfalls am 12. Oktober Geburtstag? Na so was, so ein Zufall!

Interessant, dachte ich, danach hatte ich ihn nie gefragt. Jetzt wusste ich also, wie alt er war. Die erste gemeinsame Schulstunde fiel mir wieder ein, und ich musste lächeln.

Monika lästerte ein bisschen über die Lehrer und die Mitschüler am Istituto. Sie konnte wunderbar Leute nachmachen, zum Beispiel die schüchterne Sumiko, wie sie sich beim Kichern die Hand vor den Mund hielt. Oder unseren Klassenclown Jacky, dessen italienische Aussprache auch nach all den Wochen kaum zu verstehen war.

„Was wissen wir eigentlich über Jacky?", fragte sie in die Runde.

„Nicht viel", erwiderte ich. „Nur dass die ganze Großfamilie nach und nach von China hierhergezogen ist, sie wohnen allesamt in Marghera und werden hier zweifellos gute Geschäfte machen."

Halb Venedig war mittlerweile fest in chinesischer Hand. Die meisten Masken- und Handtaschenläden gehörten ihnen und auch eine Menge Bars und Imbisse. An den Straßenständen und selbst in Murano wurden massenhaft Fakes aus China verkauft – der Handel blühte.

„Jacky ist gelernter Koch und hat vor hier ein kleines Restaurant aufzumachen, behauptet er jedenfalls", fuhr ich fort. „Bei ihm bin ich allerdings nie ganz sicher, was stimmt und was nicht."

„Aber er ist noch so jung, höchstens siebzehn", wandte Chris ein.

„Siebzehn? Er ist sechsundzwanzig und hat eine Frau und zwei Kinder!"

Monika lachte. „Wer weiß, ob das stimmt. Aber siebzehn ist er ganz bestimmt nicht mehr, er macht nur auf kindlich, das ist seine Masche. Heißt er überhaupt Jacky?"

„Aber nein, er hat sich den Namen selbst gegeben, nach Jacky Chan!"

„Jetzt merke ich erst, was alles an mir vorbei gegangen ist. Du liebe Zeit." Chris schüttelte den Kopf.

Monika gab noch einige weitere Imitationen zum besten: Victoria piccola – die Drama Queen, Toshiaki – die scheue Jungfrau und Matt – der brave Collegestudent. „Euch beide hebe ich mir für später auf, heute nicht." Sie zwinkerte uns zu.

„Später bin nicht mehr hier."

„Dann suchen wir uns eben eine andere Claudia, mit der wir essen gehen", sagte Jochen leichthin. „Nicht wahr, Chris?"

„Sehr witzig."

Wir tranken Wein, viel Wein, und aßen unsere übliche Fischplatte. Die übermütige Stimmung der beiden anderen übertrug sich mithilfe des ansteigenden Alkoholpegels schließlich auch auf uns. Ich hörte mich scherzen und lachen, alle alberten herum, und Chris sprühte vor Charme und Esprit. Es war der lustigste Abend seit Langem.

Irgendwann schaute Chris auf die Uhr. „Ich sollte mich langsam auf den Heimweg machen."

„Genug getrunken haben wir jetzt auf jeden Fall, wir gehen auch", Jochen nickte und rief nach der Rechnung.

Wir schlenderten noch zu viert bis zur Rialtobrücke, wo sich die beiden mit den bei solchen Anlässen üblichen zuversichtlichen Beteuerungen („Wir halten Kontakt, ich habe deine E-Mail-Adresse. Wir sehen uns auf jeden Fall in Berlin") von mir verabschiedeten.

Chris fasste meinen Arm und sagte „Komm, wir gehen noch einen kleinen Umweg. Die frische Luft tut uns gut." Ich nickte.

Die Stadt war still und leer, in den Gassen hörten wir nur den Klang unserer Schritte. Gesprochen haben wir nicht.

Ein letztes Mal stand ich vor seiner Haustür und sah ihm beim Aufschließen zu, ein letztes Mal gingen wir zusammen die Treppen hinauf und betraten seine Wohnung.

Im Bett legte er seine Arme um mich und sagte: „Mit dir hatte ich nicht gerechnet, als ich nach Venedig kam, wirklich nicht."

„Ich auch nicht", flüsterte ich, „mir geht es genauso."

Chris nahm meine linke Hand und küsste ihre Innenfläche, dann meine Stirn, meine Augenlider, meine Wangen, meinen Hals. Ich drückte mich ganz eng an ihn und suchte seinen Mund. Auf einem schmalen Grat zwischen Zärtlichkeit, Trauer, Begierde und Schmerz balancierend begannen wir, uns ein letztes Mal zu lieben.

Gegen drei Uhr morgens stupste ich ihn leicht an. „Es wird Zeit für mich. Ich muss gehen."

„Ich bringe dich nach Hause."

„Nein, bitte nicht."

Er seufzte. „Dann begleite ich dich wenigstens hinunter."

Schweigend zogen wir uns an, verließen die Wohnung und gingen hinunter auf die Gasse. „Schau mal", sagte ich draußen und wies nach oben. "Sterne. Der Himmel ist ganz klar."

„Du wirst einen guten Flug haben."

„Ja."

Auf dem schwach beleuchteten Campo S. Maria Formosa blieb ich stehen. Chris blieb ebenfalls stehen und wandte sich mir zu. „Also hier und jetzt?"

„Hier und jetzt."

Wir umarmten uns, ließen los und umarmten uns gleich wieder.

„Es wird dir nicht entgangen sein, dass ich in all den Wochen so oft neben mir gestanden habe", begann Chris. „Ich weiß nicht, wie ich es erklären soll …"

„Du musst nichts erklären", flüsterte ich und küsste ihn wieder. „Es gäbe noch so vieles zu sagen, und irgendwie auch wieder nicht."

„So ist es. Danke für die wundervolle Zeit und für so vieles mehr."

Ein letzter leichter Kuss, dann rückten wir langsam voneinander ab. Wir hielten uns an der Hand, meine linke in seiner rechten, die beiden Hände drückten sich noch einmal kurz und lösten sich wie in Zweitlupe voneinander, ich ging nach rechts, er nach links. Es war geschehen.

Ich überquerte den großen, leeren Platz, ohne mich umzudrehen. Am anderen Ende blickte ich dann doch noch zurück, bevor ich die Gasse einbog. Chris war nicht mehr da.

Den gleichen Weg von seiner Wohnung zu mir nach Hause war ich nach unserer ersten gemeinsamen Nacht gegangen. Unendlich lange her. Eine Woche. Wie damals (damals?) lagen die Kanäle in vollkommener Stille. Ich hörte nichts als meine Schritte. Eben noch hatte ich den Klang unser beider Schritte gehört.

*

In der Wohnung, die nun bald nicht mehr meine war, packte ich letzte Dinge ein, spülte und räumte noch ein wenig auf. Einige Bücher, Lebensmittel und ein bisschen Geschirr, den Föhn, meine Gummistiefel, einen Carello und einiges mehr ließ ich hier zurück, sogar meinen Wintermantel, den ich abgestreift hatte wie eine alte Haut. Angelika würde sich um all das kümmern. Zum Schluss ging ich durch die beiden Zimmer und sah nach, ob ich etwas vergessen hatte. Hier war ich sehr oft sehr glücklich gewesen, und an den schwierigen Tagen hatten diese Räume mir eine Zuflucht geboten. Ich wuchtete mein – immer noch sehr umfangreiches – Gepäck die Treppen hinunter, zog endgültig die Tür hinter mir zu und warf den Schlüssel in den Briefkasten.

Um halb sechs saß ich an der Haltestelle Guglie und wartete auf das Vaporetto.

Berlin

Kapitel 8

Das Flugzeug kreiste im Landeanflug über der Stadt und bot mir den vertrauten Blick auf breite Straßenzüge, endlose Häuserreihen und in deren Innenhöfe hinein. „Der Himmel über Berlin" … So oft schon war ich heimgekommen, meistens irgendwie gerührt von diesem Anblick. Immer hatte mich Martin abgeholt, wenn wir nicht sowieso zu zweit unterwegs waren, und immer hatte ich mich auf ihn gefreut. Heute waren mir jegliche Gefühle außer einer dumpfen Beklommenheit abhandengekommen, ich war innerlich verstummt.

Wir verloren jetzt stetig an Höhe und schienen beinahe die Hausdächer zu streifen, als – wie immer ganz unvermittelt - die Landebahn dicht unter uns auftauchte. Die Maschine setzte ein bisschen holprig auf, ein Zeichen dafür, dass ich mich wieder auf Erden befand. Die himmlischen Zeiten waren vorbei.

Ich hatte es nicht eilig, aus dem Flugzeug auszusteigen. Warum die Leute dabei so drängeln, ist mir immer rätselhaft geblieben. Die meisten von ihnen sehen sich sowieso gleich am Gepäckband wieder, *so what* … Mein großer Koffer tauchte diesmal überraschend schnell auf, ich hob ihn vom Band, verstaute all mein Hab und Gut auf einem Wagen und schob ihn in Richtung Ausgang.

Dort erwartete mich eine eifrig winkende Vera mit einem Blumenstrauß in der Hand. Wir umarmten uns ausgiebig.

„Du siehst großartig aus", sagte sie. „Wie viel hast du abgenommen? Zehn Kilo?"

„Sechs oder sieben, schätze ich. Danke für die Blumen und das Kompliment." Jetzt konnte ich schon wieder lächeln. „Großartig bist du, meine Liebe!"

„Magst du reden? Ich kann es kaum erwarten zu hören, wie der aktuelle Stand der Dinge ist." Vera dirigierte uns mit dem Gepäckwagen durch die Menschen und die an- und abfahrenden Autos hindurch zum Parkplatz.

„Auf jeden Fall. Ich weiß nur nicht, wo ich anfangen soll. Es wird sicher noch einige Gespräche brauchen, bis ich alles erzählt habe, das kann dauern. Und dann werde ich mich endlos wiederholen ... Hältst du das durch?"

„Ganz sicher. Aber jetzt fahren wir am besten erst mal zu dir nach Hause."

Vera ignorierte die Autobahnauffahrt und fädelte sich auf den Saatwinkler Damm ein.

„Wir fahren durch die Stadt", sagte sie. „Das ist ein schöneres Ankommen als über die Autobahn."

„Und es dauert länger", ergänzte ich. „Das gibt mir mehr Zeit."

Ein besorgter Seitenblick: „So schlimm?"

„Ich weiß nicht. Nein, nicht wirklich schlimm. Ich hänge nur so zwischen den Welten."

Vera schwieg, und ich schaute aus dem Fenster. Wieder dieses Fremd-Daheim-Gefühl wie vorhin im Flugzeug; alles, was ich sah, war mir so vertraut und erschien zugleich völlig irreal. Venedig lag nur etwa siebzig Flugminuten entfernt, und doch war mir, als käme ich von einer sehr langen Reise zu anderen Kontinenten zurück. Vielleicht sogar von einem anderen Stern.

Über die Spree, durch den Tiergarten, vorbei an der Siegessäule und immer weiter Richtung Schöneberg, rechts das Rathaus, dann Innsbrucker Platz, Hauptstraße, jetzt links abbiegen in die Rubensstraße und schließlich nach rechts: Begasstraße, das Haus hinten auf der linken Seite, die Nummer Zwei. Zuhause.

Vera kramte in ihrer Handtasche und hielt mir den Hausschlüssel hin. „Hier. Den wirst du brauchen. Ich habe ihn vorgestern bei Martin abgeholt."

Als ich nach Venedig aufbrach, hatte ich meinen Schlüssel in Berlin gelassen, ohne besonderen Grund oder Hintergedanken, einfach nur so. Jetzt im Nachhinein bekam das einen ungeahnten Symbolcharakter.

„Na dann."

Wir fuhren mit dem Aufzug zur dritten Etage, ich schloss die Wohnungstür auf und stellte mein Gepäck ab.

Martin hatte Blumen für mich hingestellt, kommentarlos. Während Vera in der Küche eine Vase für ihren Blumenstrauß suchte und füllte, ging ich langsam durch die Räume, die – wie so oft in Berliner Altbauten – einer in den anderen führten, die große Küche, Ess- und Wohnzimmer, Martins Arbeitszimmer. Ich hatte diese großzügigen Durchblicke und Durchgänge immer geliebt.

Heute fand ich das alles seltsam unbelebt. Die Möbel schienen zusammenhangslos herumzustehen wie in einem Möbellager. Es war viel schlimmer als fremd, es war unangenehm. Kein Ort, an dem ich bleiben wollte.

Vera folgte mir mit der Vase in der Hand, stellte sie im Wohnzimmer auf den Tisch und setzte sich auf das Sofa. Wir schauten uns an.

„Magst du was trinken? Tee, Kaffee, Wasser oder Prosecco?"

„Nein, ich muss gleich wieder weg. Und du brauchst bestimmt Zeit, um wieder anzukommen."

„Ja, sicher. Das wird ein Weilchen dauern." Ich setzte mich neben Vera und legte meine Hand auf ihre. „Es war so lieb von dir, mich abzuholen. Ich kann dir gar nicht sagen, wie gut mir das getan hat. Wann sehen wir uns? Es gibt so viel zu berichten, und ich bin so froh, dass ich es dir erzählen kann!"

„Wann kommt Martin zurück?"

„Morgen Abend."

„Wie wäre es dann mit Mittwoch oder Donnerstag?"

„Donnerstagabend wäre wunderbar. Wir gehen irgendwo etwas essen, ich lade dich ein, ok?"

„Abgemacht."

Vera erhob sich, und wir gingen zusammen in den Flur.

„Pass auf dich auf. Alles wird gut." Sie nahm mich in den Arm und gab mir einen Kuss auf die Wange.

Die Tür fiel hinter ihr zu. Ich fing an zu weinen.

*

Ich begann den großen Koffer auszupacken und meine Sachen wegzuräumen, ganz langsam und immer wieder von kleinen Pausen unterbrochen, in denen ich mich hinsetzte und die Wohnung anstarrte oder aus dem Fenster hinunter auf die Begasstraße schaute. Der Eisenwarenladen gegenüber hatte seine

Fenster neu dekoriert, es sah etwas weniger altmodisch aus, schade eigentlich. Dann ließ ich den Koffer halb ausgepackt liegen, holte meinen Laptop aus der Tasche und öffnete ihn. Keine Mail von Chris. Nichts.

Mein Blick fiel auf den Schrank, in dem wir unser Geschirr aufbewahrten, KPM, und das erste lange Gespräch mit Chris lief wie ein Film vor meinen Augen ab. Ein Amerikaner, der sich mit deutschem Porzellan auskannte, wie ungewöhnlich. Was für ein besonderer Mann. Ich ging zum Schrank und öffnete die Tür. Da stand all das „weiße Gold", das wir nach und nach – oft in erschwinglicher B-Qualität– in der Manufaktur gekauft oder von Martins porzellanvernarrter Familie geerbt hatten.

Neben dem weißen KPM-Geschirr gab es auch einzelne Erbstücke aus Meißner Porzellan und – ganz hinten – ein kleines Meißner Teetässchen, das ich vor einigen Jahren als Souvenir von einem Wochenendausflug aus Dresden mitgebracht hatte.

Eine winzige henkellose Tasse, schlicht weiß mit einem zarten japanischen Blütenrelief und eine Untertasse aus braunem Steingut mit demselben Muster. Eine neuere Serie, die man in Meißen dem Zeitgeist gemäß „*Zen Tea Ceremony*" genannt hatte.

Die Verbindung von traditionellem deutschem Porzellan und Zen hatte es mir damals angetan. Und das würde auch Chris gefallen.

Vorsichtig holte ich die Tasse aus dem Schrank und stellte sie auf den Tisch. Dann ging ich Verpackungsmaterial holen und wickelte sie ein, Schicht um Schicht. Ich bettete das nunmehr unförmige Päckchen in einen festen Karton, den ich mit weiterem Papier auspolsterte. Die Paketpostzustellung in Italien war äußerst unzuverlässig, wie ich wusste; die Sendungen kamen meistens mit großer Verspätung an und manchmal auch niemals. Deshalb bestellte ich einen Expressdienst, der garantiert innerhalb von vierundzwanzig Stunden zu liefern versprach. Mit leicht zittern- den Händen schrieb ich seine Adresse – Calle dell Paradiso. *No- men est omen!* – auf das Päckchen und wartete auf die Abho- lung.

Abends kam schließlich doch noch eine Nachricht:

Mein erster Schultag ohne dich. Alles ist völlig verändert, und du fehlst. Bist du gut angekommen? Ich kann mir dich gar nicht woanders als in Venedig vorstellen …

Es fiel mir schwer, eine Antwort zu formulieren; ich schrieb nur recht kurz zurück, was ich viel zu kühl und zu knapp fand, aber besser gelang es mir gerade nicht. Möglicherweise ging es Chris ja ähnlich.

Vielleicht würde mein Geschenk freier und deutlicher zu ihm sprechen als es mir momentan mit Worten – schriftlich! Noch dazu in Englisch! – möglich war. Er müsste sich gemeint fühlen mit diesem Geschenk, es passte so vorzüglich zu ihm.

So war es auch, am nächsten Tag danach schrieb er:

Claudia! Was für eine Überraschung, so ein wunderschö- nes Geschenk! Mein Vermieter hat das Päckchen in mei- ner Abwesenheit in Empfang genommen, er brachte es mir heute Nachmittag, als ich von der Schule kam. Dann habe ich es ausgepackt und das kleine Tässchen mit sei- nem Untersatz gefunden. Sie sind so bezaubernd und er- lesen. Wie du. Jetzt habe ich etwas von dir bei mir. Ich danke dir.
Chris

*

Der Dienstag kam und damit auch der Tag des Wiedersehens mit Martin. Er hatte – wie so häuflg – in Hamburg zu tun gehabt, wo sich der Hauptsitz der Beraterfirma befand, für die er arbeitete. Meine Schonfrist war abgelaufen.

Ich musste auch wieder ins Büro, eine willkommene Ablenkung und ein weiterer Eckpunkt im Rahmen meiner „Wiedereingliederung" ...

Alle schienen sich zu freuen, dass ich wieder da war. Auf meinem Schreibtisch standen Blumen und an die Vase gelehnt eine Willkommenskarte, die alle unterschrieben hatten. Auf freundlich gemeinte Fragen, wie es denn in Venedig gewesen sei, konnte ich nur mit Allgemeinplätzen antworten: „Eine gute Zeit gehabt, viel erlebt, intensive Erfahrung" usw. Dann setzte ich mich an meinen Schreibtisch und nahm eine erste Sichtung der Übergabe vor, wobei ich die meisten Inhalte nicht mal gut genug erfasste, um auch nur nachfragen zu können. Ich schichtete sie auf den Stapel für morgen und übermorgen. Einfache Dinge las ich durch, speicherte sie ab oder legte sie in die entsprechenden Fächer, immerhin.

Meine Gedanken waren in der Schule bei Chris. Immer wieder schaute ich auf die Uhr und stellte mir vor, was sie dort gerade machten: Erste Vormittagsstunde bei Roberto? Pause? Ein Cappuccino am Campo S. Margherita? Schließlich schob ich alles andere beiseite und schrieb eine Mail an Chris.

Obwohl ich von meiner Freundin und meinen Kollegen warm empfangen wurde, bin ich noch nicht hier angekommen, vielleicht noch lange nicht. In Gedanken gehe ich ständig vor und zurück. Heute verbringe ich ein paar Stunden im Büro, aber ‚Arbeit' würde ich das nicht nennen, das ist eine rein physische Präsenz. Es ist, als würde ich mich innerlich nur in Zeitlupe bewegen… Und morgens um kurz vor neun hatte ich das dringende Gefühl sofort zur Schule gehen zu müssen! Erzähl mir von der Klasse! Was nehmt ihr gerade durch? Wer sitzt jetzt an meinem Platz?

*

Martin kam drei Stunden früher als geplant nach Hause – oder zumindest früher, als ich gedacht hatte, denn er hatte sich nicht mehr bei mir gemeldet. So traf er mich also überrascht und unvorbereitet an. Als ich hörte, wie die Tür aufgeschlossen wurde, erhob ich mich schnell von meinem Schreibtischstuhl und ging ihm entgegen. Er stellte sein Gepäck ab, kam mit einem raschen Schritt auf mich zu und schloss mich in die Arme. Ich rückte als erste aus der Umarmung ab, ein bisschen zu früh; das sah ich an seinem Gesicht, als ich ihn anblickte.

Er wusste Bescheid.

„Was ist los?", fragte er.

Ich wollte das Gespräch auf keinen Fall zuhause mit ihm führen. „Lass uns irgendwo hingehen und etwas essen", schlug ich vor. „Dann können wir in Ruhe reden."

„Ok. Wahrscheinlich ist es passend, wenn wir zum Italiener gehen, nicht wahr?"

„Ja, gute Idee."

Ich nahm meinen Mantel vom Haken und Martin behielt den seinen gleich an. Ohne ein weiteres Wort gingen wir aus dem Haus.

Das Restaurant war nur ein paar Straßen weiter, nichts Besonderes; ab und zu wo aßen wir dort, wenn wir keine Lust hatten selbst zu kochen. Wir wählten einen etwas abseits stehenden Tisch, setzten uns gegenüber und schauten uns an.

Der Kellner kam mit der Speisekarte und fragte nach unseren Getränkewünschen. Wir bestellten Wasser und eine Flasche Weißwein, einen Vorspeisenteller und Pasta.

Dann sagte Martin: „Du hast dich verliebt, nicht wahr?"

„Ja, stimmt." Ich nahm einen Schluck Wein.

„Ich habe es mir schon gedacht. Ist es der Amerikaner, von dem du manchmal erzählt hast? Mit dem du im Caffè Florian warst und Brodsky gelesen hast?"

„Ja genau, Christopher. Ich habe mich in ihn verliebt. Total verliebt."

„Also etwas Ernstes?", hakte Martin nach.

„Ja und nein. Ich weiß nicht. Wahrscheinlich ist das eine Geschichte ohne Perspektive."

Martin schwieg.

Die Vorspeisenplatte wurde gebracht. Ich nahm mir etwas davon auf meinen Teller und dachte kurz an die Fischplatte bei Francesco. Wie lange war das her?

„Es tut mir leid", sagte ich. „Ich wollte dir nicht wehtun. Es ist passiert, einfach so."

Martin schaute auf seinen Teller, ohne das Essen anzurühren.

Dann hob er den Kopf und sagte: „Es ist ein Gebot der Fairness, dass ich ebenfalls ganz offen spreche. Ich habe etwas mit einer anderen Frau."

Stille. Nie hat mich etwas derart überrascht, so lange ich mich erinnern kann. Nach einem schier endlos langen Moment absoluter Leere spürte ich als erste einsetzende Empfindung seltsamerweise eine grenzenlose Erleichterung.

„Es ist eine Kollegin, die ich auf einer Tagung kennengelernt habe", fuhr Martin fort.

„Sie heißt Hildegard. Ihr habt einen Menge Gemeinsamkeiten, du und sie. Ich glaube, du würdest sie sympathisch finden."

„Wo wohnt sie?"

„In Hamburg."

„Dann kommst du jetzt gerade von ihr?"

„Na ja, ich war beruflich in Hamburg. Und ja, also in gewisser Weise komme ich gerade von ihr."

Wahnsinn. Nach wie vor fühlte ich weder Zorn noch Kränkung.

„Und wie lange geht das schon?", fragte ich, als ich meine Sprache wiedergefunden hatte.

„Ungefähr seit einem Jahr, nicht ganz." Martin schaute verlegen zur Seite.

„Ein Jahr", wiederholte ich. „Du hast seit einem Jahr eine Beziehung mit einer anderen Frau."

Inzwischen war die Pasta serviert worden und wir aßen beide eine Zeit lang schweigend. Ich war froh über die Pause; fürs Erste hatte ich genug erfahren und zu verarbeiten.

Was für eine Wendung. Ich sah mich in einem großen, leeren Zimmer stehen, von dem aus verschiedene offen stehende Türen in neue, den Blicken noch verborgene Räume führten. Auf einmal schien alles möglich. Weite. Freiheit. Unbekannte Lebensräume. Neustart. Wieder floss das Gefühl der Erleichterung wie eine Welle durch mich hindurch.

„In gewisser Weise haben wir zwei das gut hingekriegt, finde ich", sagte ich nach einer Weile zu Martin und hob mein Weinglas. „Beide mehr oder weniger gleichzeitig verliebt. Geniales Timing!"

„Irgendwie schon." Auch Martin hob sein Glas und prostete mir zu. „Auf uns!"

„Auf uns!" Ich musste kichern. Martin grinste.

Dann fingen wir an zu reden. Wir redeten den ganzen Abend und die halbe Nacht lang, erzählten einander, was wir erlebt hatten, fast wie zwei fremde Menschen, die sich gerade erst kennenlernen. Ich beschrieb Martin meine Mitschüler im Istituto, vor allem natürlich Victoria und auch Chris, seine besondere Art, seine Interessen und Ansichten, die den unseren so glichen. Martin erzählte mir von Hildegard, wie er begonnen hatte sich für sie zu interessieren, wie ihre Lebendigkeit und ihre Energie ihn fasziniert hatten und wie es dann alles angefangen hatte. Hildegard war ebenfalls verheiratet; ihr Mann wusste von nichts. Sie beide hielten ihre Liebschaft für aussichtslos und wollten ihre Beziehung nicht auf den Trümmern anderer Beziehungen aufbauen, sagte Martin. Dann berichtete ich wieder von Venedig, von meinem Tagesablauf dort, von den Begegnungen und Erkenntnissen und wie jung ich mich gefühlt hatte.

„So jung siehst du jetzt auch aus", bemerkte Martin. „Weißt du das?"

„Jedenfalls sehen wir beide uns gerade ganz neu", erwiderte ich.

Wir öffneten daheim noch eine Flasche Wein, lachten und weinten abwechselnd. „Wir könnten alle zusammen ein Haus kaufen und eine Hausgemeinschaft bilden", alberte Martin herum. „Jeder bekommt eine Etage: Du, Hildegard, Christopher und ich, und den Garten benutzen wir alle gemeinsam."

„Warum nur zu viert? Dann kann Hildegards Mann doch auch gleich miteinziehen", schlug ich vor, und wir prusteten los.

Die ganze Situation war bizarr, nicht real, im Grunde unmöglich … Ich fühlte mich wie in einem dieser nächtlichen Träume, wo man auf einmal fliegen kann oder unter Wasser atmen. Alles war so völlig unwirklich und unfassbar neu und fand doch mitten in meinem Leben statt.

*

„Das glaube ich nicht, das sprengt meine Vorstellungskraft", sagte Vera, als ich ihr die aktuelle Lage schilderte. Wir hatten uns nach der Arbeit im Café Einstein – natürlich im Stammhaus in der Kurfürstenstraße – getroffen und den Abend angemessen mit einem Glas Prosecco eröffnet. Auch sie war zunächst vollkommen sprachlos gewesen, was nicht oft vorkam.

„Unglaublich, aber wahr", bemerkte ich. „Ich kann mein Glück noch gar nicht fassen."

„Und wie geht es jetzt weiter? Jetzt ist alles offen, nicht wahr? Du könntest mit Chris zusammen sein und Martin mit Hildegard. Oder du mit Chris und Martin bleibt allein zurück. Oder Martin ist mit Hildegard zusammen und du bist allein. Oder ihr seid am Ende alle vier allein."

„So ist es. Mir wird ganz schwindelig, wenn ich daran denke." Ich fühlte mich tatsächlich ein bisschen wie auf einem Karussell, das sich immer schneller und schneller drehte.

„Was sagt Chris denn dazu?"

„Ich habe ihm noch in derselben Nacht geschrieben. Mit der Antwort hat er sich bis zum nächsten Abend Zeit gelassen, also eine Ewigkeit. Aber vermutlich hat es ihn die Nachricht auch umgehauen. Er schreibt, ich soll so schnell wie möglich nach Venedig kommen, damit wir reden können. Ich hoffe allerdings, er will nicht nur reden", fügte ich hinzu.

„Natürlich will er nicht nur reden", Vera lehnte sich zurück und lächelte. „Wann fliegst du?"

„Frühestens übernächste Woche. Im Moment könnte ich in der Kanzlei nicht länger als von Samstagmittag bis Sonntagabend freinehmen, weil ich ein paar wichtige Termine einhalten muss, aber danach sind auch drei freie Tage am Stück möglich." Ich seufzte und nippte an meinem Glas. „Immerhin war ich gerade für zehn Wochen weg."

„Schade. Du musst doch darauf brennen, sofort hinzufahren."

„Und wie. Ich zähle die Tage, ach was, die Stunden und Minuten zähle ich!"

„Du meine Güte. Was für eine aufregende Zeit für dich. Und wie geht es denn Martin jetzt?"

„Na ja, er ist auch ziemlich durch den Wind. Er telefoniert täglich mit seiner Freundin, soweit ich weiß, aber die beiden können sich auch erst in zwei Wochen wiedersehen. Schließlich gibt es da noch einen Ehemann ..."

Vera schüttelte den Kopf. „Und ihr beide erzählt euch das alles so ..., so ganz offen, als wäre das normal?"

„‚Normal' ist jetzt sowieso nichts mehr. Ja, wir reden ziemlich offen miteinander. Das klingt sicher verrückt, aber im Grunde ist es großartig. Eine unglaubliche Erleichterung, über alles sprechen zu können, mit einem, dem es so ähnlich geht wie dir selbst, und der dein eigener Ehemann ist! Aber klar, es ist eine irre Situation, ich weiß." Ich konnte das selber kaum glauben, es jemand anderem zu erklären, schien mir fast unmöglich. Wie sollte ich beschreiben, was ich noch gar nicht richtig begriffen hatte?

„Wie lebt ihr denn so miteinander, jetzt, unter diesen Bedingungen?", fragte Vera.

„Martin ist ins Gästezimmer gezogen", erwiderte ich. „Ich hatte ihm angeboten, dass ich das Schlafzimmer verlasse, aber das wollte er nicht. Wir reden relativ viel, ansonsten leben wir wie früher auch, stehen auf, gehen zur Arbeit, kommen unseren Verpflichtungen nach, scheinbar normal. Es ist ein sonderbarer Zustand, schwer zu beschreiben."

Vera nickte.

„Wir denken darüber nach zu Pfingsten eine Woche miteinander irgendwohin zu verreisen, um dort in aller Ruhe über die Trennungsmodalitäten zu sprechen", fügte ich noch hinzu. „Weit weg von zuhause ist mir das am liebsten. Zumindest stelle ich es mir leichter vor, weißt du."

„Wie lange seid ihr jetzt verheiratet?"

„Einundzwanzig Jahre in diesem Sommer."

„So lange schon", Vera schaute mich nachdenklich an. „Da ist auch viel Trauer im Spiel, nicht wahr?"

Ich nickte „Ja, sehr viel. Ich kann mir noch gar nicht richtig vorstellen, nicht mehr mit Martin zusammenzuleben, trotz allem."

„Vielleicht bleibt ihr ja doch zusammen?"

„Nein, ein Zurück gibt es nicht mehr. Und irgendwie ist es doch auch toll, dass wir beide trauern können und uns nicht hassen oder so", sagte ich.

„Da hast du auch wieder recht."

Wir widmeten uns dem klassischen Wiener Schnitzel, das eben serviert worden war und schwiegen eine Weile.

„Hast du schon konkrete Vorstellungen, wie es nun weitergeht in deinem Leben, ich meine, wenn du es dir aussuchen könntest …?", fragte Vera, nachdem wir mit dem Essen fertig waren und zwei Kaffee bestellt hatten.

„Ich wage es kaum zu denken, geschweige denn es laut auszusprechen, aber ich träume wirklich davon, nach Venedig zu ziehen und mit Chris zusammen zu sein. Allein die Vorstellung bereitet mir schon Herzklopfen vor Angst – und gleichzeitig wünsche ich mir nichts mehr als das. Am liebsten wäre ich jetzt schon da. Ich kann es kaum erwarten, wieder in Venedig zu sein und ihn endlich wiederzusehen."

„Das wird ein riesiger Schritt und Einschnitt. Ich wäre an deiner Stelle auch aufgeregt." Vera stellte ihre Kaffeetasse ab und schob sie zur Seite.

„Wovon wirst du leben, wenn du in Venedig wohnst?"

„Ich könnte einen Job bei Angelika haben, einen Teil der Check-in- und Check-out-Termine für sie übernehmen und ein bisschen Büroarbeit. Das bringt nicht viel Geld, aber wenn ich mich einschränke, wird es wohl reichen. Irgendwann werden wir ja auch die hiesige Wohnung verkaufen, dann kommt noch was dazu."

„Du würdest deinen Beruf aufgeben?", fragte Vera ungläubig.

„Ja, der Gedanke fällt mir gar nicht so schwer. Komisch, nicht? Immerhin hätte ich in Venedig ja auch eine Arbeit, das ist an und für sich schon ein Glücksfall. Was mir Angst macht, ist überhaupt im Ausland zu leben. Nach Italien zu reisen ist eine Sache, dort zu wohnen eine andere. Aber die meiste Angst macht mir die neue Beziehung. Wir sind nicht mehr jung und anpassungsfähig, jeder von uns hat schon ein ganzes Leben hinter sich, noch dazu in unterschiedlichen Kulturen, wir sprechen nicht dieselbe Muttersprache, kommen von zwei verschiedenen Kontinenten, haben keinen gemeinsamen Hintergrund, nichts! In gewisser Weise ist er mir völlig fremd. Kann das überhaupt gehen? Und andererseits …", ich seufzte. „Anderseits ist Chris mir so vertraut und so nah, als wären wir aus demselben Stoff gemacht."

„Wenn ihr eine Chance habt, dann ganz sicher im gemeinsamen Neuanfang in Venedig, an eurem Ort", meinte Vera.

„Ich hätte es nie für möglich gehalten, dass mir so etwas passieren würde, dass mein Leben solch eine Wendung nehmen könnte."

Eine große Müdigkeit überkam mich plötzlich. Am liebsten wollte ich mich an einem geschützten Ort zu verkriechen, wo ich meine Ruhe hätte und dann rund um die Uhr schlafen.

Der Ober kam an unserem Tisch vorbei; ich nutzte die Gelegenheit, um nach der Dessertkarte zu fragen.

„Wir werden sehen", sagte ich, als wir die Getränke bekommen hatten. „Wir werden sehen."

*

Ich befand mich in einem unwirklichen Zustand permanenter Aufregung, schwankend zwischen diffuser Angst und berauschenden Glücksgefühlen. Morgens beim Aufwachen spürte ich als erstes diese freudige Erregung, wie ein Kind am Weihnachtstag. Als Nächstes erst fiel mir ein, worüber ich mich so freute, und sofort setzte die Sehnsucht ein: Verlangen nach Chris, Sehnsucht nach Venedig, beides untrennbar miteinander verbunden.

Wann immer ich das Haus verließ, um zur Arbeit zu fahren oder etwas in der Stadt zu erledigen, nahm ich Chris mit mir. Ich zeigte ihm Berlin, wobei ich nicht zwischen Sehenswürdigkeiten und alltäglichen Beobachtungen unterschied, sondern zeigte ihm einfach wahllos alles, was ich auf diese Weise neu sah.

Da kommt die Linie 1, die nehmen wir. Das ist mein Weg zur Arbeit, sieben Stationen, jeden Tag. Schau mal, die kleine Steinpflasterung auf dem Bahnsteig, das ist alles noch original von früher, ich mag es sehr. So, hinter der Yorckstraße geht's in den Untergrund. Jeder Bahnhof hat seine eigene Sorte Kacheln: Variationen von Weiß, dann Türkis und nun Hellgrün wie in einer alten Badeanstalt. Und auf eine einheitliche Beschriftung hat man sich auch nicht einigen können. So ist es auch schöner, finde ich, jedenfalls nicht langweilig.

In der entgegengesetzten Richtung fährt die S-Bahn bis Wannsee, das führt mich abends häufig in Versuchung, einfach mal bis Endstation sitzen zu bleiben. Der Wannsee ist ein beliebter Berliner Ausflugsort. Den würde ich dir gern mal zeigen. Wir könnten dort noch umsteigen, ein Stück mit dem Bus fahren und dann mit der Fähre zur „Pfaueninsel" übersetzen und miteinander auf der Insel spazieren gehen.

Friedrichstraße. Hier steigen wir aus. Es ist nicht weit bis zu meinem Büro, nur links über die Brücke und dann noch ungefähr 300 m die Friedrichstraße entlang. Die Kanzlei ist gleich da vorne, auf der linken Seite, in dem großen Glaskasten. Nicht besonders schön, aber hell und gut gelegen.

Chris war immer bei mir, und ich war ständig im Gespräch mit ihm, immer auf Englisch. Wie würde er wohl die Dinge sehen, die mich umgaben? Wie würde ihm das Haus gefallen, in dem ich wohnte? Die Wohnung? Das Bild über meinem Schreibtisch? Würde er die Philharmonie mögen? Dumme Frage, natürlich! Ebenso das Café Einstein, den Laden in der Kantstraße, wo man Parfüm individuell in Fläschchen abgefüllt kaufen konnte, oder den Wochenmarkt auf dem Winterfeldtplatz oder meinen Lieblingsbiergarten – die Kastanie in Charlottenburg ... Ich sah alles mit seinen Augen, so, als sähe auch ich es zum ersten Mal.

Der Frühling 2011 entwickelte sich rasch zu einem frühen Sommer. Die Sonne schien jeden Tag. Zuerst explodierte die Baumblüte, dann wurde über Nacht alles grün, und alle Blumen schienen gleichzeitig zu blühen. Es war ungewöhnlich schnell warm geworden, statt der üblichen Übergangskleidung holten die Menschen gleich ihre Sommersachen aus dem Schrank.

All das schien ganz persönlich für mich bestimmt zu sein, damit ich in der Sonne in Straßencafés sitzen und mit geschlossenen Augen von Chris träumen konnte. Damit ich mir ein Sommerkleid und neue Schuhe kaufen konnte. Damit ich mit Vera den ersten Abend draußen im Biergarten verbringen konnte. Wenn ich mit dem Auto unterwegs war, öffnete ich das Schiebedach, setzte die Sonnenbrille auf und stellte die Musik laut, Italo-Rock oder die Stones oder Dire Straits. Ich fühlte mich unglaublich jung. Chris saß selbstverständlich immer neben mir auf dem Beifahrersitz und war strahlend guter Laune.

Bodenkontakt spürte ich kaum noch, vielmehr schwebte ich federleicht durch die Tage. Ich war nie ganz präsent und doch zugleich hellwach und so lebendig wie niemals zuvor. Die Arbeit ging mir unglaublich leicht von der Hand, ohne mich zu ermüden.

Alle Leute um mich herum nahm ich viel deutlicher und konturierter war als früher und betrachtete sie mit neuem Wohlwollen und zugleich mit einer gewissen Rührung. Ganz fremde Menschen lächelten mir auf der Straße zu, nur so.

Ich war glücklich wie selten in meinem Leben und zugleich erfüllt von einer nie gekannten Unruhe.

In Gedanken malte ich mir immer wieder unser Wiedersehen aus:

Ich sitze im Flugzeug und schließe die Augen, ich will nichts sehen und am liebsten auch nichts hören von meiner Umgebung. Ich will nur an Chris und an Venedig denken.

Es dauert gar nicht so lange, bis man auf dem Flug die Alpen wie eine magische Grenze überquert, das weiß ich nach so vielen Flügen auf dieser Strecke. Zu gegebener Zeit öffne ich also die Augen, und tatsächlich befinden wir uns schon über den Bergen. Die Spitzen sind noch ganz weiß, unten in den tief eingeschnittenen Tälern, wo es im Winter kaum hell wird, leuchten ganz schwach einzelne Lichter. Dann wird das Gebirge flacher, schließlich hügeliges Voralpenland, alles sieht immer grüner aus; das muss schon das Veneto sein. Ab jetzt wird es schnell gehen.

Endlich sehe ich den silbrigen Küstenstreifen auftauchen. Die Adria. Die Lagune. Im Landeanflug, kurz vor dem Aufsetzen, findet mein hungriges Auge rechts unter mir den Anblick der Märchenstadt, die in der Lagune zu schwimmen scheint, unwirklich schön, wie Lord Byron sie einst beschrieben hat. „Ich sah die Stadt dem Meer entsteigen gleich einem Schatz von Zauberhand gehoben."

Den Giudecca-Kanal kann ich deutlich erkennen, so wie die Redentore-Kirche, den Hafen und all die vielen Kirchtürme, jetzt auch die S-Kurve des Canal Grande und ganz hinten die Campanile von San Marco, San Giorgio und San Francesco. Die kleinen Inseln ziehen unten vorbei: San Michele, Murano, Burano und zum Schluss Torcello, schon vor den Toren des Flughafens gelegen, dann setzt die Maschine auf.

Ich bin da.

Chris wartet in der Flughafenhalle auf mich; ich erblicke ihn sofort, als ich durch den Passagierausgang komme. Da steht er, sein unvergleichliches Lächeln leuchtet in seinem Gesicht; ich gehe auf ihn zu so schnell ich kann und gleich in seine Arme. Heute nehmen wir nicht den Bus in die Stadt, sondern das Alilaguna-Boot und fahren einen kleinen Umweg, sodass wir an San Marco ankommen, der Aussicht wegen ... An Bord sitzen wir ganz dicht nebeneinander, Hand in Hand; ich spüre die Wärme seines Körpers neben meinem und sehe gleichzeitig die Silhouette von Venedig langsam näher kommen.

Mehr Glück geht nicht.

Dann steigen wir aus, überqueren die Piazza und verschwinden in den Gassen. Irgendwo in Castello hat Chris für uns für die Dauer meines Aufenthalts ein Hotelzimmer gebucht, eine Idee, die ich aufregend und romantisch finde, ein „Liebesnest".

An dieser Stelle brach der Handlungsstrang meines Tagtraumes jedes Mal ab, verzweigte und verlor sich in verschiedenen Fantasien über das, was in diesem Hotelzimmer geschehen würde.

*

Mindestens einmal am Tag schrieb ich Chris eine Mail, doch es fiel mir zunehmend schwerer, mich schriftlich auszudrücken. Ich wollte mit ihm sprechen, nicht schreiben. Ich wollte ihn sehen und anfassen. Jetzt sofort.

Auch er schrieb mir regelmäßig. Über uns beide und darüber, wie es ihm damit ging, äußerte er sich wenig, nur, dass er mich erwarte, wie sehr er sich auf mich freue. Richtige Liebesbriefe waren das nicht, aber ich konnte seine Verwirrung spüren und auch seine Wärme. Meistens berichtete er von der Schule und fügte manchmal ein Foto von Venedig im Frühling bei, was mich stets aufs Neue mit unbändiger Sehnsucht und Ungeduld erfüllte.

Telefoniert haben wir nicht ein einziges Mal in dieser Zeit, auch nicht über Skype miteinander gesprochen, nicht mal gechattet. In Venedig hatten wir uns immer nur Mails geschrieben, und das behielten wir jetzt einfach bei.

Schließlich hatte ich meine beruflichen Termine soweit geklärt und konnte das Venedig-Wochenende planen. Ich prüfte die verfügbaren Flugverbindungen und mögliche Hotels. In meiner Fantasie hatte Chris ein Hotelzimmer für uns gebucht, in der Realität wusste er davon noch nichts. Vielleicht sollte ich einfach mal was reservieren.

> *Chris, jetzt weiß ich endlich, wann ich reisen kann! Nächste Woche schon! Ich nehme das Flugzeug am Donnerstagabend spätnachmittags und kann bis Sonntagabend bleiben. Drei ganze Tage für uns! Ach, ich kann's nicht mehr erwarten, endlich, endlich… Was hältst du davon, wenn wir uns irgendwo ein Hotelzimmer nehmen? Wäre das nicht romantisch? ☺ Ich könnte etwas reservieren; es gibt da ein sehr hübsches kleines Hotel in Cannaregio, wo*

ich vor einigen Jahren mal gewohnt habe. Aber vielleicht hast du noch eine bessere Idee?

Freust du dich? Schreib mir ganz schnell. In Gedanken bin ich schon unterwegs, wie jeden Tag, seit ich wieder in Berlin bin.

Dann kam seine Antwort.

Claudia, meine Liebe, wir müssen unser Wiedersehen noch ein wenig verschieben. Ich habe heute eine Nachricht von meiner ältesten Tochter erhalten. Sie ist momentan von der Universität aus für ein Studienprojekt in London und bittet mich dringend, sie für ein paar Tage dort zu besuchen. Das geht nur noch in den nächsten zwei Wochen, danach fährt sie zurück in die Staaten. Also habe ich gerade einen Flug nach London gebucht und werde in der Zeit, von der du schreibst, nicht in Venedig sein. Es kommt total ungelegen, ich weiß. Aber bitte hab Verständnis für meine Lage. Ich muss unbedingt hin, irgendetwas ist da los, fürchte ich. Und ich komme ja wieder!

Ich stand auf und ging zum Fenster. Es war bereits dunkel, und die Straßenlaternen beleuchteten ihre Umgebung nur zögerlich. Am deutlichsten sah ich mein Spiegelbild in der Fensterscheibe, leicht verzerrt und hässlich.

Kein Wiedersehen mit Chris, kein langes Wochenende in Venedig. Es war schon zum Greifen nah gewesen. Er wollte lieber nach London zu seiner Tochter. Er vertröstete mich.

Ich nahm meinen Mantel und ging zur Tür.

„Gehst du noch weg?", rief Martin aus seinem Arbeitszimmer.

„Ja, mal kurz um den Block. Ich will ein bisschen frische Luft schnappen. Bin gleich wieder da."

Die kühle Abendluft war wohltuend. Meine Gesichtshaut fühlte sich heiß und angespannt an, wie wenn ich Fieber hätte. Die Augen brannten, aber sie blieben trocken.

Ich musste also weiter warten. Als hätte ich nicht schon lang genug gewartet. Aber es war ja nur eine Verschiebung. Davon geht doch die Welt nicht unter. Dann würde ich eben später nach Venedig fliegen, ein oder zwei Wochen später. Das war einfach dumm gelaufen, mehr nicht.

Nachdem ich den Block sieben- oder achtmal umrundet hatte, ging ich wieder hinauf in die Wohnung und an den Laptop.

> *Schreib mir, dass du mich sehen willst. Schreib mir, dass du mich vermisst. Schreib mir, dass ich bald nach Venedig kommen soll. Dann schreibe ich dir, dass ich dich verstehen kann. Dass ich Geduld haben werde. Dass alles gut wird.*

Enter.

> *Ich will dich sehen, Claudia, und nicht nur sehen. Du fehlst mir. Komm nach Venedig, bald!*

Ich lächelte den Bildschirm an. Licht und Wärme kehrten zurück. Chris war immer noch da, wir beide waren immer noch da. Alles war gut.

*

Der seltsame neue Alltag mit Martin ging irgendwie weiter. Jeder ging seiner Arbeit nach, und wenn wir abends heimkamen, redeten wir manchmal sehr viel und manchmal gar nicht miteinander. Außerdem schrieb jeder von uns wie verrückt Tagebuch. Das brauchten wir wohl beide, um mit all dem klarzukommen.

Manchmal hörte ich Martin im Nebenzimmer telefonieren und einmal klang es, als würde er sich mit Hildegard streiten. Nachher klopfte er an meine Zimmertür.

„Würde es dir etwas ausmachen, wenn ich nächstes Wochenende nach Hamburg fahre?"

„Nein, natürlich nicht. Fahr nur."

„Danke. Es gibt so viel zu besprechen, weißt du. Und Hildegard kann nur an diesem einen Wochenende."

„Es ist wirklich ok, Martin. Ich bin nur ein bisschen neidisch, weil du zu Hildegard fahren kannst und ich nicht zu Chris."

„Ja, das ist Pech. Verstehe ich gut. Umso netter von dir, mich einfach so gehen zu lassen."

Als Martin dann wegfuhr, fühlte sich das eigenartig an. Es tat mir nicht weh, zu sehen, wie er fortging, aber der Hauch des Unwirklichen wehte durch die Situation. Konnte das wirklich sein? Waren wir das? War ich das?

Abends saß ich allein zuhause, zündete mir Kerzen an und öffnete eine Flasche Wein. Jetzt wäre ich unterwegs im Flugzeug gewesen, wahrscheinlich schon im Landeanflug über der Lagune … Die Stille um mich war greifbar.

Mein Mann ist bei seiner Geliebten und mein Geliebter ist bei seiner Familie. Und ich bin allein zurückgeblieben.

Ich nahm mein Handy und rief Chris' Facebook-Seite auf. Da, zwei neue Fotos: Chris und seine Tochter. Arm in Arm lächeln sie ein wenig verkrampft in die Kamera. Sie sieht ihm nicht besonders ähnlich, wahrscheinlich kommt sie auf die Mutter. Aber beide haben das gleiche warme Lächeln und so schöne offene Gesichter. Chris Lächeln. Seine Augen und was er mit ihnen macht, wenn er lächelt.

Eigentlich sollten wir jetzt zusammen in Venedig sein. Es hätte unsere Zeit sein sollen.

Die Stille um mich herum wurde unerträglich. Also vielleicht Musik hören? Was könnte passen? Ich wählte das „Köln Konzert" von Keith Jarrett, das ich schon immer geliebt habe.

Wir beide auf der Parkbank in S. Elena, Chris und ich, an meinem letzten Tag in Venedig ...

> *„Was ganz anderes: Wie heißt noch mal das wunderbare Klavierkonzert, das Keith Jarrett in den Siebzigerjahren in Deutschland aufgenommen hat? Ich habe es vorige Woche im Radio gehört, aber leider den Anfang verpasst, und seitdem suche ich nach dem Titel."*

> *„Das ‚Köln Konzert'."*

> *Chris verdrehte die Augen. „Gibt es eigentlich irgendetwas, was du nicht weißt? Warum habe ich nicht gleich dich gefragt? Und musst du eigentlich immer so perfekt sein?"*

> *„Wenn es dir nicht gefällt, dann frag mich nicht. Meine Mutter lebte damals in Köln und war zufällig im Publikum. Ansonsten empfehle ich dir Google."*

Wahrscheinlich war das doch die falsche Musik. Oder genau richtig. Ich schenkte mir ein Glas Wein ein und weinte ein bisschen.

*

Am anderen Tag erhielt ich wieder eine Mail von Chris.

Ciao Claudia, es gibt Neuigkeiten, aber keine guten ... Ich hatte dir erzählt, dass meine jüngere Tochter Mary ein Praktikum bei einer Umweltorganisation in Südamerika macht. Nun ist sie dort erkrankt und im Moment bereits auf dem Rückweg in die USA. Wir wissen nicht, was sie hat, möglicherweise handelt es sich um irgendeine Tropenkrankheit. Es geht ihr jedenfalls ziemlich schlecht. Katherine hat mir das alles hier schonend beigebracht, deshalb hatte sie mich gebeten, zu ihr nach London zu kommen.

Claudia, ich muss jetzt nach Hause zu meiner kranken Tochter. Heute fliege ich zurück nach Venedig, um meine Sachen zu packen, und dann sofort weiter nach New York. Ich weiß, dass du mich verstehen wirst. Sobald es mir möglich ist, melde ich mich wieder bei dir.
Stammi bene,
Chris

Kapitel 9

Ich schrieb ihm häufig, manchmal mehrmals täglich. Eine Nachricht folgte der anderen: Sobald ich eine Mail abgeschickt hatte, erwachte unverzüglich das Bedürfnis ihm wieder zu schreiben, mich mit ihm „in Verbindung" zu setzen. Einzig mein Arbeitstag rettete mich davor, diesem Drang ungebremst nachzugeben; dafür war ich dankbar, wie ich überhaupt froh war, arbeiten gehen zu können. Das war der Rest Normalität und Ordnung, den ich dringend brauchte, das gab mir Struktur und Erdung, Gott sei Dank.

> *Chris,*
> *bitte schreib, wie es dir geht! Und schreib mir auch, wie es deiner Tochter geht! Gibt es etwas Neues? Was sagen die Ärzte? Das muss eine furchtbare Zeit für dich sein, vor allem die Ungewissheit ohne eine Diagnose. Die eigene Hilflosigkeit und Ohnmacht auszuhalten ist so schwer. Wie gerne würde ich dir zur Seite stehen und bin doch so weit weg. Das ist meine Variante der Hilflosigkeit ...*

Und ein oder zwei Stunden später:

> *Eben habe ich Bilder aus der Zeit in Venedig betrachtet. Wie lange ist das her? Auf dem Foto im Florian siehst du so glücklich aus, und jetzt machst du solch eine schwere Zeit durch. Du fehlst mir, Chris. Wann werde ich dich wiedersehen? Was wird aus uns? Es ist so schmerzhaft nicht zu wissen, wie es weitergeht. Dieser Wartezustand zermürbt mich. Auch wenn mir klar ist, dass du jetzt ganz andere Sorgen hast, haben musst, möchte ich doch wis-*

sen, ob du mich ebenfalls vermisst. Denkst du noch an unsere Zeit in Venedig?

Gottseidank kam die Antwort fast postwendend.

Liebe Claudia,
aber natürlich denke ich an dich und an unsere Zeit in Venedig. Was für eine Frage! Gleichzeitig ist Venedig auch sehr weit weg in diesen Tagen, und alles, was damit zusammenhängt, scheint sehr lange her zu sein.

Ich verbringe viel Zeit im Krankenhaus und bei Mary. Sie liegt in Quarantäne, was ein ziemlich gruseliges Szenario ist. Ich kann eigentlich nichts tun außer da sein und warten. Es ist kaum zu ertragen.

Die Untersuchungen dauern noch an. Die ein oder andere Diagnose kann bereits ausgeschlossen werden, aber das ist nicht beruhigend, so lange man überhaupt nicht weiß, was es denn sonst sein könnte. Die Ärzte wissen es jedenfalls nicht.

Claudia, ich weiß auch nicht, wie es mit uns weiter geht. Ich weiß im Moment rein gar nichts, außer, dass mein Platz jetzt hier ist. Lass mir Zeit, darum bitte ich dich.

Stammi bene,
Chris, der deine …

Zeit lassen, natürlich, das konnte ich gut verstehen. Ich konnte das alles gut verstehen, und mein Mitgefühl war aufrichtig gemeint. Zugleich schien sich mein eigener Zustand von Tag zu Tag zu verschlechtern. Aber was war mein Leid verglichen mit dem seinen?

Ohne Vera wäre ich verloren gewesen. Sie sprach mir Mut zu, mahnte mich zu Geduld und Optimismus, und vor allen Dingen hörte sie mir zu.

Jeden Sonntagmorgen trafen wir uns in Charlottenburg in der Nähe ihrer Wohnung und gingen im Schlosspark walken oder manchmal auch nur ganz altmodisch spazieren. Hier redete ich mir alles von der Seele, sprach von meinen Ängsten und Befürchtungen, von meiner Ungeduld, von aufkeimender Hoffnung und Sehnsucht und, und, und … Damit ich nicht den ganzen Raum einnahm, hatten wir vereinbart, die erste Hälfte der – immer gleichen – Wegstrecke für Veras Themen zu reservieren und danach, auf dem Rückweg, über mich und meinen Liebeskummer zu sprechen. Das funktionierte hervorragend.

Vera hatte ebenfalls einiges, was ihr auf dem Herzen lag. Ihre beiden Kinder hatten das Elternhaus verlassen und studierten jetzt in anderen Städten, was Vera als durchweg positiv – ja sogar erleichternd – empfand. Aber es war auch der Beginn eines ganz neuen Lebensabschnitts: Das Zusammenleben „nur" zu zweit mit Manfred, ihrem Mann, war nach so langer Zeit gewöhnungsbedürftig. Und irgendwann stellte sich auch die Frage nach einem Umzug; die jetzige Wohnung war nun viel zu groß geworden. Vor allem aber ging es aktuell um ihren Vater, der bisher allein gelebt hatte und nun aufgrund seiner Demenz seit Kurzem in einem Altenheim lebte. Vera und Manfred, beide nebenbei voll berufstätig, waren gerade damit beschäftigt, seine Wohnung aufzulösen.

„Das fühlt sich an, als wäre er schon gestorben", seufzte Vera, „zwischendurch muss ich mich immer wieder hinsetzen und weinen. Und diese elende Räumarbeit will irgendwie kein Ende nehmen, in jeder Ecke und in jedem Schrank tauchen immer noch mehr Sachen auf. Eine Sisyphos-Arbeit ist das. Wie viele

Dinge ein Mensch doch durch sein Leben schleppt! Wir sind da ja auch nicht besser."

Im Anschluss an die Spaziergänge gingen wir stets in die Kastanie, unseren Lieblingsbiergarten, in dem wir schon vor dreißig Jahren gesessen hatten, und tranken ein alkoholfreies Weizenbier, bevor wir auseinandergingen. Diesem feststehenden Programm folgten wir jeden Sonntag, vom Frühling bis in den Herbst. Nichts – außer vielleicht einem Unwetter – konnte uns davon abhalten.

*

Auch Martin nahm Anteil an meinem Kummer, aber schon deutlich weniger. Er war von seiner eigenen Beziehungsklärung absorbiert. Es lief nicht besonders gut mit Hildegard. Seit sie wusste, dass ich es wusste, und der Weg zu Martin im Prinzip frei war, kam sie mit ihrem Mann unter Druck. Sie hatte ihm immer noch nichts gesagt. Stattdessen wollte sie erst mal *mir* einen Brief schreiben und mich möglichst bald persönlich treffen. Martin hatte angefragt, ob mir das überhaupt recht sei. Aber ja, es war mir recht, auch wenn mich dieser Teil der Geschichte aktuell nicht besonders interessierte; ich war mit mir und Chris beschäftigt. Der Brief wurde nie geschrieben, das Treffen mehrfach angekündigt und wieder abgesagt. Dann halt nicht. Vielleicht später mal.

Immer noch nahm ich Chris jeden Tag in Gedanken überall mit hin und zeigte ihm alles in meiner Umgebung, die ich auf diese Weise mit ganz neuen Augen sah.

> *So, wenn wir uns direkt nach links wenden, über den Dürerplatz gehen – ziemlich hässlich, nicht wahr? – und dann durch die Unterführung von der S-Bahn, kommen wir zu meinem Stammcafé. Hier an dem kleinen Platz vor*

dem alten Bahnhof sitze ich gern auf einen Kaffee oder einen Spritz nach der Arbeit oder aber samstags zum Frühstück, bevor ich auf dem Markt einkaufe … Komm, setz dich mit mir hin. Gefällt es dir?

Jetzt gehen wir weiter durch die Nachbarstraßen mit ihren stattlichen Bürgerhäusern um ein paar Ecken bis zur Hauptstraße, die hier Rheinstraße heißt. Das ist der Breslauer Platz, da ist samstags ein großer Markt mit allem, was man für ein gutes Wochenende braucht, und gleich hier rechts ist die Bushaltestelle für den Bus ,in die Stadt', will sagen ins Zentrum von Berlin. Er fährt bis zum Potsdamer Platz. Da kommt er schon, lass uns einsteigen! Wir gehen nach oben, da kannst du mehr sehen. Die Straße, auf der wir fahren, heißt auf der Landkarte B1, eine ganz normale Straße und doch etwas Besonderes, denn sie führt von Berlin quer durch Deutschland bis nach Aachen ganz im Westen an der Grenze zu Belgien und Holland. Ich wollte sie immer mal in ganzer Länge fahren, aber letztendlich nehme ich doch immer die Autobahn, wenn ich nicht sowieso fliege oder mit der Bahn reise. Es würde sicher ewig lang dauern. Aber interessant wär's schon … Vielleicht machen wir das mal zusammen, wenn wir ganz viel Zeit haben? Am liebsten würde ich dir wochenlang ganz Deutschland zeigen, erst mal Richtung Westen und später noch den Süden. Und von da aus ist es dann auch nicht mehr weit bis ins Veneto …

Schau mal links und rechts, die vielen türkischen Geschäfte und Supermärkte. Da kannst du wunderbares Lammfleisch kaufen und alle Sorten Oliven und, und, und. Ab hier heißt die Straße Potsdamer Straße, wir nähern uns also unserem Ziel. Und hier ein Stück weiter links befindet

sich das allerschönste Café von Berlin, das Café Einstein,
es ist wunderbar stilvoll und kultiviert, genau das richtige
für dich. Du wirst es lieben, ich weiß es genau!

So, das ist jetzt der Potsdamer Platz, wir steigen jetzt aus
beziehungsweise um. Du machst dir keinen Begriff davon,
wie das hier früher aussah, direkt an der Mauer. Das war
Ödland, leer, eine Brache mit ein, zwei Restgebäuden.
Nach dem Mauerfall wurde hier im großen Stil gebaut,
wie du siehst. Alles sehr cool und repräsentativ, nicht
wahr? Manchmal sehne ich mich nach dem alten, ver-
wunschenen und vergessenen Platz zurück, aber das wür-
de ich nie laut aussprechen ...

Und jetzt nehmen wir einen anderen Bus, damit ich dir
noch die Museumsinsel zeigen kann, das ist __der__ Ort für
dich in Berlin! Das Pergamonmuseum, das Bode-Museum,
das Neue Museum, das Alte Museum, die Alte National-
galerie..., hier würdest du in einen Rausch verfallen, glaub
mir.

Ich hörte nie auf, mit Chris zu sprechen, wobei ich immer automatisch ins Englische umschaltete. Es war nicht mehr nur Venedig, was ich mit ihm verband; er wurde Teil meines Alltags. Er
passte ganz wunderbar nach Berlin, und ich wurde mir immer
sicherer, dass es ihm gefallen würde.

Chris,
bitte schreib mir. Ich kann es kaum ertragen, wenn meine
Mails ohne Antwort bleiben. Ich brauche den Kontakt zu
dir, um diese Zeit der Trennung und der Ungewissheit
aushalten zu können. Du musst mir nicht viel schreiben,
ich verstehe, dass dir der Sinn nicht danach steht, aber
bitte lass irgendwas von dir hören. Ich denke so oft an

dich und frage mich voller Sorge, wie es dir jetzt wohl geht. Wie hältst du das alles durch, wie versorgst du dich, um bei Kräften zu bleiben? Und gibt es neue Erkenntnisse über die Erkrankung? Geht es deiner Tochter besser? Muss sie noch in Quarantäne bleiben?

Einige Tage später, während derer ich unzählige Male vom Aufwachen bis zum Schlafengehen In meinem Email-Konto vergeblich nach seinem Absender Ausschau gehalten hatte, also nach einer schier endlosen Wartezeit, schrieb er:

Ciao Claudia,
nein, neue Erkenntnisse gibt es keine. Wir warten weiter. Inzwischen ist meine Ex-Frau in New York eingetroffen und auch Katherine kommt heute wieder zurück aus London. Ich wohne bei Freunden in der Nähe der Klinik und bin dort gut aufgehoben, aber die Frage, wie es mir geht, stelle ich mir lieber nicht. Ich funktioniere einfach, versuche allen Mut zu machen und zu tun, was jeweils gerade notwendig ist. Basta. Danke für deine Anteilnahme, ich weiß das zu schätzen, glaub mir. Sobald ich mehr weiß, melde ich mich wieder.

Die Pausen zwischen seinen Antworten wurden jetzt immer länger. Ich versuchte, mich zu beherrschen und nicht mehr jeden Tag zu schreiben. Mal gelang mir das ganz gut, aber manchmal schrieb ich entgegen meiner Vorsätze spätabends noch, wenn meine Disziplin vom langen Arbeitstag aufgebraucht war und die Sehnsucht zu überwältigend wurde.

Um nicht immer wieder dasselbe schreiben zu müssen, schickte ich ab und zu auch ein Foto vom Winter in Venedig oder eins vom Frühling in Berlin. Oder ich postete etwas auf seiner Facebook-Seite, Fotos von den Victorias und anderen Mitschülern,

Links zu aktuellen venezianischen Ereignissen, Erinnerungen an verschiedene Themen, die wir in unseren Gesprächen berührt hatten, lauter solche – vormals gemeinsamen – Dinge, auf die er nie reagierte.

Im Grunde wunderte mich das nicht. Es war ja alles nur Ausdruck meiner Unbeholfenheit im Umgang mit dem gegenwärtigen Zustand. Ich fühlte mich getrennt, abgekoppelt von Chris und seinem Leben; ich suchte den Kontakt zu ihm, und zugleich spürte ich, wie er sich immer weiter von mir entfernte. Der Abstand wurde mit jedem Tag größer.

> *Lieber Chris,*
> *nun habe ich schon länger nichts von dir gehört. Ich wüsste sehr gerne, wie die Dinge für deine Tochter stehen und vor allem, wie es dir geht. Alles, was ich schreibe, ist nur Wiederholung dessen, was ich zuvor bereits geschrieben habe. Die gleichen Fragen, die gleiche Bitte um Nachricht.*
>
> *Es mag dir vor dem Hintergrund deiner Sorgen und Probleme ganz unpassend erscheinen, wenn ich heute von meinen Nöten schreibe, aber es muss sein. Der Zustand, wie er jetzt ist, quält mich zutiefst. Chris, ich muss irgendetwas von dir erfahren, woran ich mich halten kann, bis wir uns wiedersehen. Werde ich dich überhaupt wiedersehen? Was wird aus uns beiden, Chris? Wirst du je wieder nach Venedig zurückkehren? Ich könnte meine Zelte hier abbrechen, wie du weißt. Ich könnte in Venedig auf dich warten, wenn ich wüsste, dass du irgendwann kommst. Sogar Geduld würde ich aufbringen. Sag mir nur, dass du kommen wirst, dann ist alles gut.*
>
> *Wie viel lieber würde ich jetzt mit dir sprechen, statt solche Mails zu versenden! Ach, wenn ich dir wenigstens in*

Deutsch schreiben könnte! Bitte antworte mir bald und nimm mir mein Drängen nicht übel.

Diesmal verging nur ein einziger Tag, bis er antwortete.

Liebe Claudia,

du hast ganz recht mit deinen Fragen, und du hast ein Recht auf eine Antwort. Ich will es versuchen, auch wenn es mir schwerfällt.
Meine aktuelle Lebenssituation überfordert mich vollkommen. An dich und an unsere Zeit in Venedig zu denken, würde mich zerreißen, also tue ich es nicht. Mir ist in diesen Tagen – und vor allem in den Nächten, wenn ich wach liege – klar geworden, dass ich hierhin gehöre, zu meinen Kindern. In Venedig leben, mit dir in Venedig zusammen sein, das war ein sehr schöner Traum, der für mich nun ausgeträumt ist. Mein reales Leben spielt sich hier ab.

Ich komme nicht zurück, Claudia, ich kann nicht.
Es tut mir leid.

Mir bleiben die Erinnerungen an die wunderbare Zeit mit dir. Nichts davon möchte ich missen. Ich bin dir dafür sehr dankbar, und das wird auch für immer so bleiben. Bitte versteh mich und versuche, mich in guter Erinnerung zu behalten, auch wenn ich dir jetzt zweifellos Schmerz zufüge.

Ich wünsche dir das allerbeste, Claudia, von ganzem Herzen, Chris

Ich las die Mail, einmal, zweimal, dreimal und dann noch einmal. Der Laptop lag vor mir wie ein gänzlich fremder Gegenstand, den ich noch nie gesehen hatte, irgendein unbekanntes Flugobjekt vielleicht, das versehentlich auf meinem Schreibtisch gelandet war. Das alles war nicht real.

Herzschmerz. Ein Wort, das bisher ohne Bedeutung für mich gewesen war. Liebeskummer war mir ein Begriff, Sehnsucht, Traurigkeit, Wut, verletzter Stolz, Enttäuschung und Empörung, alles bekannt und schon erlebt. Jetzt aber spürte ich körperlich stechende Herzschmerzen. Der Brustraum wurde beklemmend eng und das Herz tat so weh, als würde es gleich aufgeben und zerspringen.

Il cuore infranto, das gebrochene Herz, war eine Vokabel, die ich an einem der letzten Schultage in meinem Schreibheft notiert hatte. Dieser Begriff tauchte in einer kleinen Geschichte auf, die wir damals im Unterricht lasen: Ein junges Paar, beide angehende Studenten, bekamen keinen Studienplatz an derselben Universität; sie mussten sich räumlich trennen und fortan eine Fernbeziehung führen. Dann verliebte sich das Mädchen in einen anderen Kommilitonen. Der frühere Freund schrieb ihr verzweifelte Liebesbriefe, die zunächst ohne Erfolg und schließlich sogar ohne Resonanz blieben.

> *Lieber Chris,*
>
> *das waren klare Worte. Jetzt weiß ich, woran ich bin. Nun werde ich Zeit brauchen, um das zu verarbeiten.*
>
> *Auch ich bin dir dankbar für unsere ganz besondere gemeinsame Zeit in Venedig, und das werde ich niemals vergessen. Es war mit nichts zu vergleichen, was ich je zuvor erlebt hatte.*
> *Bitte lass uns in jedem Fall weiter in Kontakt bleiben.*
> *Mein Interesse an deinem Ergehen und dem deiner Toch-*

ter ist mit dem heutigen Tag nicht beendet. Vielleicht schaffen wir eines Tages ja sogar den Weg zurück in eine Freundschaft – wer weiß?

Ich wünsche dir alles erdenklich Gute, Chris, und ich meine das ganz aufrichtig,
Claudia

Martin fand mich in Tränen aufgelöst, als er nach Hause kam. Er begriff sofort, was geschehen sein musste und nahm mich in den Arm. Später saßen wir nebeneinander auf dem Sofa, ich schluchzte immer wieder, er hatte seinen Arm um mich gelegt und reichte mir schweigend Taschentücher. So verging der ganze Abend.

„Ich möchte dir die Mail von Chris zeigen", sagte ich.

„Wirklich? Das brauchst du nicht."

„Doch, möchte ich aber."

„Irgendwie kann ich ihn verstehen", sagte er, nachdem er sie gelesen hatte. „Er ist mir sympathisch. Ich bin mir sicher, dass er und ich gut miteinander zurechtgekommen wären. Und trotzdem: Er lässt dich im Stich."

„So fühle ich mich auch. Und dabei habe ich noch ein schlechtes Gewissen, weil ich Ansprüche an ihn gestellt habe."

„Es übersteigt seine Möglichkeiten, Claudia. Der Mann ist völlig am Ende."

„Ich weiß." Erneuter Tränenstrom.

„Jetzt gehst du ins Bett, denn du bist ebenfalls völlig fertig. Ich mache dir einen Kräutertee, und wenn das nicht hilft, dann nimmst du eine Schlaftablette."

Ich lächelte unter Tränen. „Du tröstest mich bei meinem Liebeskummer. Verrückte Welt. Wer hätte so etwas je für möglich gehalten?"

„Das glaubt uns niemand. Und jetzt ab ins Bett."

*

Das Leben ging irgendwie weiter, im Schlingerkurs, aber es ging.

Am meisten half mir die Arbeit in der Kanzlei, die Kontakte mit den Kollegen, die Terminvorgaben, die ganze Ablenkung, die sich aus den Pflichten und Aufgaben ergab. Es ging nicht um mich, welche Erleichterung! So lange ich beschäftigt war, dachte ich weder an Chris noch an Venedig, doch sobald eine Pause eintrat, war alles schlagartig wieder da.

> *Jede Nacht kehre ich in meinen Träumen zurück nach Venedig. Und jeden Morgen beim Wachwerden habe ich erneut Mühe, mich zu sortieren und – nachdem ich wieder orientiert bin – zu ertragen, nicht mehr dort zu sein. Eine täglich wiederkehrende Qual.*

Hin und wieder – so selten wie es mir nur möglich war – schrieb ich Chris, fragte nach, wie es ihm ging und wie seiner Tochter. Dann wartete ich auf Antworten, die nicht kamen. Langsam aber sicher begriff ich, dass er mir nie wieder schreiben würde. Er hatte sich für einen vollständigen Bruch entschieden. Wie es mir damit ging, spielte für ihn offensichtlich keine Rolle mehr.

Auf einen derart radikalen Schnitt war ich nicht vorbereitet gewesen. Das passte auch so gar nicht in mein Bild von ihm. Allerdings hatte er schon in Venedig immer wieder mal den Kontakt unversehens abgebrochen. Sein zweiwöchiger Aufenthalt in Sizilien fiel mir wieder ein; das war auch ein harter Schnitt gewesen. Es war mir vollkommen unbegreiflich, warum er sich so verhielt, und ich wollte es jetzt auch gar nicht verstehen. Er hatte mir keine Chance gegeben und mich zurückgewiesen. Der Schmerz darüber war schier nicht auszuhalten und noch weniger der ohnmächtige Zorn, der mich erfüllte.

Eines Nachts entfernte ich ihn in einem Wutanfall sogar von meiner Freundesliste bei Facebook, was ich fast augenblicklich wieder bereute, denn nun war ich auch der letzten Möglichkeit beraubt, die mir noch einen Restzugang zu seinem aktuellen Leben gewährt hatte. Mein Stolz ließ es andererseits nicht zu, ihm eine neue „Freundschaftsanfrage"(!) zu schicken.

Erst einige Tage zuvor waren auf seiner Facebook-Seite neue Fotos aufgetaucht, die darauf schließen ließen, dass Chris sich nicht mehr in New York, sondern wieder an der Küste aufhielt. Das musste bedeuten, dass es seiner Tochter nunmehr besser ging, sonst wäre er niemals aus New York weggegangen. Viel mehr war nicht zu erfahren gewesen, aber auch das Wenige stand mir nun nicht mehr zur Verfügung.

*

Ich tat, was ich in Venedig nie getan hatte, woran ich nie auch nur gedacht hatte, ich googelte seinen Namen. Einmal begonnen, entwickelte sich daraus schnell eine richtige Recherche. Es war verblüffend einfach, viele Dinge über Chris und sein Leben zu erfahren, die mir allesamt bis dato nicht bekannt gewesen waren. Ein fast gänzlich unbekannter Mensch nahm Gestalt an.

Als Erstes wurde es deutlich, dass er ziemlich wohlhabend oder sogar reich sein musste. Das überraschte mich, denn in Venedig hatte Chris sehr sparsam gelebt und irgendwie stets den Anschein erweckt, er habe finanzielle Sorgen.

Tatsächlich kam er aus einer dieser alteingesessenen Ostküstenfamilien – amerikanischer Adel sozusagen –, die sich politisch liberal und kulturell überaus engagiert präsentierte. Chris' Bruder war in einer Umweltschutzorganisation aktiv, und seine Mutter hatte sich als Kunstmäzenin und Sammlerin hervorgetan, Bücher darüber veröffentlicht und ihr Name war – wie die Namen der meisten Familienmitglieder – in den Förderkreisen verschiedener Museen zu finden. Einem Nachruf in der New York Times entnahm ich, dass sie noch in ihren Siebzigern für ein Jahr nach Florenz gezogen war, um dort die italienische Sprache zu lernen. Sie war anscheinend auch diejenige gewesen, die sich mit Porzellan so gut auskannte, und sie hatte unter anderem auch japanische Kunst gesammelt. Alles fügte sich auf einmal zu einem Bild.

Schon beim ersten Googeln bekam ich einen alten Artikel aus dem archivierten Gesellschaftsteil der New York Times – Seite 6 – zu lesen, der über Chris' Heirat mit seiner zweiten Frau vor etwa fünfundzwanzig Jahren berichtete. Die Namen der jeweiligen Eltern, deren Familienwohnsitz und Angaben über Braut, Bräutigam und den Ort der Eheschließung, alle möglichen Informationen standen mir als Leserin zur Verfügung. Die beiden Familien schienen in den besten Kreisen zu verkehren. Diese Hochzeit war zweifellos ein gesellschaftliches Ereignis gewesen.

Seine beiden Töchter stammten aus dieser Verbindung, las ich dann in Geburtsanzeigen und anderen Einträgen. Katherine, die ältere, hatte kürzlich geheiratet, wie sie auf Facebook wissen ließ. In der New York Times stand das diesmal nicht.

In Venedig hatte ich mich um all das nicht gekümmert. Ich hatte ja den realen Chris täglich an meiner Seite. Nur die Gegenwart zählte.

Außerdem – wie mir jetzt immer klarer wurde – hatte ich ihn stets nur dort, vor der venezianischen Kulisse, betrachten wollen, sowie allenfalls noch bezogen auf unser beider Gemeinsamkeiten, mit anderen Worten nur bezogen auf mich.

Weiter hatte meine Neugierde nicht gereicht. Sein anderes „richtiges" Leben, sein amerikanischer Hintergrund, seine Vergangenheit, ja im Grunde seine komplette Person hatte mich nicht sonderlich interessiert. Normalerweise wollte ich immer, wenn ich verliebt war, ganz schnell möglichst viel vom anderen erfahren. Man erzählte sich gegenseitig die Lebensgeschichten und war begierig auf die Fortsetzung. Nicht so mit Chris in Venedig. Ich war bei dem unausgesprochenen Zwischenweltkodex stehen geblieben, der unter den Sprachschülern galt: „Jeder hat seine Geheimnisse. Wir fragen nicht nach". So gehörte sich das untereinander in einer Auszeit. Aber traf das auch für uns zu? Wir waren Liebende gewesen ...

Während ich so damit beschäftigt gewesen war, ihm zu gefallen, hatte ich es versäumt, ihn wirklich kennenzulernen. Hatte Chris das gespürt?

Und mehr noch: Ich hatte auch fast nichts von mir erzählt, genau genommen so gut wie gar nichts. Das wenige, was er von meiner Lebensgeschichte wusste, hatte er nach und nach erfragen müssen. Warum hatte er nicht mehr nachgehakt? Und warum hatte ich nicht mehr von mir erzählt?

*

Ein anderes Mal gab ich bei Google die Adresse auf Long Island ein, die unten auf seiner privaten Visitenkarte stand, was mich zu meiner Überraschung sofort auf die Website eines Häusermaklers führte. Hier waren zwei Annoncen zu finden, die erste war bereits seit Längerem überholt: Er hatte in dem Jahr, bevor er nach Venedig reiste, die Wohnung in New York City verkauft. Aber jetzt stand sein aktueller Wohnsitz ebenfalls zum Verkauf –

das hatte ich nicht erwartet! Ich klickte den Link an und fand mich direkt in seinem Haus auf Long Island wieder.

Der Makler pries das Objekt als eines der ältesten Anwesen am Ort an, frühes neunzehntes Jahrhundert, Kolonialstil, vorgezeigt auf über zwanzig Bildern. Ich konnte es mir ausführlich von allen Seiten ansehen, den parkähnlichen Garten und die einzelnen Zimmer begutachten. Da waren Fotos von einem großen Wohnraum mit Kamin, dem Esszimmer, einem Treppenaufgang, vom Arbeitszimmer und verschiedenen Schlafräumen, von einer Küche mit einem ganz langen alten Holztisch, ähnlich wie der in seiner venezianischen Wohnung – und plötzlich stand ich in seinem Schlafzimmer, in dem ein großes Bild von Venedig an der Wand hing, so, dass man es vom Bett aus sehen konnte. Ich konnte seine Präsenz dort fast greifbar spüren, in diesem Raum, den ich niemals betreten würde.

Genug. Ich schloss die Anwendung und klappte den Laptop zu.

Warum stand das Haus zum Verkauf? Es war immerhin über viele Generationen der Familiensitz gewesen, so etwas ist sehr selten in den USA. Brauchte er so dringend Geld? Wollte er nun doch nach Europa kommen? Oder einfach nur umziehen, um in der Nähe seiner Töchter zu wohnen, wo immer das auch sein mochte?

Wieder und wieder träumte ich nachts von Chris. Im Traum waren wir meistens in Venedig und alles war gut. Manchmal war es dann einfach wie früher, und es hatte nie einen Bruch gegeben. Ein anderes Mal begegneten wir uns – in der Jetztzeit – zufällig irgendwo in Venedig wieder und nahmen unsere Beziehung erneut auf: Verzeihen, Versöhnung, Happy End. Nun kamen auch noch die neuen Schauplätze New York und Long Island hinzu (seltsamerweise nie Berlin), wohin ich im Traum reiste, und wo ich schließlich vor seiner Tür stand. Jedes Mal ließ er mich ein und hieß mich freudig überrascht willkommen. Zärtliche Versöhnung, erneutes Glück, Happy End.

Das morgendliche Aufwachen in der Wirklichkeit meines Berliner Schlafzimmers traf mich immer aufs Neue wie ein Schock. Die Träume schienen mir nicht nur Wunschträume und Ausdruck meiner Sehnsucht zu sein, sondern eine greifbare, vollkommen realistische Möglichkeit, viel realer als das Leben, das ich aktuell führte.

*

Eines Sonntags – Vera war verreist – machten Martin und ich einen Ausflug zur Pfaueninsel, um bei einem Spaziergang einmal in Ruhe darüber zu sprechen, wie es nun weitergehen sollte. Ein solches Gespräch war in der gemeinsamen Wohnung irgendwie nicht vorstellbar, idealerweise hatten wir dafür ein paar Tage verreisen wollen, um es möglichst fern von Berlin zu führen, aber das ließ sich gerade nicht gut machen; wir waren beide beruflich ziemlich eingespannt. Also Pfaueninsel.

Es ist immer wieder erstaunlich, wie weit draußen einem der Wannsee erscheint, obwohl man von Friedenau aus nur ungefähr zwanzig Minuten mit der S-Bahn unterwegs ist. Dann steigt man um in den Bus 218, der nach einer Weile abbiegt und auf einer schmalen Straße durch den Wald zur Anlegestelle fährt. Spätestens jetzt ist die Stadt sehr weit weg.

In der warmen Jahreszeit ist der Bus immer gut frequentiert von Touristen; alle wollen zur Pfaueninsel und davor oder danach in dem Gartenlokal an der Anlegestelle einkehren, genau wie wir.

Die Fähre lag noch gegenüber am Inselanleger, als wir ankamen. Martin lehnte sich ein wenig über die geschlossene Schranke, kniff die Augen leicht zusammen und blinzelte ins Sonnenlicht.

„Hübsch hier, nicht wahr?"

„Ja, idyllisch, ein kleines Paradies."

„Warum sind wir eigentlich nicht öfter hierher gefahren?"

„Keine Ahnung. Trägheit vielleicht. Oder einfach andere Wochenend-Gewohnheiten."

„Schön dumm."

„Stimmt."

Unterdessen war die Fähre an unserem Ufer angekommen. Von einem schrillen Alarmton angekündigt ging die Schranke hoch, und der Austausch der Passagiere nahm seinen Lauf. Ich schaute rechts und links auf den See, der mit seinen kleinen Segelbooten und den größeren Ausflugsschiffen ein heiteres Bild bot. Dann waren wir auch schon da und gingen an Land.

Wir wandten uns wie die ganze Besucherschar nach rechts und bogen dann so schnell wie möglich auf einen kleineren Seitenweg ab, um unsere Ruhe zu haben.

„Überall dasselbe", sagte ich zu Martin, „sobald man von der Hauptroute abweicht, ist man praktisch allein, selbst in der Hochsaison, sogar in Venedig."

„Wärst du jetzt gern in Venedig?"

„Schwierige Frage. Im Prinzip wäre ich immer gern in Venedig, aber momentan kann ich mir nicht vorstellen, je wieder unbelastet hinfahren zu können."

„Dann hättest du nicht nur Christopher verloren, sondern auch Venedig?"

„So fühlt es im Moment an."

„Ich glaube das nicht. Du wirst Venedig auf Dauer nicht aufgeben, warte es ab, es ist eine Frage der Zeit.“

„Dein Wort in Gottes Ohr.“

Wir schlenderten weiter. Auf verschiedenen verschlungenen Umwegen gelangten wir unversehens an die große Fontäne, wo wir wieder auf einige der Besuchergruppen trafen. Wunderbarerweise fanden wir trotzdem eine alte Steinbank für uns allein, auf der wir uns niederließen.

Martin eröffnete das Gespräch. „Ich will mich nicht von dir scheiden lassen.“

„Warum nicht?“, fragte ich überrascht. „Hast du Angst, dich mit einer Anwältin auf ein Scheidungsverfahren einzulassen?“

„Na klar, das ist es.“ Martin schaute mich an und grinste.

„Nein, im Ernst“, fuhr er fort, „ich möchte es einfach nicht, noch nicht. Es fühlt sich falsch an. Wir haben uns getrennt, und bald werden wir uns auch räumlich trennen, das reicht erst mal. Allzu viele Veränderungen kann ich im Moment nicht mehr verkraften. Das letzte Jahr und insbesondere die vergangenen Monate haben mich emotional an den Rand meines Fassungsvermögens gebracht, ich brauche dringend eine Pause.“

Ich nickte. „Du hast recht, es war verdammt viel los, eine Verringerung der Lebensgeschwindigkeit wäre jetzt nicht schlecht.“

Wir schwiegen ein bisschen und schauten der Fontäne zu, die unermüdlich sprudelte, überlief und von neuem anfing zu sprudeln.

Nach einer Weile nahm ich den Faden wieder auf „Wie geht es jetzt weiter? Was hast du vor, beziehungsweise was habt ihr vor?“

„Wir werden über kurz oder lang zusammen ziehen. Hildegard will unbedingt in Hamburg bleiben, weil ihre Eltern ja noch dort leben und wohl auch aus beruflichen Gründen. Bei mir hingegen sieht das im Prinzip ganz gut aus; Jens und Thomas wären heilfroh, wenn ich endlich zum Stammsitz nach Hamburg käme, das würde viele Abläufe für uns alle vereinfachen."

„Ok, und wie sieht deine Zeitschiene aus?"

„Das ist das Problem. Hildegard hat immer noch nicht mit ihrem Mann gesprochen."

„Das gibt's doch nicht!" Ich konnte es kaum glauben.

„Sie sagt, dass jetzt ein ganz schlechter Zeitpunkt ist, weil er im Job so viel Stress hat, Arbeitgeberwechsel, neues Aufgabengebiet, so was halt. Da will sie ihn nicht zusätzlich belasten und womöglich aus der Bahn werfen." Martin schaute mich nicht an, sondern heftete seinen Blick weiter auf die Fontäne. „In zwei, drei oder vier Monaten, wenn er sich eingelebt hat, wird sie ihm alles sagen. Und vorher hat es keinen Sinn, eine Wohnung zu suchen. Ich werde also noch eine Weile in Berlin wohnen bleiben."

„Na klar." Ich hütete mich, einen Kommentar zu Hildegards Verhalten abzugeben.

„Und bevor ich nach Hamburg ziehe, will ich noch eine Auszeit nehmen, zwei, drei Monate lang, so wie du."

„Super Idee! Weißt du schon, wohin du fahren willst?"

„Ich dachte an Indien. Mein alter Jugendtraum, du weißt schon. Irgendwann muss ich das mal machen, und jetzt scheint genau der richtige Zeitpunkt dafür gekommen zu sein. Ich will einfach nur alleine herumreisen, ohne Ziel und Plan, und mal sehen, was dann passiert."

„Ein gutes Konzept." Ich nahm seine Hand und drückte sie kurz. „Gratuliere! Das wird dir unendlich guttun."

„Wollen wir's hoffen. Jedenfalls bin ich fest entschlossen. Ich habe das bereits mit den anderen Jungs in der Firma besprochen, und es sieht so aus, als könnte es klappen, wenn ich gegen Ende November verschwinde. Mitte Februar müsste ich dann wieder antreten."

„Ich glaube, dass das ein perfekter Übergang für dich sein wird. Du kommst wieder und fängst in Hamburg noch einmal ganz neu an."

„Genauso stelle ich es mir vor."

Wir schwiegen beide und betrachteten die unermüdlich sprudelnde Fontäne.

„Vor ein paar Wochen sah alles noch ganz anders aus", sagte Martin leise.

Ich schreckte aus meinen trübsinnigen Gedanken auf. „Was meinst du damit?"

„Na ja, wir hatten beide eine neue Liebe; das war total verrückt und irgendwie ein Wunder: Wir waren gleich, alles schien in der Balance. Jetzt bin ich mit Hildegard zusammen, und du bist allein. Ich kann das gerade nicht gut mitanschen. Es tut mir leid, dass es so gekommen ist."

„Ja, die andere Variante wäre mir auch lieber gewesen. Es war zu schön, um wahr zu sein. Und ja, es war herrlich verrückt."

„Es fällt mir wirklich schwer, mich unter diesen Umständen von dir zu trennen."

Ich sah seinen bedrückten Gesichtsausdruck und etwas in mir wurde ganz weich und traurig, es fühlte sich an, wie wenn etwas

Festes beginnt, sich zu verflüssigen. Was für ein besonderer Mensch Martin doch ist, dachte ich – nicht zum ersten Mal.

„Lieb von dir, das zu sagen." Ich lächelte ihm zu. „Dabei ist unsere jetzige Situation doch eigentlich die normale. So trennt man sich meistens; einer hat jemand Neues und der andere nicht ..."

„Genau das finde ich so schade", entgegnete Martin.

Wir schwiegen beide.

„Wollen wir weiter gehen?" Martin räusperte sich kurz und wies mit dem Kopf auf einen der Wege.

„Ja, sehr gerne."

„Also, wenn du einverstanden bist, bleibe ich nach meiner Rückkehr aus Indien noch in der Begasstraße wohnen, bis ich dann eine Wohnung in Hamburg gefunden habe. Du überlegst dir einstweilen ganz in Ruhe, ob du die Wohnung behalten willst oder nicht. Falls du bleiben möchtest, werden wir eine finanzielle Regelung dafür finden, d. h. du musst mir meinen Anteil nicht gleich abkaufen oder so. Wir kriegen das schon hin, da mache ich mir überhaupt keine Sorgen."

„Ich glaube nicht, dass ich dort bleiben werde, aber derzeit habe ich noch gar keine konkreten Pläne. Das kommt noch, später. Und ich sehe es genau wie du: Wir werden das gut über die Bühne bringen, ohne jeden Zweifel."

Komischerweise hatte ich noch keinen einzigen Gedanken an meine Zukunft verwendet. Weder hatte ich Ideen dazu, noch machte ich mir Sorgen. Es war mir egal. Das Jetzt nahm mich vollständig in Anspruch, damit waren alle meine Kapazitäten aktuell ausgeschöpft.

Wir näherten uns der Meierei, Symbol romantischer Verklärung des Landlebens, erbaut nach den Vorstellungen jener, die nie auch nur ein Blumenbeet umgegraben hatten, geschweige denn eine Kuh gemolken. Weiter weg zur Linken weideten die Wasserbüffel auf einer Wiese, auch eine Touristenattraktion.

Die Meierei sieht eigentlich eher wie eine neogotische Kapelle aus, nur die dahinter liegenden Stallungen – das Heim der Wasserbüffel – haben einen halbwegs bäuerlichen Charakter, sie sind recht hübsch anzusehen: niedrige Ziegelbauten mit Reetdächern, ein Hauch von Ostsee.

Martin fasste mich an der Hand. „Ich hätte es nie für möglich gehalten, dass wir beide mal solch ein Gespräch führen würden. Es kommt mir vor, als hätte ich es nur geträumt. Das kann doch jetzt nicht wahr sein, oder?"

„So geht es mir auch, Martin. Eigentlich kann das, was jetzt ist, gar nicht sein." Ich drückte seine Hand ein wenig. „Ich habe mir nie wirklich vorstellen können, dass wir uns trennen. Und ich habe mir auch nie vorstellen können, *wie* wir das machen, so warm, so freundschaftlich und freundlich."

„Ja, unglaublich. Ich schütte dir mein Herz aus, was Hildegard angeht, und du hörst mir geduldig zu."

„Und du trocknest meine Tränen, tröstest mich in meinem Liebeskummer um einen anderen Mann …"

„Wir sind verrückt. Irgendwas stimmt da nicht." Martin fing an zu lachen und ich stimmte ein.

„Jedenfalls kann man das keinem erzählen. Selbst Vera fällt es schwer, mir das abzunehmen!"

Aus einem Schutzbedürfnis heraus hatten wir schon kurz nach meiner Heimkehr vereinbart, nicht mit Dritten über die aktuellen

Entwicklungen zu sprechen, jedenfalls vorläufig nicht, so lange noch so vieles offen war. Es war einfach zu gewaltig, was da mit uns passierte, und auch wenig glaubhaft, wie wir beide damit umgingen.

Vera war von dieser Sprachregelung ausgenommen; ich hatte Martin gleich erzählt, dass sie im Bilde war. Das empfand ich als große Erleichterung, denn obwohl ich unser Schweigegelöbnis vollkommen richtig fand, brauchte ich doch dringend einen außenstehenden Menschen, mit dem ich über alles reden konnte.

*

So ging der Alltag immer weiter, Stunden, Tage, Wochen, Monate. Wenn Martin da war, lebten wir friedlich und freundlich nebeneinander her, wie ein harmonisches Geschwisterpaar, aber meistens war er beruflich irgendwo unterwegs und ziemlich oft in Hamburg. Die Zeit verging, sie flog während der Arbeit, und sie schlich furchtbar langsam dahin, wenn ich allein zuhause saß, und grübelte oder im Internet nach Chris suchte.

Kapitel 10

Der Zug fuhr durch die winterliche Nacht, die immer schon am Nachmittag beginnt. Wenn ich mein Gesicht ganz dicht an die Fensterscheibe drückte, konnte ich immerhin erkennen, dass draußen Schnee lag. Zog ich mich auf meine normale Sitzposition zurück, sah ich nur mein Spiegelbild im dunklen Fenster, ein unangenehmer Anblick, diese müde ältere Frau mit Ringen unter den Augen und erschlafften Gesichtszügen. Ich wandte mich ab.

Noch zwei Stunden bis Freiburg. Dort hatte ich einen Mietwagen reserviert, mit dem ich hinauf in den Schwarzwald fahren wollte, wo meine Cousine Margarete ein Ferienhaus besitzt. Ich hatte auf gut Glück bei ihr angefragt, ob es über Neujahr frei wäre, und sie hatte geschrieben, ja, das passe, gleich nach Weihnachten könne ich es für zehn Tage haben.

Mit dem Haus verband ich gute Erinnerungen. Hierhin hatte ich mich einige Male zurückgezogen, um allein zu sein, Ruhe zu haben, eine grundlegende Entscheidung zu treffen oder mich nach einer überstandenen Krankheit zu regenerieren. Das war lange her, seit Jahren hatte ich keinen Bedarf mehr gehabt oder vielleicht auch lediglich keine Zeit, mich zu fragen, ob ich Bedarf hätte. Jetzt war es genau der richtige Ort für den Jahreswechsel. Schon die lange Anreise, sieben Stunden von Berlin bis Freiburg, tat mir gut: Jeden Meter Distanz zum Alltag der vergangenen Monate empfand ich als Segen. Angelika hatte mich zu ihrer Silvesterparty nach Venedig eingeladen, doch das lag weit jenseits meiner Möglichkeiten. Ich fürchtete mich vor Venedig. Und Berlin erschien mir in diesem Winter so furchtbar trostlos und dunkel.

*

An einem ganz untypisch schönen und sonnigen Tag Mitte Dezember November hatte ich Martin zum Flughafen gebracht, so wie er mich einst begleitet hatte, als ich nach Venedig flog. Eine sonderbar unwirkliche Situation, in der wir beide eher unbeholfen agierten.

„Hast du nichts vergessen? Jetzt könntest du hier noch etwas besorgen, Medikamente, Sonnenbrille, Nackenhörnchen, …"

„Lass gut sein. Wenn ich was vergessen habe, dann ist das eben so."

„Ok. Wollen wir hier noch einen Kaffee trinken? Da vorne sind gerade zwei Plätze frei geworden."

Martins ließ seinen Blick durch die Flughafenhalle schweifen. „Nein, ich möchte jetzt keinen Kaffee. Ich glaube, ich mache mich mal lieber auf den Weg zum Sicherheitscheck, ich bin unruhig, schon gar nicht mehr richtig hier …"

„Reisefieber", nickte ich.

Jetzt wurde es ernst. Martin nahm mich in den Arm. „Danke fürs Bringen, Claudia. Pass gut auf dich auf, hörst du?"

„Ach Martin", ich bekam feuchte Augen und drückte ihn ganz fest, „pass *du* gut auf dich auf. Schreib mir ab und zu. Gute Reise, mein Freund!"

Er drehte sich um, winkte noch mal und verschwand dann im Security-Bereich. Ich winkte mit einem weißen Stofftaschentuch, das ich extra dafür eingesteckt hatte, und fing an zu weinen.

Jetzt war er weg und hinterließ augenblicklich eine schmerzliche Lücke, die mich schwindelig machte. Ich war allein.

Daheim fand ich unsere Wohnung, die im Grunde schon für zwei Personen zu groß ist, furchtbar leer. In den wenigen Stunden, die ich abends zuhause verbrachte, konnte ich sie nicht mit Leben füllen und fühlte mich fremd wie ein vorübergehender Gast.

*

An Heiligabend, vor dem ich mich ein wenig gefürchtet hatte, war ich bei Vera und ihrer Familie zu Gast; die ein „richtiges" Weihnachtsfest feierten mit geschmücktem Baum und allem Drum und Dran.

„Die Kinder sind ja so konservativ. Sie bestehen jedes Jahr auf dem vollen Programm", hatte Vera geklagt.

Ich hingegen fand das ganz spannend; es war neu für mich, beziehungsweise ein bisschen so wie ganz früher als Kind. Martin und ich hatten zu zweit nie traditionell Weihnachten gefeiert, immer nur etwas Besonderes gekocht und einen richtig guten Wein geöffnet.

„Danke für eure Einladung", sagte ich, als ich ankam und alle nacheinander umarmte. „Ich fühle ich mich wie ein richtiges Familienmitglied!"

„Kein Problem", antwortete Lorenz, Veras jüngerer Sohn, „jetzt, wo Opa im Heim ist, haben wir einen freien Platz."

„Lorenz, du bist unmöglich, kannst du nicht einfach mal die Klappe halten?" Seine ältere Schwester Carolina, mein Patenkind, schob ihn zur Seite und nahm mich mit in die Küche. „Hier, ein Aperol Spritz vorab, das ist doch sicher das Richtige für dich, nicht wahr?"

Wir tranken zuerst Spritz, dann Weißwein zu den beiden Vorspeisen und später Rotwein zur Weihnachtsgans – die Manfred als „Chefkoch" mit Vera als „Gehilfin" zubereitet hatte – und verbrachten einen wunderbaren Abend miteinander. Ich hatte für jeden ein Geschenk dabei und dann noch etwas für die ganze Familie, und zu meiner großen Überraschung lag auch für mich wie für alle anderen ein richtiger kleiner Geschenkeberg unter dem Weihnachtsbaum. Beim Auspacken tauchte unter anderem ein Buch mit dem Titel „Sex im Alter" auf; ich warf Vera einen strafenden Blick zu und sah sie süffisant lächeln.

„Dabei bist du nur gerade mal fünf Jahre jünger als ich!"

„Tja, fünf Jahre sind fünf Jahre, meine Liebe!" Vera war bester Laune.

Nach dem rundum fröhlichen Weihnachtsfest fühlte ich mich daheim einsamer denn je und war froh, endlich abreisen zu können. Eine ganze Reihe von netten Mails mit Festtagsgrüßen war gekommen, die ich noch schnell beantwortet hatte. Angelika, Victoria piccola und Rita hatten aus Venedig geschrieben und sogar Pablo aus dem fernen Südamerika.

Nichts von Chris.

Von Victoria grande hingegen kam eine – für ihre Verhältnisse lange – Mail aus Kuba, wo sie und Stefano seinen Vater besuchten, der dort mit seiner (jungen kubanischen!) Freundin lebte.

Du glaubst es nicht! Eines Tages hat er einfach so – ohne Vorwarnung, von jetzt auf gleich – seine Familie verlassen. Stefano war da schon an der Uni. Er hat morgens einen Anruf von seiner Schwester gekriegt, dass ihr Vater verschwunden ist und ihre Mutter durchdreht. Nach zwei Tagen kam dann eine Nachricht, er sei in Kuba und werde dort bleiben. Die Ersparnisse hatte er natürlich auch mitgenommen. Seither ist Stefanos Mutter immer wieder mit depressiven Schüben in Behandlung gewesen, bis sie ihren jetzigen Lebensgefährten kennengelernt hat. Dem

Himmel sei Dank, sagt Stefano an dieser Stelle immer.
Das ist jetzt sein allererster Besuch in Kuba. Anfangs war
alles ziemlich spannungsgeladen, kein lockerer Erho-
lungsurlaub im engeren Sinne, mehr so in Richtung thera-
peutische Exkursion zur Traumabewältigung … Bei dem
ersten Wiedersehen war ich nicht dabei, aber nachdem
das einigermaßen gut gelaufen war, wollte ich seinen Va-
ter natürlich unbedingt kennenlernen. Und was soll ich
sagen? Der Mann ist bezaubernd. Charmant, witzig,
geistreich – da sitzt er nun neben seiner blutjungen „Ver-
lobten" und man kann ihm einfach nicht böse sein. Ich bin
gespannt, wie dieser Urlaub weitergeht, und werde dich
auf dem Laufenden halten.

Das würde sie natürlich nicht, so gut kannte ich Victoria mittlerweile. Jetzt folgte mit Sicherheit eine Weile Funkstille bis zum
nächsten Mal, wann auch immer das sein würde … Sie war für
mich die personifizierte Überraschung, tauchte plötzlich auf und
war wieder weg und in diesem On-Off-Modus im Grunde genommen sehr beständig.

Martin, der sich nur selten meldete, hatte einen lieben Gruß aus
Goa geschickt mit einem Foto im Anhang, das ihn bei Sonnenuntergang an einem Strand zeigte, in Gesellschaft von vier oder
fünf jungen Frauen, die alle rote Nikolausmützen aufgesetzt hatten. „Wir haben Heimweh und trinken Glühwein", hatte er dazu
geschrieben. Aha.

*

Um kurz nach sieben kam der Zug in Freiburg an, und ich holte
meinen kleinen winterbereiften Mietwagen ab. Dann ging es
über die Serpentinen der Schauinslandstraße hinauf zu meinem
Ziel im Hochschwarzwald, eine Fahrt von ungefähr einer Stunde,

wenn alles gut ging. Und hier ging eigentlich immer alles gut; selbst im Winter konnte man sich ohne Sorge ins Auto setzen, weil die Straßen stets gut geräumt und befahrbar waren, wenn nicht gerade ein gewaltiger Schneesturm kam. Der war heute nicht in Sicht. Dafür riss, als ich oben auf der Passhöhe ankam, der Himmel auf und offenbarte mir eine atemberaubende Sternenpracht.

Ich hielt auf einem Parkplatz –geräumt! – an und stieg aus. Dass es so viele Sterne gibt, hatte ich ganz vergessen. Und solch ein großartiges Himmelszelt. Auf einmal war ich vollkommen glücklich, nichts und niemand fehlte mir, mit keinem Menschen wollte ich tauschen und an keinem anderen Ort sein. Nach einer Weile wurde mir kalt, ich stieg wieder ein und fuhr langsam und genussvoll weiter durch das nächtliche Wintermärchen.

Das Haus meiner Cousine liegt oberhalb des Dorfes, um die tausend Meter hoch und mit einem wunderbaren Weitblick über die Schwarzwaldwipfel und bei klarem Wetter auf das Schweizer Alpenpanorama. Da oben gibt es noch vier Nachbarhäuser, die sich in Rufweite befinden, mehr nicht. Margaretes Haus ist alt und ziemlich klein, keiner der imposanten Südschwarzwaldhöfe im Großfamilienformat. Ich hatte es immer geliebt, hier zu sein. Nachdem ich meinen Koffer abgestellt hatte, ging ich in die Küche, wo noch ein Rest Glut im Kachelofen glomm und milde Wärme verbreitete; anscheinend hatte Margarete den Nachbarn gesagt, dass abends noch ein Gast kommen würde. Das bestätigte sich auch mit einem Blick in den Kühlschrank: Für das erste Frühstück war gesorgt. Wunderbar.

Ich setzte Wasser auf, sichtete die Teebeutel im Küchenschrank und machte mir eine Tasse Kräutertee. Mit dem heißen Becher in der Hand stand ich noch eine Weile an der geöffneten Hintertür und schaute den Sternenhimmel an, dann ging ich zu Bett und schlief sofort ein.

So idyllisch hätte es immer weitergehen können, doch schon der nächste Morgen zeigte sich unwirtlich kalt und grau. Ein eisiger Wind wehte, es roch geradezu nach Schnee. Ich fühlte mich ernüchtert, ja beinahe verkatert, und machte mich auf den Weg ins Dorf, nach Obermoos. Das trug nicht dazu bei, meine morgendliches Stimmungstief zu beheben: Die Läden, in denen ich früher gern eingekauft hatte, waren allesamt verschwunden, statt ihrer gab es jetzt einen Lidl, einen Aldi und einen Drogeriemarkt. Nur ein neuer Bioladen milderte den Schaden etwas ab, sowie die Tatsache, dass die beiden Cafés, in denen ich so oft gesessen hatte, noch unverändert die Stellung hielten.

„Alles ist vergänglich", wie es in der buddhistischen Lehre so schön heißt. Manchmal ist uns das angenehm und manchmal nicht.

Mit Blick auf die Wetterlage kaufte ich so viel ein, dass ich mich für 3-4 Tage nicht aus dem Haus begeben musste, falls ich keine Lust dazu hatte: Schwarzwälder Schinken, Kaffee, Milch, Käse, Äpfel und Orangen, Reis und Nudeln, regionalen Rot- und Weißwein, Tofu – aus dem Bioladen–, Joghurt, zwei Päckchen Kräutertee und verschiedene Wintergemüse. Dann ging ich in eines der beiden Cafés, bestellte mir eine heiße Schokolade und las die Zeitung von der ersten bis zur letzten Seite, was ich immer nur zu Beginn eines Urlaubs mache. Bevor ich wieder aufbrach, nahm ich noch ein frisch gebackenes Landbrot mit, das sich noch lauwarm anfühlte.

Auf dem Rückweg bergauf zu meinem Domizil setzte ohne Vorwarnung das innere Zwiegespräch mit Chris wieder ein. Als ich schon auf halber Strecke war, merkte ich erst, dass ich begonnen hatte, den Weg und die Umgebung in Gedanken auf Englisch zu kommentieren. Wie eine verdammte Zwangshandlung.

Zuhause verstaute ich meine Einkäufe und legte im Kachelofen, der das ganze Haus heizte, reichlich Holz nach. Dann zog ich mir feste Wanderschuhe, Mütze und warme Handschuhe an und ging gleich wieder hinaus. Spazieren gehen hatte noch immer geholfen, warum also nicht auch an einem Wintertag im Schwarzwald.

Der ungemütliche Tag passte ausgezeichnet zu meiner Stimmung. Die Nebelspaziergänge während meiner ersten Zeit in Venedig fielen mir wieder ein. Hatte das Wetter einen adäquaten Rahmen für meine trübsinnige Stimmung abgegeben, oder hatte es mich beeinflusst und meine Befindlichkeit geprägt? Und jetzt? Jetzt hatte ich sicherlich mehr Gründe zur Niedergeschlagenheit als vor einem Jahr, und umso wichtiger war es, nicht in ewige Larmoyanz zu verfallen und das Selbstmitleid zu kultivieren. Niemand anderer würde mich aus meinem Kummer erlösen, das musste ich selbst schaffen. Ein Vorteil des Alleinseins ist, dass man sich keine Gedanken mehr über Zuständigkeiten machen muss: *Du* tust etwas oder nichts wird geschehen.

Ich ging den Berg hinter dem Haus hinauf und dann ein Stück über den Panoramaweg, von dem aus man an klaren Tagen eine grandiose Aussicht hat, heute aber nicht, alles war immer noch wolkenverhangen und grau. Na gut, dann eben ein andermal.

Wieder zurück im Haus machte ich mir einen Tee und wählte aus meinen mitgebrachten Büchern die „Erinnerungen an Sankt Petersburg" von Brodsky. Ich zog die Vorhänge zu, setzte mich auf das Sofa, nippte an meinem Tee und begann zu lesen.

Ich war bereit, ja sogar fest entschlossen, mich erneut begeistern zu lassen, und gab mir viel Mühe damit, das Geschriebene zu mögen, aber das Buch enttäuschte mich. Diese Essays waren viel früher entstanden als das venezianische „Ufer der Verlorenen". Zum einen waren seine Sprachbilder, die ich im Venedig-Buch sehr bewundert hatte, noch nicht so weit entwickelt und poetisch wie in späteren Jahren, und zum anderen schrieb er hier ganz frisch erfüllt von einem ungefilterten Zorn auf die UdSSR, vielleicht sogar auf alle Russen und Russland an sich. Das Buch war gut geschrieben, keine Frage, jedoch Seite für Seite durchtränkt von scharfer Bitternis, gewiss nachvollziehbar auf dem Hintergrund seiner persönlichen Geschichte, aber viel zu viel für mich. Der Mythos Brodsky verlor seinen Zauber.

Ich klappte das Buch zu und legte es auf den Tisch neben mir.

So bitter wollte ich nicht werden.

Brodskys Buch handelte in gewisser Weise auch von Liebeskummer, von unerwiderter und unerfüllter Liebe zu seinem Vaterland, von schwerster Zurückweisung – seiner Ausbürgerung -, von der Sehnsucht nach Sankt Petersburg und seinen alten Eltern aus der unüberbrückbaren Distanz seines neuen Lebens auf der anderen Seite des Eisernen Vorhangs. Vielleicht hat er den Schmerz später anders und besser verarbeitet und mehr Frieden gefunden, das blieb zu hoffen, doch in diesem Buch spürte ich vor allem den Zorn und interpretierte es als eine Art Rachefeldzug. Meine Situation war in keiner Weise vergleichbar, aber zornig war ich auch ziemlich oft gewesen, sehr sogar. Auch Racheszenarien waren meiner Fantasie nicht fremd; ich fand sie schrecklich kindisch und schämte mich dafür, doch das verhinderte ihr Auftauchen nicht.

Unzählige Male hatte ich mir – wider besseres Wissen – vorgestellt, wie Chris eines Tages unverhofft vor meiner Tür stehen würde. In meiner Vorstellung kam ich von der Arbeit nach Hause und sah ihn auf der gegenüberliegenden Straßenseite, vor dem Eisenwarengeschäft stehend, während er den Hauseingang beobachtete und auf mich wartete. Dort sah ich ihn so leibhaftig vor mir, dass ich manchmal selbst glaubte, er sei wirklich hier. Ich wusste auch genau, wie ich dann reagieren würde – natürlich scheinbar überrascht, ein wenig reserviert, um mich dann zögerlich auf ein Gespräch einzulassen –, denn ich hatte es täglich in Gedanken geübt, und ebenso hatte ich eine klare Vorstellung von dem, was er sagen würde, sagen „musste".

Und schließlich kam der Moment, in dem ich mich in meinem Drehbuch zu entscheiden hatte zwischen Happy End mit Versöhnung oder dem Ausleben meiner Rachegelüste. Die letztere Variante gewann immer häufiger die Oberhand, was dann so aussah, dass ich ihn kühl zurückwies, nicht ohne heimliches Bedauern, aber voller Stolz und mit großer Geste.

Schmierentheater, so peinlich, so unreif und pubertär.

*

Das Wetter drehte sich wieder und mit ihm meine Stimmung. Es herrschte Inversionslage: In den Tälern war es kühl und feucht, sie lagen unter einer dichten Nebeldecke, während hier oben über den Wolken die Sonne schien und eine ungewohnte Wärme verbreitete. Täglich konnte ich die Schweizer Alpen sehr klar und vermeintlich ganz nah sehen, insbesondere im rosigen Licht der Morgen- und Abenddämmerung. Über den versunkenen und verschwundenen Tälern erhoben sich am Tage die Schwarzwaldgipfel und ein tief blauer Himmel, in der Nacht erschien der Sternenhimmel so unfassbar großartig, dass ich jedes Mal dachte, so schön sei er noch nie gewesen.

So könnte es immer weiter gehen, schrieb ich an Vera, die mit Manfred auf den Kanarischen Inseln Urlaub machte. *Zum ersten*

Mal fühle ich mich auf dem Weg der Besserung, die Wunde be-
ginnt langsam zu heilen, und ich werde wieder ein bisschen zu-
versichtlicher, was mein weiteres Leben angeht.

Ich schrieb täglich Tagebuch und unternahm lange lichterfüllte
Spaziergänge, auf denen ich ab und zu wieder fotografierte, und
an den Abenden saß ich mit einer Tasse Tee oder einem Glas
Wein am Kachelofen und las, vollkommen im Frieden mit mir
und der Welt.

Der Silvesterabend stand bevor. Wann hatte ich zuletzt einen
Jahreswechsel allein verbracht? Noch nie, wie ich nach kurzem
Nachdenken bestätigt fand. Wieder eine Hürde, die es zu neh-
men galt.

Am Ende war es gar nicht schwierig. Ich fuhr vormittags in die
nächste Kleinstadt, wo es ein besseres Ladenangebot gab, deck-
te mich mit Wochenendvorräten an Getränken, Brot, Obst und
Gemüse ein und holte meine vorbestellte Portion Rehrücken
beim Metzger ab. Anschließend setzte ich mich auch hier ins
Café, trank heiße Schokolade und schaute den Leuten draußen
vor dem Fenster beim Einkaufen zu. Alle hatten es eilig und wirkten gestresst. Ich nippte an meiner Schokolade und fand es auf
einmal sehr angenehm, dass ich nur für mich allein zu planen
und zu organisieren hatte. Mein Abend würde sich ganz zwang-
los gestalten. Sollte ich um elf Uhr müde werden, konnte ich
einfach schlafen gehen. Oder bis morgens um vier lesen. Oder
einen kleinen Mitternachtsspaziergang unternehmen.

Tatsächlich schaffte ich es, nach Reh und Rotwein noch bis zum
Jahreswechsel wach zu bleiben. Um Mitternacht ging ich mit
meinem Weinglas nach draußen; über mir wölbte sich der grandiose Sternenhimmel und unter mir, im Tal, wurden vereinzelte
Feuerwerksraketen abgefeuert. Meinen Nachbarn standen

ebenfalls vor der Tür und winkten mir einladend zu, ich rief „Frohes neues Jahr" und prostete ihnen zu, ging aber nicht hinüber.

Mein Tiefpunkt kam am Abend des 2. Januar.

Jetzt war es genau ein Jahr her, dass ich in Venedig angekommen war. Ich sah mich nachts am Piazzale Roma aus dem Bus steigen und zur Anlegestelle gehen, müde und frustriert von der Verspätung des Fluges und emotional wie abgeschaltet. Der ganze weitere Film lief vor meinen Augen ab: Erster Schultag, meine einsamen Spaziergänge, mein Mitschüler Christopher, den ich unmöglich fand, dann die überraschende Begegnung bei der Dante-Lesung, unsere erste Verabredung und gegenseitige Entdeckung, wie ich nachts von ihm geträumt hatte, unser Museumsbesuch und der verzauberte Abend bei Francesco und so weiter, bis zu der letzten Nacht und dem Abschied auf dem Campo S. Maria Formosa.

Es war schier nicht auszuhalten.

Ich hatte schon viel zu viel getrunken, als ich meine Vorsätze über Bord warf und Chris zum ersten Mal seit Monaten wieder eine Mail schickte, in der ich ihm ein gutes neues Jahr wünschte und schrieb, dass ich gerade jetzt ganz besonders an ihn dachte. Im Nachhinein, kaum dass ich die Mail gesendet hatte, bereute ich es schon und hoffte doch zugleich, ich möge ihn diesmal erreicht haben. In den nächsten Stunden und Tagen wartete ich, prüfte laufend meinen Posteingang und hasste mich dafür: Genau das hatte ich nicht mehr tun wollen. Eigentlich wusste ich die ganze Zeit über, dass er nicht antworten würde, und so war es auch.

*

Ich fuhr nicht gern wieder zurück nach Berlin. Die Einsamkeit dort fühlte sich ganz anders an als das Alleinsein im Schwarzwaldhaus. Aber immerhin gab es dort Vera und meine Arbeit, meine beiden Anker. Und es ging mir – trotz des Rückfalls mit der Mail an Chris – spürbar besser, wenngleich meine Befindlichkeit noch heftigen Schwankungen unterworfen war: Den einen Tag hatte ich Boden unter den Füßen und Zuversicht im Herzen, und schon am nächsten Morgen konnte es geschehen, dass ich schmerzerfüllt und in tiefer Verzweiflung aufwachte.

Jede Nacht kehre ich in meinen Träumen zurück nach Venedig. Und jeden Morgen beim Wachwerden habe ich erneut Mühe, mich zu sortieren und – nachdem ich wieder orientiert bin – zu ertragen, nicht mehr dort zu sein. Eine täglich wiederkehrende Qual.

Nach und nach gewöhnte ich mich daran und lernte mit dem wiederkehrenden Schmerz zu leben, so wie Tinnitus-Patienten lernen, das ständige Geräusch in ihrem Ohr zu vergessen und damit erträglich werden zu lassen. Was soll man auch sonst tun?

Zwischendurch tauchte Victoria grande immer wieder einmal am Horizont auf – kometengleich, hell und unverhofft – die mir per Mail Gedichte von Brodsky schickte oder ein italienisches YouTube-Video „Zwanzig Möglichkeiten, wie man einen Schal binden kann", was mich zum Lachen und zum Weinen brachte.

Martin meldete sich ab und zu, und ich las zwischen den Zeilen, dass es ihm nicht besonders gut ging. Eine Auszeit ist kein Urlaub … Mittlerweile war er im Norden von Indien angekommen und folgte dem Buddha-Trail auf den Spuren des historischen Buddha Siddhartha Gautama. Er schrieb, dass er vorhabe, zum Ende seiner Reise irgendwo da oben für ein oder zwei Wochen in ein Kloster zu gehen und zu meditieren.

*

Zurückblickend nenne ich diese Zeit den „dunklen Winter". Ich habe oft das Bild vor Augen, wie ich im Zug nach Freiburg und zurück nach Berlin sitze und in die Dunkelheit starre, immer bemüht, meinem Spiegelbild im Zugfenster auszuweichen. Ähnlich die Szene in der Berliner S- oder U-Bahn, vermeintlich stundenlange Fahrten durchs Dunkle, versunken in Gedanken und Erinnerungen. Ein endlos langer Winter mit dem Gefühl von Verlorenheit und ein ewiges Durchhalten, dankbar für die Disziplin, die der Alltag von mir forderte.

Langsam aber sicher wurden die Tage länger und heller. Ich sah das mit gemischten Gefühlen: Einerseits atmete ich auf, und andererseits gab es jetzt auch sehr häufig Genau-vor-einem-Jahr-Momente.

Genau vor einem Jahr waren wir einander bei der Dante-Lesung begegnet. Genau vor einem Jahr hat er mir nach der Schule den Buchladen gezeigt, und wir haben in irgendeiner Bar unser erstes langes Gespräch geführt. Genau vor einem Jahr saßen wir mittags erstmals zu dritt zusammen im Rosso, Chris, Victoria und ich. Genau vor einem Jahr hatten wir die ostasiatische Abteilung in der Ca Pesaro besucht. Und so weiter.

Und dann waren diese Entwicklungen über mein Leben hinweggerast, hatten schützende Dächer fortgerissen und alten Baumbestand entwurzelt. Nichts war mehr wie zuvor.

Aber so stimmte das auch wieder nicht. Dies und das hatte den Sturm überstanden.

Vera und ich nahmen unsere Charlottenburger Sonntagsspaziergänge wieder auf, wo ich mir alles von der Seele redete, während sie meinen ständigen Wiederholungen geduldig zuhörte und mir Mut zusprach. An verregneten Sonntagen gingen wir neuerdings in eins der Museen, wo wir dann völlig unambitioniert umher schlenderten und den Luxus genossen, dies alles früher schon einmal gesehen zu haben und uns einfach hindurch treiben lassen zu können. Natürlich kamen mir gerade hier Gedanken an Chris in den Sinn; das war ja *sein* Metier und ich stellte mir vor, wie *er* die Bilder betrachten würde, an denen wir vorübergingen.

Auch ich selbst sah einiges neu, geprägt von den Eindrücken in Venedig. Da war zum Beispiel ein Tizian, der in der Gemäldegalerie hing, ein spätes Selbstporträt. Ich musste ihn früher schon gesehen und ganz sicher schön gefunden haben, doch heute schien er wie magisch alle Energie aus dem Raum auf sich zu ziehen. Er deklassierte alle anderen Gemälde in einem großen Umkreis, auch ein paar seiner eigenen Werke in der Nachbarschaft, die über eine geringere Strahlkraft verfügten.

Ein alter Mann sitzt leicht vornübergebeugt vor dunklem Hintergrund, er hat einen ergrauenden Vollbart und auf dem Kopf eine schwarzen Kappe. Bekleidet ist er mit einem leuchtenden goldfarbenen Gewand und geschmückt mit einer großen dreifachen Bernsteinkette. Ein breiter, kostbar wirkender Pelz hängt an beiden Seiten über seinen Schultern. Die rechte Hand liegt auf einer Tischplatte vor ihm, während er die linke auf den Oberschenkel stützt. Seine Haltung und sein Blick wenden sich nach links, hin zu etwas, das er kritisch zu mustern scheint.

Dabei erschienen mir seine Augen merkwürdig leer; leer im Sinne von aufnahmebereit, erstaunt vielleicht oder sogar unangenehm berührt. Auf mich wirkte er streng und ein wenig erschrocken zugleich.

Tizian hatte sich nicht die Mühe gemacht, die beiden Hände richtig auszumalen, sie waren nur flüchtig skizziert und grundiert. Auch der Pinselstrich am Gewand und an der Kette war eher grob und großzügig, was weder dem Gesamteindruck noch der der Leuchtkraft Schaden zufügte. Das Gesicht allerdings als Zentrum des Gemäldes hatte der Maler meisterhaft präzise ausgearbeitet.

Vor allem aber lebte dieses Bild! Der alte Meister war in seinem Selbstporträt hier und jetzt leibhaftig anwesend, lebendiger sogar als der Großteil seiner Betrachter.

Ich war lange allein vor dem Tizian sitzen geblieben und hatte ihn wie hypnotisiert angestarrt, jetzt stand ich auf und ging auf die Suche nach Vera, die sich in der Zwischenzeit weiterbewegt hatte.

War mein Interesse an Bildbetrachtung durch seinen Einfluss entstanden? Fing ich jetzt an, nicht nur imaginäre Dialoge mit Chris zu führen, sondern mir auch – vermeintlich – seine Augen auszuleihen? Und was wusste ich schon darüber, wie *er* Bilder sah oder zum Beispiel dieses Bild gesehen hätte?

„Aber nein, du machst dir wieder zu viele Sorgen", sagte Vera, als ich ihr von diesen Gedanken erzählte. „Du beginnst, von deiner Beziehung zu Chris zu profitieren! Er hat dich bereichert. Die Psychos sprechen in solchen Fällen davon, dass man etwas aus jemandem „herausliebt", also dass man von dem anderen etwas wie durch Osmose übernimmt, was man vorher so nicht hatte."

„Bei dir klingt immer alles so vernünftig und schlüssig."

„Tja, so werden wir durch jede Beziehung immer besser und klüger! Dumm nur, wenn man wie ich seit Jahrzehnten mit ein- und demselben Mann zusammen ist, das schränkt die Fülle des möglichen Wachstums doch ziemlich ein ..."

Ich lächelte. „Dann solltest du dringend mal eine längere Auszeit nehmen. Allein. Im Ausland."

„Sollte ich vielleicht wirklich mal. Ohne meinen Vater und ohne die Kinder im Haus hat sich doch einiges geändert. Da kann ich eigentlich nicht dieselbe bleiben und weitermachen, als wär nichts geschehen, oder?", fragte Vera, die jetzt ein wenig nachdenklich wirkte.

„Wenn du dazu Beratung oder Beistand brauchst: Jederzeit!"

Wir verließen die Galerie und suchten uns irgendwo am Potsdamer Platz ein Café für unser zweites Frühstück. Kunst macht hungrig.

*

Manchmal und auch gegen meinen Willen geschah es noch, dass Chris mich auf meinen Wegen begleitete. Das konnte ich zwar nicht abstellen, aber nach und nach änderte sich das Thema der inneren Zwiesprache. Ich schilderte ihm nun seltener, was ich gerade tat oder zeigte ihm Berlin, sondern sprach zu ihm über uns. Er war mit der ganzen Situation überfordert gewesen, das war mir mit dem zeitlichen Abstand viel klarer geworden; Vera sagte mir das immer wieder, und auch Martin hatte das so gesehen.

Du wusstest einfach nicht mehr, was du mir noch schreiben solltest, nicht wahr Chris? Es gab keine Perspektive mehr für uns beide, das war mir im Grunde auch klar, aber ich wollte es nicht akzeptieren. Ich wollte dich um jeden Preis.

Und dass du dann den Kontakt so gänzlich abgebrochen hast, war möglicherweise sogar besser als ein langsames sich Dahinquälen. Nein, schön war das nicht, es war furchtbar schmerzhaft; ich weiß nicht, ob ich es dir je werde verzeihen können. Und doch ich halte es mittler-

weile für möglich, dass ein anderer Weg noch schlimmer hätte sein können. Ich hätte noch sehr lange weitergekämpft, wenn du nicht verschwunden wärst. Und verloren hätte ich dich sowieso.

Wir beide waren ein gelebter Traum in der Traumstadt Venedig, Chris, dort und nur dort konnten wir gemeinsam existieren. Ich glaube nach wie vor, dass wir es in Venedig hätten schaffen können, aber selbst das zweifle ich in manchen Momenten an.

Die Erinnerung an unsere Zeit tut immer noch weh, wird sie wohl immer, doch ich bereue rein gar nichts. Keine Sekunde möchte ich missen und ebenso wenig vergessen. In allem Kummer und sogar im Zorn bin ich zugleich tief dankbar dafür, dass ich so etwas erlebt habe, mit dir erlebt habe. Das nimmt uns keiner.

Es wurde März, ein erster leiser Hauch von Frühling lag in der Luft. Martin meldete sich via Skype und gab mir die Daten für seine Heimreise durch.

„Ich hole dich vom Flughafen ab", sagte ich.

„Das ist nicht nötig."

„Aber ja doch, wenn es nicht mitten in einem Arbeitstermin ist, komme ich zum Flughafen."

„Es ist ein Samstag."

„Na also, dann ist es abgemacht."

Ich betrachtete ihn neugierig. Während seiner Reise hatten wir nie miteinander geskypt, nur hin und wieder gemailt. Jetzt sah ich ihn irgendwo in einem Internetcafé sitzen, im Hintergrund tobte das indische Stadtleben. Er war mir fremd und vertraut zugleich. Sein Gesicht war schmal geworden, aber er wirkte insgesamt frischer und entspannter. Das Kloster musste ihm gutgetan haben.

Jetzt würde sich mein Leben noch einmal drastisch verändern.

Für Martin stand der Umzug nach Hamburg an, mit Hildegard eine Wohnung suchen, den Wechsel vom Berliner zum Hamburger Büro organisieren, die alte Wohnung mit mir gemeinsam auflösen und verkaufen ... Vor dieser Wohnungsauflösung hatte ich einen Horror, aber ich war mir absolut sicher, dass ich auf keinen Fall dort bleiben wollte. Nicht nur, dass die Wohnung viel zu groß (und zu teuer) für mich allein war, sie stand eben auch für die vergangenen Jahre mit Martin. Ich wollte dort nicht als verlassene Ehefrau *zurückbleiben*.

Schon seit meiner Rückkehr aus dem Schwarzwald hatte ich damit begonnen, mich nach etwas Neuem umzusehen, am liebsten in Charlottenburg, wo ich Vera in meiner Nähe wusste. Dabei stellte ich fest, dass die Preise für Miete oder Kauf deutlich angezogen hatten. Egal, dann würden wir ja auch die Begasstraße mit einem entsprechenden Gewinn verkaufen können, und außerdem brauchte ich nicht mehr viel Platz. Meine kleine Wohnung in Venedig hatte vollkommen ausgereicht, sie war mein neuer Maßstab.

Ich stand ganz am Anfang eines neuen Lebensabschnitts, all das bedeutete eine tiefe Zäsur für mich, und ich hatte Angst.

Venedig

Kapitel 11

Montag, 22. Oktober 2012

Beim allerersten Tageslicht bin ich zugleich mit dem Rio Santi Apostoli erwacht. Eine Möwe flog elegant über den kleinen Kanal und rief mir durch das geöffnete Fenster irgendetwas auf Veneziano zu, das ich nicht verstanden habe. Jetzt dringen von draußen die Stimmen der allgegenwärtigen Transporteure zu mir herein. Für Gondeln ist es noch zu früh am Tag; dies ist die Zeit der Lastkähne.

Jetzt bin ich also wirklich hier.

Am frühen Abend

Ein erster Spritz draußen vor einem Restaurant mit Blick auf Dante und Vergil in ihrer Mondbarke – für immer unterwegs zur Friedhofsinsel. Der kürzeste Weg hier an dieses Ufer hätte mich normalerweise an Giannis Druckerei vorbei geführt. Das mochte ich mir nicht zumuten und bin einen Umweg gegangen.

Und nun sitze ich hier, schaue auf das Wasser und friere.

Bis eben noch war es für diese Jahreszeit ziemlich warm, beinahe schwül, nun kühlt sich die Luft ab und eine Regenfront, die eigentlich schon für heute Mittag vorhergesagt war, zieht vom Festland herüber. Die Kellner decken die Tische im Außenbereich ab. Ein kalter Wind streift mich, und plötzlich riecht es intensiv nach Algen.

Komme ich irgendwann hier an?

Kurz vor Mitternacht

Ich fühle mich so allein und verloren. Heute bin ich viel durch die Stadt gelaufen, durch die Gassen und an den Kanälen entlang, doch ich war wie blind und taub vor lauter Bemühen, bestimmten, mit Erinnerungen beladenen Plätzen aus dem Weg zu gehen. Was gar nicht geht, denn die ganze Stadt ist ein einziger großer Erinnerungsort: Wo war ich *nicht* mit Chris? Umso lächerlicher meine Fluchtversuche.

Den ganzen Tag lang tat ich so, als wäre nichts, kaufte ganz normal Lebensmittel ein, schrieb etwas lustlos und verzagt kurze Nachrichten, um meine Verabredungen für die nächsten Tage zu organisieren, aber im Grunde war ich niemand und nirgendwo.

Ein Schattenwesen bin ich, in Wirklichkeit gar nicht existent, allenfalls vielleicht das Kräuseln auf der Wasseroberfläche, Spur eines bereits verschwundenen Bootes.

Ich kenne meinen Platz nicht mehr in dieser Stadt, bin nicht mehr Studentin, nicht mehr hier wohnhaft, und ganz sicher nie wieder Touristin im üblichen Sinne.

Ich bin ratlos, und die Stadt schweigt mich an.

Dienstag, 23. Oktober 2012, morgens

Vor einigen Stunden hat es heftig zu regnen begonnen, das Wasser steigt und steht in den Gassen. Ein guter Anlass für eine müde Frau, alle Ambitionen loszulassen und einfach nichts zu tun.

Ich trödele in meinem Apartment herum, trinke Tee, lese Zeitung und lasse mich traurig sein. Vielleicht hilft dieses träge und wehmütige Alleinsein dabei zu mir zu kommen, hier, am Ausgangspunkt meines emotionalen Tsunami?

Mittwoch, 24. Oktober 2012, vormittags im Caffè Rosso

Ein spätes Frühstück draußen vor dem Caffè Rosso. Der Regen hat über Nacht aufgehört, und von der durchdringenden Nässe gestern ist nichts mehr zu spüren. Zwei Cappuccino, ein Tramezzino, - ich werde langsam wach. Die Betäubung lässt nach und macht Platz für ein ganz zart einsetzendes Glücksgefühl: Ich bin in Venedig.

Ich habe mir ein Herz gefasst und mich hierhin – also mitten hinein in die Höhle des Löwen! – begeben. Und es geht. Alles ist so alltäglich und vertraut; um mich herum sehe ich unter den Passanten, in den Läden und hier im Café das eine oder andere mir bekannte Gesicht. Es wäre ganz natürlich, wenn Chris jetzt erschiene und sich zu mir setzte, aber es ist ebenso gut möglich, hier allein zu sitzen und in Ruhe Kaffee zu trinken wie ein normaler Mensch.

Mir kommt es so vor, als läge mein letzter Aufenthalt hier keine anderthalb Jahre, sondern Jahrzehnte zurück. Oder anders gesagt, so, als sei ich früher als junges Mädchen hier Studentin gewesen – was in einem gewissen übertragenen Sinne ja auch stimmt – und käme jetzt, nach langer Zeit, zurück, um die alten Schauplätze meiner Jugend noch einmal aufzusuchen.

Ich bewege mich noch mit großer Vorsicht durch die Stadt: misstrauisch, behutsam, voll wehmütiger Erinnerungen, ängstlich die Ränder des Schmerzes abtastend. Tut das weh? Geht noch ein bisschen mehr? Bis wohin kann ich gehen? Welche Dosierung ist heilsam, welche schädlich?

Und dann wieder die unverhoffte Freude, wenn es nicht wehtut, wenn ich hier einfach sein kann, so wie jetzt gerade. Das Caffè Rosso habe ich mir zurückerobert. Nun kann es weitergehen, Schritt für Schritt werde ich meine Grenzen ausdehnen.

Später am Tag

Heute Mittag habe ich mich mit Rita getroffen. Wir hatten verabredet, miteinander unserer alten Schule einen Besuch abzustatten. Ich dachte, es würde mir in Ritas Begleitung leichter fallen, weil sie nichts mit Chris zu tun hatte, wohl aber mit der Schulzeit. Das traf nur zum Teil zu.

Es war berührend, wieder „hier" zu sein und im Flur darauf zu warten, dass es um dreizehn Uhr klingelt und alle gleichzeitig aus den Klassenzimmern geströmt kommen, was immer ein großartiges und fröhliches Durcheinander gewesen war. So auch heute. Den Blick auf die Tür unseres alten Klassenzimmers geheftet, sah ich jetzt wieder und wieder Chris durch die Tür kommen ... Das lief automatisch wie ein Film in einer Dauerschleife vor meinen Augen ab. Dann aber kam Carla auf mich zu gestürmt und fiel mir um den Hals und ich wachte erleichtert auf.

Rita und ich schwatzten mit den Lehrerinnen, die uns artig dafür lobten, dass wir weiterhin so tapfer auf Italienisch kommunizierten, und dann inspizierten wir die Aushänge auf dem Schwarzen Brett, wo ich mich am liebsten gleich in alle möglichen Listen eingetragen hätte. Hier hatte ich so oft mit Chris gestanden, erörternd, für welche Exkursion wir uns eintragen sollten und was wohl die bessere Alternative sei. Es war, als stünde er jetzt neben mir. Ein scharfer, stechender Schmerz.

Später gingen Rita und ich spazieren, wie früher, und sie fing gleich an mir zu berichten, was sie jetzt so bewegt. Das ist allerdings ein Hammer: Nachdem sie sich seit der Vorpubertät als lesbisch definiert hatte (wie mir bekannt war, da hatte es doch diese nette Kellnerin im Duchamps gegeben), eröffnete sie mir jetzt, sie sei eigentlich Transgender, oder genauer gesagt doch eher eindeutig ein Mann, und sie wolle sich sobald als möglich umoperieren lassen. Das kam alles im Plauderton, fast beiläufig. Ihre Eltern seien bereits im Bilde, man müsse noch den finanziellen Aufwand überblicken, und dann kämen natürlich auch noch die ganzen Formalitäten auf sie zu, der neue Name und all das. Und ach ja, nenn mich bitte ab jetzt Robert, ok?

Ich hörte staunend zu und bewunderte im Stillen die junge Generation, die imstande ist, auf diese unverkrampfte Weise mit einem so gewaltigen Thema umzugehen. Das mit dem neuen Namen fiel mir schwer, also vermied ich ihn und half mir mit dem du. Und ich kann auch jetzt nur an „sie" als Rita denken und noch nicht an einen „er"

Und doch erscheint mir das alles im Grunde sehr stimmig, je länger ich darüber nachdenke; Rita hat irgendwie nie wie eine junge Frau oder gar wie ein Mädchen auf mich gewirkt, sondern gleichsam geschlechtslos, was sie (er?) natürlich nicht ist.

Donnerstag, 25. 10. 2012, morgens

Blauer Himmel. Die beiden Fenster in meinem Studio habe ich heute Morgen wieder weit geöffnet; die Geräusche der vorüberfahrenden Boote und die Stimmen der Gondolieri erfüllen den Raum, unterlegt vom Wellenschlag an der Hausmauer.
Ganz langsam finde ich mich hier wieder als eine, die zwar keine Touristin im üblichen Sinne ist, aber immerhin Urlaub hat und

momentan aller Pflichten ledig ist. Es geht mir mit jedem Tag besser.

Heute steht ein Treffen mit Victoria piccola auf dem Programm. Na, da bin ich aber mal gespannt. Eine Geschlechtsumwandlung ist hier wohl kaum zu erwarten. ☺

Später

Das beim Verlassen des Hauses schlagartig einsetzende Glücksgefühl hält seither an. Ich bin wirklich wieder hier, inmitten all dieser Schönheit, die mich erneut willkommen heißt und großzügig in sich aufnimmt, indem sie mich vorübergehend zu einem Bestandteil dieses glanzvollen Gesamtkunstwerks macht. Meine Liebesgeschichte mit Venedig beginnt von Neuem.

Ich lasse mich durch die Stadt treiben, zu Fuß und mit dem Vaporetto. Es sind erstaunlich viele Leute unterwegs. Der Herbst scheint als Reisezeit immer beliebter zu werden.

Zwischen San Marco und Rialto fallen mir mehrere englische Schulklassen auf. Sind Klassenfahrten in der Nachsaison billiger? Wahrscheinlich. Die Jugendlichen sind alle so um die 16-17 Jahre alt und viele von ihnen jetzt schon sichtlich angetrunken, dabei ist es erst Mittag.

Im Vaporetto fällt es mir schwer, die deutschsprachigen Stimmen zu ignorieren. Unfreiwillig höre ich viel zu vielen Telefongesprächen oder auch falschen Erläuterungen für die jeweils mitreisende Begleitung zu:

„Jetzt bin ich gerade bei der Redentore-Kirche, sieht toll aus!" Das Boot legt währenddessen bei Santa Maria della Salute an.

Ein voll besetztes Traghetto überquert vor uns den Canal Grande. „Schau mal, die Gondel! Da haben sich mehrere eine Gondel geteilt, wahrscheinlich weil das so teuer ist. Aber warum setzen sie sich denn nicht hin?"

Ich schwanke zwischen amüsiert und genervt und dem reflexhaften Impuls, die Dinge richtigzustellen.

Während ich dies schreibe, sitze ich ganz hinten in der Frari-Kirche auf einem Steinbänkchen, das sich an der Rückwand des riesigen Kirchenraumes befindet. Ich habe Tizian und Bellini einen Besuch abgestattet und dann dieses Plätzchen zum Sitzen und Schreiben gefunden. Links vor mir befindet sich das eindrucksvolle Marmorgrabmal des Bildhauers Canova. Kichernde junge Mädchen aus England (die Schulklasse von vorhin?), die Canova für Casanova halten, wenn ich ihr Getuschel richtig verstanden habe, fotografieren sich reihenweise gegenseitig auf den Stufen vor dem Monument.

Tizians Grab, gleich gegenüber, würdigen sie keines Blickes; das bleibt den älteren Besuchern vorbehalten. Dieses Grabmal bleibt allerdings auch blass im Vergleich zu den beiden großen Gemälden, mit denen Tizian selbst sich hier in dieser Kirche so großartige Denkmäler gesetzt hat.

Spätabends

Also, Victoria piccola: Wir waren im Café Orange verabredet und wollten von da aus irgendwo hingehen und eine Pizza essen. Im Gegensatz zu ihrer Namensschwester ist die kleine Victoria stets pünktlich, und so kam sie denn Punkt sieben ins Orange gerauscht. Nicht auf Highheels, sondern in Turnschuhen, ein ungewohnter Anblick! Sie ist nämlich hochschwanger, im achten Monat. Nicht, dass sie es jemals in ihren Mails oder Posts erwähnt hätte ... Jetzt fällt mir ein, dass ich auch auf Facebook seit Längerem keine neueren Bilder (etwa mit Bauch) von ihr gesehen habe. Victoria ist also nach wie vor für ein Geheimnis gut, typisch für sie.

Und – wen wundert's? – wollte sie auch nicht recht mit der Sprache herausrücken, was den Kindesvater und ihre weiteren Pläne angeht. Der betreffende Mann sei Italiener, aber kein so kalter Typ wie die Venezianer beziehungsweise alle Norditaliener, sondern einer aus der Gegend um Rom, und sie sei nun mit ihm verlobt. Wann sie heiraten wollen? Mal sehen. Kommt sie gut mit seiner Familie zurecht? Wohnt nicht hier. Wo sie beide wohnen? Auf dem Festland, gar nicht weit weg.

So ging es immer weiter, und es hätte amüsant sein können, wenn Victoria nicht so schnell und undeutlich geredet hätte. Sie sprach Italienisch wie ein Maschinengewehr.

„In der Schule warst du immer besser als ich, weißt du noch?", bemerkte sie genüsslich und nahm einen Schluck von ihrer Cola. „Und jetzt musst du mich bitten, langsamer zu sprechen, damit du mitkommst. Cool." Sie dehnte und räkelte sich auf ihrem Stuhl wie ein zufrieden schnurrendes Kätzchen.

Ich konnte ihre Freude nicht teilen. Mir reichte es, und das Gespräch auf Italienisch strengte mich überdies sehr an. Ich gab vor, Kopfweh zu haben und sagte, ich müsse deswegen bald heimgehen. Victoria piccola schien aufrichtig enttäuscht zu sein, aber das war mir jetzt auch egal. Sie hat nicht ein einziges Mal nach mir gefragt, übrigens auch nicht nach Chris, Letzteres war mir ganz recht.

Trotzdem spannend, diese Wiedersehen ... auf jeden Fall scheine ich nicht die Einzige zu sein, bei der in den letzten achtzehn Monaten viel geschehen ist.

Freitag, 26. Oktober 2012

Früh aufgewacht nach einer sehr kurzen Nacht. Ich hatte Lust, gleich rauszugehen in die morgenleere Stadt und vielleicht sogar bei Tagesanbruch hinaus auf die Lagune zu fahren. Kurz nach sechs saß ich an der Haltestelle Ca' Doro und sah den allerersten Schimmer des allerersten Lichts am Himmel über dem Canal Grande. Venedig war vollkommen still und gehörte für einen Augenblick mir ganz allein. Ein Vaporetto schlich sich wie so oft beinahe lautlos aus der Nacht an die Haltestelle heran. Außer mir waren nur einige dösende Venezianer auf dem Weg zur Arbeit an Bord, es herrschte allgemeines Schweigen, eine Seltenheit in Italien.

Später dann, nachdem ich umgestiegen war und mit einem anderen Boot Richtung Murano fuhr, sah ich den Morgennebel noch auf dem Wasser liegen und dann die Sonne blassrot aus der verschleierten Lagune auftauchen. Es war wie eine Geburt. Etwas Neues beginnt, sanft und butterweich, auch für mich.

Später

Die Stadt spricht wieder mit mir, und sie hört gar nicht mehr damit auf …

Samstag, 27. Oktober 2012

Gerade eben kommt – wie aus dem Nichts - eine Nachricht von Victoria grande!

> *Der Herbst ist gekommen. Brauche dringend etwas Warmes zum Anziehen, und Stefano will mir seine Lederjacke nicht leihen. ;) Gehst du mit mir shoppen? Treffpunkt Caffè Rosso um vier Uhr?*

Alles ganz beiläufig und selbstverständlich, als hätten wir uns heute Morgen noch gesehen ... Ich fasse es nicht! Im Grunde habe ich nicht mehr damit gerechnet, sie überhaupt je wiederzusehen und auch nicht geahnt, dass sie im Lande ist.

*

Victorias Tagebuch

Eine lange, anstrengende Saison geht zu Ende. Gestern Abend bin ich endlich wieder „nach Hause" zu Stefano gekommen.

Die „White Night" liegt nun wieder in Savona, und jetzt beginnen die Aufräumarbeiten, um das Schiff fertig für das Winterquartier zu machen. Eine elende Arbeit. Aber egal, jedenfalls habe ich nun an den Wochenenden frei und kann sie hier verbringen! Und ich bin für die nächste Saison zur Chefstewardess befördert worden! Am letzten Tag vor seiner Abreise rief der Eigner mich zu sich und eröffnete mir die große Neuigkeit. Vielleicht hatte er instinktiv erfasst, dass ich kurz davor war zu kündigen.

In diesem Sommer hat sich das Personalkarussell besonders schnell gedreht, Leute haben massenhaft gekündigt, einige wurden gefeuert, andere angeheuert, eingearbeitet, wieder gekündigt, usw. usw. Das lag daran, dass er, also der Eigner, vor einigen Monaten geheiratet hat, ein ganz junges Mädchen. Er hat sie sich ganz einfach in einem dieser exklusiven Brautkataloge (Russland kann so peinlich sein ...) ausgesucht. Oder sagen wir: Gekauft? Unglaublich. Das gibt es wirklich! Die neue Dame des Hauses ist gerade mal sechzehn Jahre alt, gänzlich ungebildet – obwohl der Katalog etwas anderes versprach – hysterisch, verwöhnt und zickig, kurz: unausstehlich.

Innerhalb kürzester Zeit war das gesamte Serviceteam am Limit. Der Job ist sowieso echte Knochenarbeit, sobald sich der Eigentümer mit seinen wechselnden Gästen (früher: mit wechselnden Freundinnen) an Bord befindet. Wir betreuen sie alle buchstäblich rund um die Uhr, und zwar in einem Maß, das sich normale Sterbliche gar nicht vorstellen können.

Und nun die Ehefrau. Was sie alles nicht essen kann! So, wie sie aussieht, isst sie wahrscheinlich sowieso nichts, aber sie bestellt fortwährend etwas, tausend Extrawünsche, Tag und Nacht ... Am liebsten scheint sie Chicken Wings mit Wassermelone zu mögen, dazu Cola light. So etwas servieren wir ihr also, während die anderen Gäste am Tisch das wundervolle 6-Gänge-Menü unseres französischen Kochs zu sich nehmen.

Einmal am Tag bauen wir an Deck ihre Malutensilien auf, Staffelei, Aquarellfarben, Pinsel, usw. Im Brautkatalog hatte die Mutter angegeben, ihre Tochter sei musisch begabt und aktiv. Dann erscheint sie irgendwann, meist ganz in Weiß und Ecru gekleidet, setzt sich davor und wartet auf Inspiration, bis es ihr zu langweilig wird und sie den Chauffeur kommen lässt, der sie an Land bringt, wo er sie von einer Boutique zur nächsten fährt. 30.000 Euro am Tag gehen weg wie nichts, manchmal auch mehr. Abends wird sie wieder heimgebracht, und dienstbare Geister (der Chauffeur und wir) tragen die Pakete hinter ihr her in ihre Suite. Danach müssen wir jedes Mal den Fahrer in der Küche wieder aufbauen und ihm gut zureden, damit er nicht hinschmeißt.

Sie schikaniert uns alle mit ihren Extravaganzen und dabei ist man als Servicepersonal auf einer Privatjacht schon so einiges gewöhnt. Sie ist launisch und unhöflich und unfreundlich und nie zufrieden. Sie nervt.

Die restlichen Nerven hat mich das ständige Hin und Her mit drei verschiedenen Vorgesetzten in einer einzigen Saison gekostet. Vier Wochen nach Erscheinen von „Madame" kündigte unser netter schwuler Chefsteward fristlos. Er wurde durch eine enorm tüchtige deutsche Chefstewardess ersetzt, die sich das Theater natürlich ebenfalls nicht gefallen ließ, und für den Rest der Saison musste schließlich als Interimslösung ein englischer Steward eingeflogen werden, eigentlich ein hoch dotierter Butler, der ein Vermögen gekostet haben muss.

Und jetzt ist die Reihe an mir.

Die gute Nachricht ist: Für nächstes Jahr kann ich mir *mein* Team an Bord selber zusammenstellen, und ich werde die Crew um zwei gute Freundinnen aus Sankt Petersburg ergänzen. Wir drei haben früher auf einem Kreuzfahrtschiff zusammen gearbeitet, beide sind tolle Frauen und kennen sich mit dem Job aus. Das wird mir eine Menge Erleichterungen bringen und dazu noch ein kleines Stück Heimat.

Mehr Gehalt bekomme ich natürlich auch. Eine ordentliche Gratifikation sowie ein neues iPhone habe ich jetzt schon erhalten. Ich betrachte das als Schmerzensgeld.

Es gibt also Grund zu feiern! Mit Stefano werde ich das an seinem nächsten freien Tag nachholen, aber so lange wollte ich jetzt nicht warten, da habe ich Claudia angefunkt. Sie hatte mir schon vor ein paar Wochen geschrieben, dass sie um diese Zeit herum nach Venedig kommen würde, aber ich weiß ja nie genau, wie lange ich noch an Bord bleiben muss, und ich fürchte, dass ich ganz vergessen habe, ihr zu antworten. Mea culpa …

Ich schickte ihr also gestern Mittag eine WhatsApp-Nachricht: „Der Herbst ist gekommen. Brauche dringend etwas Warmes zum Anziehen, und Stefano will mir seine Lederjacke nicht leihen. ;) Gehst du mit mir shoppen? Treffpunkt Caffè Rosso um vier Uhr?"

Die Antwort kam quasi sofort: „Ich bin um vier im Rosso. Was soll ich für dich bestellen? Spritz?"

Als ich Claudia dann im Rosso an der Theke stehen sah – ich hatte mich ein bisschen verspätet – wurde mir schlagartig klar, dass ich die ganze Zeit über nie gewusst habe, ob wir uns je wiedersehen würden. Und gleichzeitig war es so normal, sie dort zutreffen, so als wäre keine Zeit vergangen. Ich habe sie vermisst.

Nach dem Spritz hatte ich keine Lust mehr shoppen zu gehen. Mir fiel ein, dass ich immer schon mal in der Bar oben im Molino Stucky einen Sundowner trinken wollte. Stefano sagt, die Aussicht sei toll.

Gesagt, getan. Leider waren wir nicht rechtzeitig genug dort für den Sonnenuntergang, aber schön war die Aussicht trotzdem. Venedig hat ein besonderes Licht, vor allem abends und morgens, ein bisschen wie Sankt Petersburg, das muss wohl an dem vielen Wasser liegen …

Als die Dämmerung nachließ, gingen wir hinein an die Bar. Besonders voll war es nicht. Wir hatten drei Barkeeper mehr oder weniger für uns. Ich schaue ihnen immer gerne zu, nebenbei kann ich mir hier auch eine Menge Nützliches abgucken für meinen Job. Echte Profis bei der Arbeit zu beobachten ist immer ein Genuss!

Nach dem zweiten Martini an der Bar packte Claudia aus.

Bis dahin hatte sie meinen Schilderungen vom Leben auf der Jacht und von den schrillen Extravaganzen der Eignersgattin amüsiert zugehört, doch dann sagte sie, sie wolle mir über etwas sprechen, was ihr sehr am Herzen liege.

Sie erzählte mir, was damals in Venedig zwischen ihr und Chris war, als hätte ich es nicht längst gewusst … Jeder an der Schule wusste es. Es war aber auch klar gewesen, dass die sie nicht darüber sprechen wollte, darum habe ich mich zurückgehalten. Trotzdem war es hochinteressant zu erfahren, was genau sie mir damals alles verschwiegen hatte. Ich hätte gewettet, dass Claudia und Christopher schon viel früher, also lange vor seinem Trip nach Sizilien, eine Affäre begonnen hatten. Sie wirkten immer so vertraut und nah und hatten etwas undefinierbar Exklusives miteinander. Sie passten einfach ganz wunderbar zusammen, ein schönes Paar, alles schien perfekt zu stimmen.

Dann berichtete Claudia, wie es später nach ihrer Rückkehr weiterging. Wie sie heimkam nach Deutschland, ihrem Mann alles eröffnet hat und von ihm erfuhr, dass er bereits seit einem Jahr eine Freundin hatte. Und sie hatte es nicht bemerkt! Die unterschiedlichen Gefühle, die das ausgelöst hat, von aktueller Erleichterung bis nachträglicher Kränkung, konnte ich mühelos nachvollziehen.

Wirklich fassungslos war ich erst, als ich von ihr hörte, wie sich die Beziehung zu Chris entwickelt hat. Ich kann's jetzt noch kaum glauben. Er hat sich irgendwann einfach nicht mehr gemeldet und war weg. Claudia hat nie wieder von ihm gehört und sich nach einiger Zeit ihrerseits nicht mehr gemeldet. Keinerlei Kontakt! Unvorstellbar.

Claudia hat nicht viel darüber gesagt, wie es ihr damit ging. Das war auch nicht nötig, mir kamen auch so schon die Tränen.

In dieser Situation lebte sie noch monatelang weiter in einer Wohnung mit ihrem Ex. Er hat sie in ihrem Liebeskummer getröstet (Wie geht das denn???), und sie hat ihm zugehört, wenn er von seinen Zukunftsplänen mit der anderen Frau gesprochen hat. Ziemlich schräg und schwer zu glauben, kann ich mir für Stefano und mich definitiv nicht vorstellen!

Dann ist er irgendwann nach Indien gefahren und hat seinerseits eine längere Auszeit genommen. Und als er von dort zurückkehrte, sagte Claudia, seien sie und ihr Mann wieder zusammengekommen.

An dieser Stelle machte sie eine kleine Kunstpause und wartete auf meine Reaktion.

Ich, ungläubig: „Was? Du bist zu ihm zurückgegangen?"

„Nicht zurück, sondern vorwärts und neu!"

Niemand sei mehr überrascht gewesen als sie selbst, meinte Claudia. Sie habe Martin vom Flughafen abgeholt und das Wiedersehen habe sie vollkommen erschüttert. Er sei ihr so verändert erschienen und zugleich wieder viel mehr er selbst, „der" Martin, den sie früher gekannt habe. Kurzum, sie seien sich irgendwie neu begegnet und hätten sich fast augenblicklich ineinander verliebt.

Ich war kurz sprachlos, wahrscheinlich habe ich sie mit offenem Mund angestarrt …

„Und dann? Wie ging es weiter?"

Na ja, jetzt seien sie wieder ein Paar, in gewisser Weise unter ganz anderen Vorzeichen gestartet, und diese „neue" Beziehung sei um vieles besser und intensiver als zuvor.

„Was ist mit der anderen Frau? Die beiden hatten doch konkrete Pläne gehabt."

Martin war bald darauf nach Hamburg gefahren, berichtete Claudia weiter, und hatte sich in einem langen Gespräch von seiner Freundin getrennt, deren Mann nun wahrscheinlich nie von der ganzen Geschichte erfahren würde. Die beiden seien schriftlich in Kontakt geblieben, wollten vielleicht auch Freunde bleiben, sich aber bis auf Weiteres nicht mehr persönlich treffen.

Und Chris?

Claudia antwortete nicht sofort.

Dann sagte sie, obwohl sie mit Martin sehr glücklich sei, tue es immer noch weh. Beides schließe sich seltsamerweise gegenseitig nicht aus. Sie könne auch nicht erklären, warum sie für zwei Männer so fühle, aber so sei es nun mal. Die zärtlichen Erinnerungen an die Zeit mit Chris habe sie sich immerhin hinüberretten können, zwar mit Narben, doch ohne Bitterkeit, als etwas, das zu erleben sie niemals erwartet hätte. Es sei eben eine ganz besondere Zeit gewesen, eine *Auszeit,* meinte sie, und alles in allem ein großer Reichtum.

*

Sonntag, 28. Oktober 2012

Wir trafen uns also im Rosso – wo denn auch sonst? Victoria kam wie immer zu spät, nichts anderes hatte ich erwartet. „Entschuldigung, tut mir leid", sagte sie atemlos. „Wie lange hast du schon gewartet?"

Gerührt fielen wir uns um den Hals. Ich konnte es nicht glauben, dass wir beide wirklich wieder hier waren, ganz einfach so wie immer, nach all diesen langen Monaten, nach allem, was geschehen war.

Natürlich sind wir nicht mehr einkaufen gegangen, sondern haben erzählt, uns immer wieder angestrahlt und den ersten Spritz miteinander getrunken. Es war völlig übergangslos alles genau wie früher.

„Wollen wir vielleicht noch woanders hingehen?", fragte Victoria, nachdem wir eine Weile geplaudert hatten. „Warst du schon mal in der Sky Roof Bar im Molino Stucky? Von da oben soll man einen sagenhaften Blick über Venedig haben, behauptet Stefano, vor allem auch einen grandiosen Sonnenuntergang."

„Nein, da war ich noch nicht", erwiderte ich. „Für einen Sundowner sollten wir uns auf jeden Fall beeilen, die Sonne wird bald untergehen. Also dann los, *andiamo*!'

In dieser Bar könnte ich mir auch James Bond gut vorstellen. Er war aber nicht da, stattdessen nahmen nur ein paar Hotelgäste ihren Aperitif vor dem Abendessen zu sich. In einer Ecke weiter hinten hatte sich eine größere Gruppe asiatischer Geschäftsleute niedergelassen.

Zunächst gingen wir hinaus auf die Terrasse, der Aussicht wegen. Die Sonne war zwar bereits verschwunden, aber der Himmel über Venedig schimmerte immer noch zartrosa und die blaue Stunde kündigte sich an ... Wir genossen den Anblick einträchtig schweigend, bis es draußen zu kalt wurde.

Dann ließen wir uns an der Theke nieder und bestellten zwei trockene Martinis, geschüttelt, nicht gerührt.

„Du bist heute Abend mein Gast", sagte Victoria, als wir am Martini nippten.

„Bist du verrückt geworden? Hast du mal geschaut, was die hier für Preise haben? Kommt gar nicht in Frage!"

„Kommt wohl in Frage. Ich habe was zu feiern. Die Saison ist zu Ende, vor mir liegen mindestens drei freie Monate, und ich bin zur Chefstewardess befördert worden. Du bist mein Gast, basta."

„Ok, ich gebe mich geschlagen. Auf deine Beförderung, Victoria!"

Es wurde eine sehr lange Nacht an der Bar.

Während Victoria einen trockenen Martini nach dem anderen für uns bestellte und der Barkeeper taktvoll weghörte, habe ich geredet und geredet und geredet, alles erzählt, die ganze Geschichte, die sie ja live mitangesehen hatte, und all das andere, das sie nicht wissen konnte und schließlich auch das, was später in Berlin geschehen war. Victoria hörte aufmerksam zu, manchmal fragte sie nach, aber die meiste Zeit über sagte sie nichts, nur ihre blauen Engelsaugen, die mich unverwandt anblickten, drückten im stetigen Wechsel Spannung, Mitgefühl und Staunen aus. Als ich davon sprach, wie Martin und ich uns neu ineinander verliebt haben, und dass wir wieder ein Paar sind, schien sie es fast nicht glauben zu können. Das kann ich sehr gut verstehen. Ich hätte diese Wendung auch nie im Leben für möglich gehalten.

Spät in der Nacht verließen wir – als allerletzte Gäste – das Molino Stucky. Alle Flure im Hotel waren menschenleer, auch das Foyer, in dem hinter dem Empfangstresen ein müder philippinischer Nachtportier saß, der teilnahmslos vor sich hin starrte. Das Nacht-Vaporetto fährt nur in größeren Abständen, laut Fahrplan hatten wir noch viel Zeit, und so schlenderten wir am Ufer entlang bis zur übernächsten Haltestelle Redentore. Kein Mensch unterwegs. Die weiße Kirche strahlte im sanften Scheinwerferlicht vor sich hin und wirkte ein wenig unwirklich, wie aus der Zeit gefallen. Die Fenster von Fabios Bar an der Anlegestelle wa-

ren dicht verrammelt, ebenso wie die der beiden Läden nebenan.

Wir lehnten uns über das Geländer des Stegs und schauten hinüber zu den flackernden Lichtern an den Zattere drüben am anderen Ufer.

Victoria zündete sich eine Zigarette an. „Wann und wo werden
wir uns wohl das nächste Mal treffen? Was meinst du?"

„Wir denken gerade darüber nach, den Jahreswechsel auf einer
thailändischen Insel zu verbringen."

„Klingt gut. Ich glaube, da wird es Stefano auch gefallen."

Danksagung

Mein Dank gilt den engagierten Erstlesern dieses Buches - Sandra Mazzoni, Rosa Henkel, Manfred Josewski, Christine Schneider-Farber und Lothar Kraft (dem ich darüber hinaus auch für seine Gastfreundschaft in Berlin danke) - für ihre Ermutigungen, Nachfragen, Korrekturen und hilfreichen Hinweise. Ohne die gute Zusammenarbeit mit meiner Lektorin Svenja Heneka hätte ich als Schreibanfängerin die allergrößten Probleme mit der Fertigstellung und Veröffentlichung des Manuskriptes gehabt.

Vor allem möchte ich mich bei meinem Mann bedanken, der als allererster Leser mein wichtigster Ansprechpartner war und den langen Schreibprozess mit gutem Zuspruch ertragen und gefördert hat.

Und schließlich ein besonderer Dank an all meine venezianischen Freundinnen, Freunde und Bekannten dafür, dass sie ihre wunderbare Stadt mit mir teilen.

Anmerkung

Die Handlung dieses Romans und die handelnden Personen sind ein Produkt meiner Fantasie.
Die Zitate von Joseph Brodsky habe ich entnommen aus:
„Ufer der Verlorenen, Carl Hanser Verlag München 1991

Glossar

Bàcaro	Venezianische Bar, in der man (tagsüber) an der Theke 0,1 Gläser Wein (ombra) oder Prosecco sowie kleine Häppchen (cichetti) zu sich nimmt.
Baccalà (mantecato)	Stockfisch-Mus (wird auf Brot oder Polenta serviert)
Bìgoli	Nudelspezialität aus dem Veneto
Cichetti	Kleine Häppchen - kreativ und köstlich belegt – als Vorspeise oder als Begleiter zum Wein
Cimiterio	Friedhof. In Venedig: Friedhofsinsel San Michele
Fodamente	Uferbefestigung
Ombra	Wörtlich "Schatten": das kleine Glas Wein, das man tagsüber (im Schatten bzw. in einer Bar) zu sich nimmt
Sotoportego	Überdachter Durchgang zwischen zwei Gassen oder zu einem Hof (meist unter einem Gebäude)

Squero	Traditionelle venezianische Gondelwerft
Traghetto	Öffentliche Gondelfähre über den Canal Grandei
Tramezzini	Köstlich belegte kleine Brotschnitten in Dreieckform (aus speziellem Weißbrot), die man in Cafés oder Bars der Theke erhält. Hat mit dem, was man z.B. in Deutschland als „Tramezzini" bezeichnet, nichts zu tun...
Vaporetto	Venezianischer Wasserbus. Die Linien verkehren auf den wichtigsten Wasserstraßen und in der Lagune von Venedig
Zattere	Wörtlich: Flöße. Langer Uferkai am Giudecca-Kanal, an dem früher Flöße (Holznachschub) und große Schiffe angelegt haben.

Zeitfracht Medien GmbH
Ferdinand-Jühlke-Straße 7
99095 Erfurt, Deutschland
produktsicherheit@kolibri360.de